몽상가

夢想家

김대산 퓨전 무협 소설

FUSION ORIENTAL STORY

몽상가 6

김대산 퓨전 무협 소설

초판 1쇄 찍은 날 § 2011년 4월 4일
초판 1쇄 펴낸 날 § 2011년 4월 11일

지은이 § 김대산
펴낸이 § 서경석

총괄팀장 § 유경화
편집책임 § 박우진
편집 § 주소영

펴낸곳 § 도서출판 청어람
등록번호 § 제1081-1-89호
등록일자 § 1999. 5. 31
어람번호 § 제2-2072호

주소 § 경기도 부천시 원미구 심곡2동 163-2 서경B/D 3F (우) 420-822
전화 § 032-656-4452 팩스 § 032-656-4453
http://www.chungeoram.com
E-mail § chungeoram@chungeoram.com

ⓒ 김대산, 2010

ISBN 978-89-251-2479-7 04810
ISBN 978-89-251-2201-4(세트)

김대산 퓨전 무협 소설

FUSION ORIENTAL STORY

몽상가

夢想家

6

월경(越境)

도서출판 청어람

目次

第六十章
호랑이 새끼

몽상가

몽상가

1

　　"고양이 새끼도 못 되는 줄 알았더니 뜻밖에도 호랑이 새끼였던가?"

　　조승태는 혼잣말로 중얼거렸다. 그리고는 이내 가볍게 실소를 뱉었다.

　　"훗! 만약 한영주와 얽히지 않았더라면 거들떠보지도 않았을 자인데……."

　　사실 그는 지금까지 김철민이 치른 몇 번의 싸움을 빼놓지 않고 관전했다. 처음에 김철민은 정말 형편없었다. 형편없는 실력도 실력이었거니와 무엇보다도 근성이 없었다.

　　격투기니 뭐니 해도 결국 싸움의 승패는 근성에서 결정이 난다는 게 그의 지론이었다. 진짜 실력은 막상 싸움판에 서봐야 나오는 것이다. 평소 실력이 좀 떨어져도 근성이 강하다면 실전에서 몇 배의 실력을 내고, 반대로 아무리 평소 실력이 뛰어나도 근성이 없다면 실전에서는 본래 제 실력의 반도 발휘하지 못한다.

그런데 근성은 타고나는 것이고, 키워지기는 쉽지 않다. 그런 점에서 김철민은 그야말로 최악이었다. 실력도 없는데다 근성마저도 없었으니까.

그러나 막상 싸움판에 올리자 김철민은 점점 뜻밖의 모습을 보여주고 있었다.

비록 매번의 싸움이 예외없이 위태위태했으나 어쨌든 모두 이겼고, 더욱 놀라운 것은 한번 싸움을 치를 때마다 그야말로 눈에 띌 정도로 쑥쑥 발전을 이루고 있다는 점이다.

그것은 실력이 는다기보다는, 무어라 단정 짓기 어려운 싸움 자체에 대한 적응력 같은 것이 늘고 있는 것이었다. 놀라울 정도로 빠르게.

김철민의 그런 예상외의 면모에 대해 그의 흥미는 빠르게 고조되었다. 더욱이 그가 그런 쪽에 대해서라면 나름대로의 보는 눈과 감각을 지니고 있다고 자부하는 터에, 김철민이 보기 좋게 그의 안목과 직감을 한참이나 벗어나고 있다는 데 대해서는 약간의, 아주 약간의 경계심 비슷한 느낌까지 가져보게 되었다.

"훗!"

조승태는 다시금 실소를 뱉었다. 따지고 보면 그간 김철민이 이룬 발전은 결국 그가 투자한 시간과 노력의 결과물이었다. 김철민에게 벌을 주기 위해, 그것도 형식과 내용을 갖추어 제대로 된 벌을 주기 위해 그간 그가 들인 시간과 노력은 새삼 생각해 봐도 제법 대단한 것이었다. 그럼으로써 그것은 그야말로 집착이지 싶었다. 참으로 쓸데없는.

그러나 어쩔 수가 없었다. 그렇게 해야만 시원해지니. 하고 싶은 대로 하지 않으면 두고두고 직성이 풀리지 않는 성격이니 말이다.

그는 가볍게 입매를 비틀어 올렸다.

"흐흐흐! 아직은 새끼일 뿐이지."

김철민이 정말로 호랑이 새끼라고 하더라도, 그래서 그가 미처 예측하지 못했던 이빨과 발톱이 쑥쑥 자라나고 있다고 하더라도, 그것에 대해 잠깐이라도 경계심 비슷한 것을 가졌다는 자체가 참으로 우스운 일이었다.

어쨌든 그는 이런 게 차라리 좋았다. 예측 가능한 것보다는 변화와 반전이 있는 것, 안정적인 것보다는 불안정하여 긴장된 상태가 좋았다.

만약 공포라면, 진정 그를 공포로 몰아갈 수 있는 무엇이 있기만 하다면, 그것은 그가 더욱 고대하는 바였다. 그럴수록 더욱 짜릿한 자극과 쾌감을 맛볼 수 있을 테니까.

어쨌든 이제 시간이 되었다, 집행의 시간이.

2

‘이 순간도 꿈인 것은 아닐까?

차창 밖으로 흐릿하게 스쳐 지나가는 어둠 속의 풍경을 보면서 철민은 문득 모호함 속으로 빠져들었다.

싸움, 혹은 격투, 그리고 야구, 그 어느 쪽도 그가 있어야 할 위치와 상황이 아니었다. 본래의 그, 김철민으로서는 도저히 할 수 없는 일들이고, 존재할 수 없는 위치들이었다. 그가 있어야 할 현실이 아닌 것이다.

그에게 이런 일들이 벌어지리라고는, 또 벌어진 일들에 대해 그가 이런 식으로 대처하고, 어떻든 적응해 나갈 수 있으리라고 철민은 상상조차 해본 일이 없었다. 그의 삼십 년 인생에서 얼마 전까지만 하더라도. 그러나 현실은 엄연히 현실이었다. 그의 꿈이 아무리 절박하다고 하더라도, 그럼에도 불구하고 결국 꿈일 수밖에 없듯이.

‘그래, 현실이라면! 현실일 수밖에 없다고 인정한다면!’

철민은 차라리 약간의 통쾌감 같은 것이 생기기도 했다. 그것은 일종의 카타르시스일지도 모르겠다. 본래의 그로서는 도저히 상상해 보지 못했던 일을 해내고 있는 것이다. 링에 서서 진짜 격투를, 혹은 싸움을 하고, 또 승리를 해내고 있는 것이다. 솔직히 그런 종류의 일은 본래의 그가 가끔씩은 동경해 온 것들 중의 하나이기도 하지 않는가?

그러나 그런 통쾌감, 혹은 카타르시스는 아주 짧고도 허망했다. 이어 찾아온 것은 차라리 두려움이었다. 동경은 다만 동경이었어야만 했다. 타고난 배짱이나 대범함도 없고, 하다못해 악과 깡 따위도 없는 그에게 그런 동경이 정말로 현실이 된다는 것은 두렵고 불편하고 두려운 일일 뿐이다.

철민은 문득 온몸이 욱신거렸다. 아니, 이제야 몸 구석구석에 새겨진 통증을 느끼게 된 것이리라.

"어쨌든 이제 한번 남았다."

괜히 혼잣말을 중얼거리고 보니, 그제야 백미러를 통해 뒤를 힐끔거리는 택시기사의 시선이 의식되었다. 엉망인 그의 얼굴을 보고 택시기사는 무슨 상상을 하고 있을까?

3

"엇, 팀장님? 얼굴이 왜 그렇습니까?"

유대웅은 깜짝 놀란 얼굴이었다. 찐빵처럼 잔뜩 부풀어 오른 눈두덩에 시퍼런 멍 자국이 가득한 철민의 얼굴을 보고서였다.

철민은 하릴없이 빙긋 웃어주었다. 그러나 마음대로 웃는 표정이 만들어지지 않았기에 그냥 시늉만 할 수밖에 없었다.

마침 방에서 나오던 손강호는 일단 유대웅에게 고함부터 질렀다.

"야! 너 빨랑 네 방으로 안 가?"

영문도 모르고 호통을 당하였으나 유대웅이 감히 항명할 생각은 못하고 슬쩍 어깨를 으쓱하고 어슬렁거리는 걸음걸이로

만 억울함과 불만을 표하며 제 방이 있는 쪽으로 가버렸다.

"뭡니까?"

대뜸 화부터 터뜨리는 손강호에 대해 철민은 역시나 그저 웃는 시늉을 해 보일 수밖에 없었다.

손강호가 지금 어떤 심정일지에 대해서는 철민으로서도 대강이나마 짐작해 볼 수 있었다. 자신에게 알리지도 않고 철민 혼자서 또 한 번의 싸움을 벌였다는 데 화가 난 것이리라고. 나아가 철민이 만신창이가 되도록 홀로 힘겨운 싸움을 치르는 동안 함께해 주지 못했다는 데서, 막상 해줄 수 있는 것은 없지만 그래도 옆에 있어주는 것조차 하지 못했다는 점에서 철민이 아닌 그 자신에게 화를 내고 있는 것이리라고.

4

흡(吸)… 지(止)! 흡… 지! 흡… 지!

침대에 누운 채로 조용히 호흡을 가다듬어 보다가 철민은 이내 실소를 뱉고 말았다.

역시 어이없는 짓거리였고, 당연히 안 되는 짓거리였다.

싸움 중에 잠시나마 호흡의 덕을 보았다고 여겼던 것은 절박한 중에 지푸라기라도 잡는 심정이었던 것이고, 다만 일종의 자기최면쯤에 불과했던 것이리라.

"제길!"

철민이 저도 모르게 뱉는 소리에 아래층 침대의 손강호가 몸을 뒤척였다. 그도 잠을 못 이루고 있었던 모양이다.

5

"그런 일이 있었으면 일단 저한테 연락부터 했어야지요!"

날이 바뀌고 나서도 손강호는 여전히 불퉁거렸다.

철민이 이미 어제의 상황과 경위에 대해서는 할 말을 다한 데다, 원래 속이 깊은 성미도 못 되어서,

"그랬다고 한들 뭐가 달라졌겠습니까?"

하고 생각없이 받았다.

손강호는 대번에 확 얼굴을 붉혔다.

"물론 제가 아무런 도움이 되지는 못하는 건 사실입니다만, 그래도 말씀을 그렇게 하시면 섭섭하지요!"

철민이 곧바로 당황스러워서 변명 겸으로 급히 주워섬겼다.

"아니, 제 말은 그런 뜻이 아니고… 어제 같은 상황에서는 싸움에만 집중하면 별탈이 생길 것도 없겠더라고요. 뭐, 설령 별탈이 생긴다 한들 달리 무슨 방법이 있는 것도 아니겠고 말이죠."

그랬더니 손강호는 아예 입을 닫아버렸다.

손강호의 불퉁함은 점심을 먹고 나서야 조금 풀린 듯했다.

"이게 아무래도 수동이파 차원에서 벌이는 짓이 아닌 것 같습니다. 제가 이번에 그 상위 조직인 신강파가 개입한 정황을 몇 가지 확인했거든요."

"신강파요?"

"서울에서 가장 규모가 큰 조직입니다. 정식 조직원만 삼백 명쯤 된다고 하지요."

"허! 엄청나군요. 그럼 이제 어떻게 하죠? 이제라도 경찰에 신고를 해야 할까요?"

"아직은 좀……. 단순하게 보자면 그냥 몇 차례의 격투기 경기가 이루어졌을 뿐이니 그것만을 가지고 놈들의 범죄 혐의를 고발하기는 여전히 쉽지가 않을 겁니다. 설령 경찰에서 우리 얘기를 믿고, 또한 놈들의 혐의에 대해서도 심증을 가진다고 해도 신강파 정도라면 결코 순순히 당하고만 있지는 않을 거라는 거죠. 이를테면, 놈들은 막대한 돈을 들여 최고의 변호사들을 고용할 수도 있을 것이고, 필요에 따라서는 얼마든지 검경의 수뇌 급에까지 줄을 댈 수도 있을 겁니다."

철민이 저도 모르게 어깨가 처지며 하소연하듯이 말했다.

"그런 엄청난 조직에서 왜 나 같은 사람을 괴롭힌답니까?"

그에 대해서는 손강호가 오히려 억하심정이라는 듯이 받았다.

"그건 오히려 제가 묻고 싶은 얘깁니다. 이게 도대체 무슨 일이랍니까? 아무리 생각해 봐도 팀장님이 그 이유에 대해 전혀 모를 수는 없는 것 아닙니까? 도대체 무슨 일입니까? 무슨 짐작 가는 거라도 있을 거 아닙니까? 다른 사람한테는 몰라도 저한테는 얘기를 해줘야 되는 거 아닙니까? 그래야 제가 달리 또 무슨 수를 내보든지 말든지 할 것 아닙니까?"

　원망이라도 하듯이 몰아붙이는 기세에 철민이 움찔하고 말았으나 이내 고개를 흔들었다.

　"정말로 모르겠습니다. 나같이 평범한 사람이 그런 대단한 조직과 얽힐 이유가 도대체 뭐가 있는지."

　손강호는 가늘게 한숨을 내쉬더니 짐짓 심통을 부리듯이 툭 뱉었다.

　"그럼 뭐 방법이 없네요. 어디 먼 외국으로 도망쳐서 한 십 년 정도 죽은 듯이 잠적했다가 놈들의 기억에서 잊힌 뒤에나 돌아오거나 하는 수밖에는요."

6

　손강호는 자신이 알아본 바에 대해 철민에게 다는 말하지 못하였다.

　이런 사태가 벌어지고 있는 이유에 대해 철민이 분명 무언가 짐작 정도는 하고 있을 텐데도 끝내 말하지 않는 데는 그 나름대로 어떤 말 못할 사정이 있을 것이다. 그런 그에게 괜한 것들까지 시시콜콜 다 말해서 더욱 겁을 줄 필요까지는 없겠다 싶어서였다. 그러나 그것이 단지 시시콜콜한 것이 아니란 데 문제가 있었다. 바로 대동회(大同會)에 관한 얘기였으므로.

　대동회는 외형상 비영리 법인 단체이나, 그 실체는 돈과 권력의 거대한 방패를 갖추고 합법화한 거대 폭력 조직이다. 곧, 작금의 대한민국 조폭계를 총괄하는 거대 조직인 것이다.

　　대동회의 산하에는 십여 개의 권역별 조직들이 있는데, 그
각 조직마다 작게는 백 명, 많게는 삼백 명 규모의 조직원을 거
느리고 있었다. 그리하여 대동회는 정식 조직원만 이천 명에
달하고, 준조직원까지 합치면 오천 명에 달한다는 비공식 집
계가 있었다.
　　신강파가 바로 대동회의 산하 조직 중 서울 지역을 관할하
는 주축 조직이라는 사실이 손강호가 심각하게 걱정하는 부분
이었다. 만약 철민의 문제에 대동회까지 관련되는 것이라면,
그로서는 정말로 감히 어떻게 해볼 엄두조차 내지 못할 상황
이 되고 마는 것이다.
　　'그녀라도 한번 만나봐야 할까?
　　손강호의 생각은 결국 그런 쪽으로까지 가 닿게 되었다.

第六十一章
불꽃

몽상가

몽상가

8월.

불스는 연승 가도를 달리며 놀라운 반전을 이뤄 나가고 있었다.

그런 데는 우선 4번 유대웅, 5번 최준덕, 6번 김철민으로 이어지는 타선이 폭발하고 있는 덕분이 컸다. 그들 4, 5, 6번의 타선에 대해서는 가히 리그 최강의 폭발력을 지녔다고 하는 평가까지 나오는 중이었다.

투수진 또한 대단한 분발을 보이고 있었다. 우선 김승완이 이제는 팀의 확실한 에이스이자 유일한 선발로 자리를 굳히며 고비 때마다 발군의 실력을 발휘하고 있었다.

그리고 3인 1조의 집단 책임제 투수 운용은 경기 수가 늘어갈수록 누구도 예상하지 못했을 만큼의 탄탄함을 더해가고 있었고, 임희건과 이대헌의 2인 마무리 체제도 사뭇 견고했다.

무엇보다도 전체적인 팀워크가 아주 단단해졌다. 노장과 신진, 그리고 주전과 백업 가릴 것 없이 모두가 하나라는 의식이 팀 전체에 뜨겁게 녹아들고 있었다.

2

드래건스와의 주중 홈 3연전 중 첫 번째 경기에서 불스는 1회 초에 내준 3점의 점수를 끝내 뒤집지 못하고 1점 차로 석패(惜敗)했다. 그럼으로써 8월 들어 기세 좋게 이어가던 불스의 연승 가도는 아쉽게 중단되었으며, 특히나 악착같이 이어온 드래건스전 불패의 기록 또한 깨지고 말았다.

그러나 불스는 두 번째 경기에서 전날의 패배를 깨끗하게 설욕했다. 9회 말 터진 손강호의 끝내기 스리런으로 1점 차의 아찔하고도 통쾌한 역전 승부를 연출한 것이다.

그럼으로써 양 팀은 앙숙 간의 대결답게 1승 1패를 기록한 채 오늘 마지막 세 번째의 경기를 남겨두고 있었다.

사실은 요즘 불스의 기세가 놀랍다지만, 그렇다고 해도 불스가 포스트시즌까지 진출하는 이변이 일어날 가능성은 거의 없어 보였다. 그리고 만약 그런 이변이 일어난다고 하더라도 시즌 1위로 코리안시리즈에 직행할 공산을 거의 굳혀가고 있는 드래건스와 포스트시즌에서 만날 가능성은 더욱이 없다고 해야 했다.

그러나 드래건스로서는 어쩌다 보니 정말로 굳어져 가고 있는 양 팀 간 천적관계의 양상을, 그 턱도 없는 징크스를 조금이라도 일찍, 그리고 철저히 깨부숴 놓을 필요가 절실했다. 그렇지 않고 이대로 가다가 정말로 선수들에게 패배의식이라도 굳어진다면 이번 시즌의 잔여 경기에서는 물론이고 자칫 다음 시즌까지도 영향을 미칠 것이기 때문이다. 드래건스가 총력전으로 이번 3연전의 마지막 경기를 반드시 이겨서 2승 1패의 기록을 만들어야만 할 절박한 까닭이 그런 데 있는 것이다.

처음에는 다른 팀은 몰라도 드래건스만은 반드시 잡고 말겠다는, 누구나 무모하다고 했던 오기로 시작한 불스였다. 그러나 그동안에 거둔 승리들로 이미 묘한 자신감이 생겨 버렸고, 또한 그러한 자신감을 계속 유지해 가고픈 욕망이 더욱 절실해지는 불스였다.

양 팀 간의 치열한 앙숙 구도 때문에라도 야구팬들의 관심은 뜨거웠다. 주중경기임에도 불구하고 지난 두 경기가 타 구장의 주말 경기만큼의 성황을 이룬 데 이어, 오늘은 경기 시작 삼십 분 전에 경기장은 이미 관중들로 꽉 차버렸다.

3

양 팀은 각기 에이스를 선발로 내고, 이어 필승 계투조를 투입하고도 9회 초까지 스코어 6—6의 팽팽한 접전을 치르고 있었다.

“와아~!”

“와아아~!”

관중들은 더 이상 뜨거울 수 없을 만큼 달아올랐고, 선수들의 작은 움직임 하나하나에도 열렬한 환호성이 터져 나오고 있었다.

9회 말 불스의 마지막 공격.

선두 타자로 타석에 들어선 철민은 볼 카운터 2—3에서 연속으로 일곱 개의 공을 커트해 내고 있었다.

텅!

탕!

그가 쳐낸 파울 볼이 1루와 3루 측 관중석으로 넘어갈 때마다 관중들의 외침이 파도처럼 물결쳤다.

“공~ 파~!”

“공~ 파~!”

그것은 요즘 들어 바뀐 철민의 새로운 별명이었다.

공파(恐FA)! 공갈포의 공(恐)에다 영문자로 ‘FA’가 합쳐진 조어(造語)로, 그만큼 파울을 많이 친다는 뜻에서였다.

사실 철민이 요즘같이 파울을 양산하게 된 것은 그 스스로 생각하기에도 참으로 놀라운 일이어서, 그는 한동안 별별 희한한 생각을 다 해보기도 했다.

‘변결(變訣)은 초식에 있어서는 허실(虛實)의 묘(妙)를 말함이요, 술법에 있어서는 환술(幻術)이나 장안법(障眼法) 따위까

지를 포괄하여 이르는 것이라고 할 수 있다.'

'안법(眼法)의 요(要)는 제대로 보는 것이다. 즉, 어떠한 변화에도 현혹되지 않고 실체를 보는 능력이라고 할 수 있다. 그런 만큼 아마도 너의 문제, 그 변화구란 것에도 능히 답이 될 수 있을 것이다.'

'그러나 변화에 현혹되지 않고 실체를 제대로 본다고 해도, 그것을 쳐내는 것은 또 다른 문제이다. 즉, 상승의 변결이라면 능히 허(虛)가 곧 실(實)이요, 실이 곧 허가 되는 심오한 경지를 구현할 터, 네가 그 변화를 꿰뚫는다고 하더라도 그 변화 중의 한 점을 노려 타격하는 데는 다시 속도와 정확도가 필요함이다. 속도는 힘과 순발력에서 나오며, 정확도는 숙련에서 나온다.'

그것은 변결이니 안법이니 마안심결(魔眼心訣)이니 하는 따위의 요상한 기억들이었는데, 바로 꿈속에서 일령이 말한 것들이었다. 그러니 다만 실없고 터무니없는 상상에 불과하겠지만, 당연히 그렇겠지만 그래도 철민이 그런 상상을 아주 안 떠올리지는 못하였다. 정말로 희한하게도 그러한 상상과 연결시키지 않을 수 없는, 이상한 현상들이 문득문득 느껴지곤 하였기 때문이다. 바로 그의 몸에서 말이다. 정말로 터무니없게도 말이다.

우선은 힘이다. 야구를 하면서 철민의 힘은 한층 더 강해지고 있었다. 아니, 적어도 그런 느낌이어서 때때로 근육에 힘이 쌓이는 것이 실감되듯이 온몸에서 뿌듯한 느낌이 생생하도록 뻗치기까지 하는 것이었다.

그런데 그러한 힘의 강화는 단순히 근력에 그치는 것이 아니라, 오감 능력까지도 증대시키는 듯하였다. 무엇보다도 눈이 좋아졌다는 느낌이 가장 컸다. 철민이 타석에서 마음을 가라앉히고 공을 보면 빠른 직구는 물론이고 웬만한 변화구의 궤적은 제법 선명할 정도로 따라잡을 수 있었다. 그러니 자연스럽게 다양한 구질에 대한 컨택 능력이 좋아졌고, 파울을 양산할 수 있는 것도 그런 덕분이 아닐까 하는 생각을 해보지 않을 수 없는 것이다.

조금 더 이상한 얘기가 되겠지만, 사구(死球)에 대한 것도 그랬다. 사실 철민은 공에 대한 공포를 상당히 심할 정도로 가지고 있었다. 그런데 몇 번 공에 맞아보면서는 그러한 공포에서 많이 벗어날 수 있었고, 덕분에 몸 쪽 위협구도 끝까지 지켜보는 배짱을 부리게 되었다. 그런데 이상한 얘기라는 것은, '총알 같은 직구'에 맞았을 때도 그가 공포를 느꼈던 것만큼은, 즉 죽을 만큼은 아프지 않았다는 것이다. 오히려 '뭐 그런 대로 맞을 만하네'라는 오기쯤으로 이어진 것 같고, 나아가서는 더욱 터무니없는 상상으로 비약되기까지도 했다.

'구벽외공? 만약에… 정말로 만약에 구벽외공의 그 엄청난 힘의 백분의 일, 아니, 천분의 일, 만분의 일이라도 현실로 전이되고 있는 것이라면?'

다만 상상만으로도 철민은 가슴이 벌렁거렸었다. 괜히 몸 안에서 어떤 묘한 기운의 흐름이 스멀거리는 듯도 했다.

물론 다시 말할 가치도 없이 그런 것들이 다 다만 턱없는 상상에 불과하다는 것은, 그저 귀신 씻나락 까먹는 상상에 불과하다는 것은 너무나 분명했다. 지극히 당연했다.

철민은 결국 포볼을 얻어 1루로 나갔다. 그가 1루를 밟을 때까지 관중들은 끊임없이 외쳤다.

"공~ 파~!"

"공~ 파~!"

1루를 지키고 있던 호간이 툭 철민의 어깨를 건드리며 하얀 이를 드러내 보였다, 그런 호간에 대해 철민은 문득 약간의 안쓰러움을 느껴야만 했다. 감히 시비를 거는 게 아니라 제 딴에는 친한 척을 하는 것이란 걸 알기 때문이다. 지금처럼 철민과 마주칠 때마다 호간은 은근히 눈치를 봤고, 철민이 가볍게 인상이라도 쓸라 치면 곧바로 실실 웃으며 고분고분한 태도로 바뀌곤 했다.

역시 헤드록의 쓴맛을 잊지 못하는 때문이리라.

4

우익수 파울플라이 아웃으로 물러난 손강호에 이어 1사 주자 1루 상황에서 타석에 들어선 8번 타자 김창수는 타석을 고르며 3루의 박태성 코치를 봤다.

박태성 코치의 몸짓이 분주했다. 그러나 한참이나 지켜보고 있던 김창수는 뭔가 석연치 않은 듯이 고개를 갸웃거렸다. 번트 지시를 예상했는데 아니었다. 아예 아무런 지시도 내려지지 않은 것이다.

김창수는 그것을 강공을 하라는 지시로 이해했다. 더블플레이의 위험을 감수하더라도 연장으로 가지 않고 이 시점에서 기어코 승부를 내고 말겠다는 의지로.

딱!

김창수가 때린 공이 총알같이 3루 방향으로 날아갔다. 그러나 3루수 정면으로 가고 마는 공이었다.

방망이가 공을 타격하는 소리가 나는 순간 스타트를 끊은 철민은 공의 행방을 살필 것도 없이 죽어라고 뛰었다.

공을 캐치한 드래건스의 3루수는 힐끗 타자 주자부터 확인했다. 1루 주자인 철민의 발이 느리다는 것은 이미 잘 알려진 사실이었고, 이런 정도의 타이밍이라면 여유있게 더블플레이가 가능하리라는 판단에서 저절로 나온 행동이었다. 그러나 다소 여유있게 2루 쪽으로 향하던 그의 몸짓이 순간 멈칫거렸다. 이상했다. 1루 주자가 그의 예상보다 두어 걸음이나 더 빠르게 2루로 쇄도하고 있었다. 이대로 2루로 공을 뿌렸다간 각축이 될 듯했다. 만약 주자가 세이프 되는 상황이라도 벌어진다면 낭패였다. 결국 그는 1루를 향해 길게 송구했다.

타자 주자 아웃. 2사 주자 2루.

"와~!"

"와아아~!"

관중들의 환호성이 그라운드로 쏟아져 내렸다.

이제 안타 하나면 아홉 이닝 동안 숨 가쁘게 달려온 치열한 승부가 마침내 갈리게 될 순간이었다.

9번 타자 송호용이 잔뜩 긴장된 모습으로 타석을 향해 걸어왔다.

그런데 그때 관중석이 문득 술렁이기 시작하더니 이내 한목소리로 외치며 거대한 연호를 만들어냈다.

"이~ 종~ 찬!"

"이~ 종~ 찬!"

"이~ 종~ 찬!"

대타 이종찬을 요구하는 거센 외침이었다.

사실 이종찬은 시즌 후반기에 들어서면서부터 주전에서 밀려나 있었다. 밀려났다기보다는 체력의 한계를 느끼고 자청하여 후배들에게 주전 자리를 내준 것이지만.

그렇더라도 이종찬은 계속 1군에 머물며 대타로나마 경기에 출전하고 있었다. 감독과 코치들도 양해를 했고, 무엇보다도 선수들이 그를 원했다.

이종찬은 팀의 중심이자 큰형님으로 선수들에게는 정신적 지주와 같은 존재였다. 다만 벤치를 지키고 있는 것만으로도 조카뻘 이상 나이 차이가 나는 후배들에게는 든든한 응원이 되었다. 또한 불스와 고락을 같이해 온 '늙은 황소'로서, 불스에 향수를 가지고 있는 골수팬들에게는 불스 그 자체와도 같은 상징적인 캐릭터였다. 그런 이종찬에 대한 홈 팬들의 지지는 가히 절대적이었다.

불스의 홈경기에서는 중반이 넘어가면 경기 흐름과 상관없이 '이~ 종~ 찬!'을 연호하는 소리를 심심찮게 들을 수가 있었다. 그리고 정말로 이종찬이 대타로 나설라 치면 그 어느 선수보다도 뜨거운 환호성과 박수가 쏟아졌다.

그런 것이 단순히 이종찬에 대한 팬들의 향수 때문만은 아니었다. 나이가 들어도 이종찬의 승부욕은 여전하여서, 일단 경기에 나가면 몸에 맞는 볼이라도 피하지 않는 투지를 보였다.

무엇보다도 그는 정말 필요한 순간에 해결사로서의 본능을 여지없이 보여주곤 하였다. 비록 나이가 들어 몸은 무거워지고, 더욱이 대타를 오락가락하는 바람에 타격감을 유지하기에도 쉽지 않을 것이나 승부의 고비에서는 그래도 역시 베테랑다운 면모를 보여주는 것이었다.

"대타!"

박태성 코치가 3루에서 달려와 주심에게 대타를 통보했다.

그리고 검은색의 방망이를 어깨에 걸친 채로 천천히 덕 아웃을 나서는 한 선수에 대해 관중들의 환호는 이윽고 흥분의 극에 이르렀다.

"이~ 종~ 찬!"

"이~ 종~ 찬!"

"이~ 종~ 찬!"

바로 '늙은 황소' 이종찬이었다.

5

타석에 들어서기 전에 힐끗 덕 아웃 쪽을 돌아보던 이종찬은 가볍게 얼굴을 찌푸렸다. 모자를 푹 눌러쓰고 팔짱 긴 채로 꼼짝도 하지 않고 있어서 마치 한창 경기 중간에 졸고 있는 듯한 장 감독의 모습은 오늘이 처음은 아니었다. 그러나 이종찬은 힘차게 몇 번 배트를 휘두른 뒤 성큼성큼 타석으로 들어섰다.

그때 드래건스는 투수 교체를 했다. 4번째 투수가 잘 던지고 있는 중이었지만, 야구가 분위기에 의해 흐름이 지배되는 게임이란 점에서 성백호 감독은 노련하게 교체 타이밍을 조정한 것이다. 다만 연장전으로 가는 상황을 대비해 리그 최강의 마무리 송근우는 아껴두었다.

볼 카운트 1—1에서 제3구째.

노리고 있던 싱커가 들어왔기에 공의 궤적이 약간 낮은 존으로 떨어지기를 기다려 이종찬의 배트가 힘차게 돌았다.

딱!

빨랫줄처럼 뻗어나가 좌익수의 키를 훌쩍 넘긴 타구가 그대로 외야 담장을 맞추고 그라운드로 떨어졌다.

"와아~!"

"와아아~!"

관중들의 환호성이 경기장을 무너뜨려 버릴 듯이 터져 나왔
다.

철민이 전력으로 달려 3루를 밟고 내쳐 홈까지 질주했다.

이종찬은 1루를 돌아 2루까지 전력 질주하였다. 그러나 일
제히 덕 아웃에서 뛰쳐나온 선수들에게 붙잡히는 바람에 2루
를 밟지 못한 채 그라운드를 뒹굴고 말았다. 그렇게 그들은 한
덩어리가 되어 짜릿한 역전승의 환희를 만끽했다.

선수들의 전율과 흥분은 그대로 관중석으로 옮아갔다.

"이~ 종~ 찬!"

"이~ 종~ 찬!"

"이~ 종~ 찬!"

관중들은 끝없이 이종찬의 이름을 연호했다.

6

스포츠 매체들은 전날의 불스와 드래건스의 극적인 승부에
대해 일제히 시간과 지면을 할애했다.

천적 관계를 확인해 준 결정적 승리!

결정적인 승부의 고비에서 홈 관중들은 '이종찬!'을 연호
했다. 그리고 관중들의 응원에 화답하는 노장의 끝내기 안타
는 차라리 눈물겨웠다. 내일도 불스 팬들은 이종찬의 등장을
기다리며 연호를 멈추지 않을 것이다!

기사 중에는 조금 다른 측면에서의 가벼운 흥밋거리를 다룬 것도 있었다.

드래건스는 상대가 안 돼! 졸면서도 이길 수 있어!'

어제의 경기가 한시도 숨 돌릴 틈이 없었을 만큼 내내 치열했음에도, 6회 이후에는 숫제 조는 듯한 모습으로 일관한 불스의 장동국 감독에 대한 사뭇 코믹한 풍자였다.

第六十二章
재회(再會)

몽상가

1

　백리세가의 대회의청에는 무거운 긴장이 흐르고 있었다.

　가운데 태사의에 앉은 가주 백리장무(伯理長武)를 중심으로 총관 백리진무(伯理震武) 등 가주와 동 항렬(同行列)을 이루는 세가의 중추 이십여 명이 다 모여 있었다. 그런 가운데 다시 실시간의 정보 보고와 또 새로이 명을 받아 나가느라 사람들이 속속 드나들었고, 그로 인해 장내의 분위기는 사뭇 급박하고도 분주하였다. 그러나 그런 중에도 조금도 흐트러지지 않는 정연한 질서가 엿보였다.

　"상지문(常志門)과 숭검문(崇劍門), 그리고 정무파(正武派)가 모두 다 무너졌다는 보고입니다!"

　총관 백리진무가 방금 들어온 밀지 한 장을 들어 보이며 하는 보고에 백리장무는 무거운 침음성을 뱉어냈다.

"음! 그게 도대체… 공격받았다는 보고를 받은 지 얼마나 되었다고……."

그러나 백리장무는 이내 안색을 바로 하며 물었다.

"급파한 본가의 지원 인력들은?"

"현장에 도착했을 때는 이미 전세가 확연히 기울어 어떻게 손을 써볼 수 있는 상황이 아니었다고 합니다. 지금 본가로 되돌아오는 중입니다."

"음! 흑룡방의 공격이 확실하다던가?"

"그렇습니다."

"허허! 그 세 개의 문파를 한순간에 무너뜨린다는 게 흑룡방의 전력만으로 가능한 일이던가?"

백리장무의 물음은 차라리 탄식이었기에 좌중의 누구도 대답하지 못하였다.

잠시의 무거운 침묵이 흐른 후 백리진무가 조심스럽게 말을 꺼냈다.

"놈들의 다음 목표는 본가일 것입니다."

그 말에 반발하듯이 누군가 나직이 분노를 토했다.

"흑룡방 따위가 감히!"

백리장무가 문득 정색으로 경각심을 일깨웠다.

"아직도 모르겠는가? 저들은 이미 우리가 알고 있는 흑룡방이 아님을?"

백리진무가 조심스럽게 의견을 개진했다.

"근래 들어 흑룡방의 특이 동향은 없었습니다. 이번 일에 저들이 혹시 잠마련의 지원을 받았으리라 짐작해 볼 수도 있겠지만, 특별히 신규 병력이 유입되는 정황도 없었고, 더욱이 수호천이 건재하고 있는 당금의 강호 정세상 잠마련이 그처럼 무모하게 움직일 리도 없지 않겠습니까?"

백리장무가 천천히 고개를 가로저었다.

"확실한 사실은 지금이 앞뒤 정황이나 짐작해 보고 있을 때가 아니란 걸세! 흑룡방주 음세유(蔭世唯)같이 심계 깊은 인물이 이처럼 전격적으로 공세를 개시했다는 건 십 할의 승산이 있다는 것일 터! 그리고 더욱 분명한 사실은 본가의 백리맹방권역(百里盟幫圈域)이 무너짐으로써 본가가 고립되고 말았다는 것이지! 즉, 본가로서는 시급하게 생존 방안을 강구해야만 하는 것이네!"

잠시 말을 멈추고 장내를 한 바퀴 돌아본 백리장무의 어조가 문득 단호해졌다.

"총관, 이백리맹방권역(二百里盟幫圈域)의 지원 병력이 본가까지 당도하는 데는 얼마나 걸리겠나?"

"지금 즉시 전서구를 날린다 해도… 최소 네 시진은 잡아야 합니다."

"지금 즉시 긴급 지원을 요청하도록 하게!"

"예, 가주님!"

백리진무가 곧바로 바깥에다 지시를 내리는 동안 백리장무는 잇달아 명을 하달했다.

“외부로 나가 있는 본가의 모든 인력에 대해 긴급 귀가 명령을 내리도록! 전 가솔에게 비상 태세를 선포하고 비전투 인력은 대피를! 전투 인력 전원은 즉시 전투태세에 돌입하도록!”

가주의 명령이 긴박하게 다시 바깥으로 전해질 때 다섯 명의 노인이 대회의청으로 들어섰다. 그들은 백리세가의 오로(五老)라고 불리는 인물들로, 곧 노가주(老家主) 백리화천(伯理和天)과 그와 형제의 항렬을 지니는 세가의 원로들이었다.

좌중이 급히 예를 갖추려 하자, 노가주 백리화천은 절제된 손짓으로 가볍게 제지하였다.

그때 백리장무가 백리진무 등과 숙의를 나누다가 조금 늦게 백리화천 등의 모습을 발견하고는 얼른 태사의에서 일어서며 예를 취했다.

“아버님과 숙부님들이 납시신 줄 모르고 있었습니다.”

백리화천이 다시금 가볍게 손을 저었다.

“상례(常禮)는 생략하도록 하게.”

“하오시면…….”

백리장무가 길게 사양치 않고 다시금 태사의에 앉자 백리화천이 천천히 입을 열었다.

“본가에서 미처 손을 써볼 틈도 없이 상지문 등 세 문파가 일시에 무너져 버렸다고?”

노가주의 말에서 언뜻 질책의 기미를 읽고 백리장무가 앉은 채로 고개를 숙였다.

"제대로 대처하지 못한 저의 잘못이 큽니다."

노가주의 어조가 보다 날카로워졌다.

"하여 적과 한번 부딪쳐 보지도 않고 멀리 있는 맹방들에게 도움부터 청하고 보자는 것인가? 적의 공격이 두려워 대번에 모든 가솔들을 불러들여 대문을 걸어 잠그겠다는 게야? 다들 그런 생각들이란 말인가?"

형형한 안광으로 좌중을 한 바퀴 돌아보고 나서 다시 말을 잇는 노가주의 어조에 위엄이 서렸다.

"지난 이십여 년간 본가가 겪어본 전투래야 작은 규모의 국지적인 싸움이었을 뿐 제대로 전투다운 전투를 겪지 않다가 갑작스럽게 지금과 같이 급박한 사태를 맞고 보니 당황스럽고 조급한 마음이 들 수도 있을 것이야. 그러나 우리는 백리가(伯理家)가 아닌가? 가문의 태동기로부터 지금에 이르기까지 수많은 적이 끊임없이 본가의 생존을 위협했어도 삼백 년이라는 장구한 세월 동안 굳건히 이 자리를 지키고 있는 것이 어찌 단순히 무력의 덕분일 수만 있겠는가? 어찌 맹방들의 도움에만 기댄 덕분일 수 있겠는가? 바로 그 어떤 적도 두려워하지 않는 불굴의 기개와 당당한 자부심이 본가에 면면히 이어져 온 덕분인 것을!"

백리화천이 뿜어내는 장중한 위엄에 장내 인물들이 압도당한 중에 백리장무가 문득 고개를 들어 부친을 바라보며 입을 열었다.

"상황으로 보아 적들은 이제 곧 본가를 공격해 올 것입니다.

그러나 본가는 아직 적 전력의 실체에 대해 제대로 파악조차 하지 못하고 있습니다. 다만 지금까지의 상황으로 판단하건대 적이 보유한 전력은 지금 우리가 상상하고 있는 이상으로 막 강하리라는 것입니다.”

“음!”

노가주가 나직하게 침음성을 불어냈다. 그리고 이어 무겁게 되물었다.

“적이 상상 이상으로 막강하다? 가주는 어떤 근거를 가지고 그리 판단하는가?”

“이미 드러난 적들의 전력보다 심각하게 주목해야 할 것은 저들이 부리고 있는 여유입니다. 본가에 백리맹방권역보다 훨 씬 두터운 이백리맹방권역이 다시 있음을 모를 리 없음에도, 저들은 서둘지 않은 채 서서히 본가를 향해 공세를 좁혀오고 있습니다. 곧 저들이 필승의 확신을 가지고 있다는 것이지요. 그렇기에 적들이 일단 공세를 개시했을 때는 본가의 외곽 방 어선이 미처 예상하지 못한 짧은 시간 안에, 어쩌면 단숨에 무 너지고 마는 최악의 경우도 염두에 두어야만 한다는 게 저의 생각입니다.”

“허허! 기관매복에 의지하여 다만 철저히 지키기만 하는데 도 단숨에 외곽 방어선이 무너진단 말인가?”

일시 충격을 받은 듯이 백리화천의 목소리에서는 가느다란 떨림이 느껴졌다. 그러나 그는 이내 딱딱하게 얼굴을 굳히며 물었다.

"그래, 가주가 상황을 그렇게까지 심각하게 보고 있다면, 과
연 어떻게 대처할 작정인지 들어보세!"

백리화천의 목소리에 설핏 강한 분노가 서렸으나, 백리장무
는 여전히 담담하게 말을 받았다.

"단적으로 말씀드려, 적이 침공하여 외곽 방어선이 무너지
는 순간 본가의 방어선은 곧바로 불사전(不死殿)이 될 것입니
다."

숨도 크게 쉬지 못하고 가주와 노가주의 대화를 듣고 있던
백리진무는 순간 자신도 모르게 나직한 탄성을 흘리고 말았
다.

"아!"

쏘아보듯이 힐끗 백리진무를 돌아보고 나서 다시 백리장무
를 향하며 백리화천이 무겁게 물었다.

"처음부터 옥쇄를 각오하겠단 말인가?"

"지금의 불확실한 위기 상황에서 적을 타격하는 데보다는
본가 가솔들의 희생을 최소화하는 데 최우선을 두고자 하는
것입니다. 지금부터 네 시진입니다. 이백리맹방권역의 지원
병력이 도착하는 데 소요되는 그 시간 동안을 한정하고 본다
면, 불사전이야말로 가장 효과적인 수성책(守城策)이 될 것입
니다."

"음!"

노가주가 무거운 침음성을 흘리며 형형한 안광으로 뚫어버
릴 듯이 백리장무의 두 눈을 노려보았다.

잠시간 누구도 숨소리조차 내지 못하는 무거운 침묵이 이어진 후, 이윽고 노가주가 안광을 거두며 천천히 고개를 끄덕였다.

"위기일수록 위계가 서야 하는 법! 가주가 이미 생각을 굳혔다면 그것은 곧 본가가 일치단결하여 나아가야 할 방향인 게지!"

순간 백리진무는 자신도 모르게 억누르고 있던 숨을 가늘게 뿜어낼 수 있었다.

2

철민과 예인후 등이 양천에 도착했을 때는 날이 이미 어두워진 뒤였다.

제법 큰 규모의 성이라 사람들로 북적일 거라고 기대했던 것과는 달리 양천의 거리는 한산했다.

다만 이따금씩 도검을 찬 무사들이 열씩, 스물씩 무리를 지어 다녔기에 철민 등은 그때마다 영문을 알 수 없는 중에도 잔뜩 몸을 사리지 않을 수 없었다.

누구에게 물어보지 않았어도 백리세가를 찾는 것은 어렵지 않았다. 성문에서 서북쪽으로 십오 리 정도를 가자 나지막한 산허리를 안고서 마치 성벽을 연상케 하는 거대한 담장에 둘러싸인 한 채의 대장원을 볼 수 있었다. 담장 안 넓은 대지에 세워진 여러 채의 고루전각에서는 오랜 풍상을 버텨온 기품과 위엄을 함께 볼 수 있었다. 바로 삼백 년이 넘게 유구한 전통을 쌓아오고 있는 정파의 명문 백리세가였다.

웅장하면서도 고풍스러운 멋이 풍기는 백리세가의 커다란 대문 앞에는 깔끔한 백의 무복에 검을 찬 수문(守門)무사 네 명이 지켜서 있었다.

사방을 살피며 경계하던 중에 예인후와 철민이 다가서자 무사들은 대뜸 칼자루로 손부터 가져갔다.

예인후가 수호천의 정의대주라고 자신을 밝히자 무사들은 크게 놀라는 기색이었다. 그런 중에 다시 언뜻 반기는 듯한 기색이 보이는 데 대해서 예인후는 잠시 당황스러운 빛이 되고 말았다. 그가 백리세가와는 이렇다 할 교분도 없는 처지에 불쑥 찾아와 쉽지 않은 부탁을 해야 하는 처지라 면구스러움을 참고 어쩔 수 없이 수호천의 이름과 그곳의 정의대주라는 알량한 직위를 팔지 않을 수 없었는데, 세가의 수문무사들이 대뜸 반가운 기색을 보이니 어찌 그렇지 않으랴.

어쨌든 백리소란을 보고자 한다 하였더니 무사들 중 하나가 잰걸음으로 기별을 넣으러 안으로 들어갔다.

대문 안으로 안내를 받으면서 대장원의 곳곳에 배어 있는 듯한 장중한 무게감에 감탄하는 중에, 철민은 다시 어떤 묘한 긴장감 같은 것을 느껴볼 수 있었다.

객당(客堂)에서 기다린 지 얼마 지나지 않아 중후한 인상의 중년인 한 사람이 안으로 들어섰는데, 그 기품이 결코 평범하지 않아 예인후가 얼른 일어나 정중히 포권하며 맞았다.

"백리진무라고 하오. 수호천의 젊은 영웅들께서 본가를 방문해 주신 데 대해 환영하는 바이오."

밝게 웃으며 하는 중년인의 인사에 모두는 흠칫 당황을 감추지 못하였다. 철민과 예인화, 율도린으로서야 당장에 '수호천의 젊은 영웅들'이란 호칭에 도무지 해당되지 않는다는 당혹감 같은 것이 있었고, 또 예인후로서는 강호의 고수로서 개인적인 명성이 만만치 않을뿐더러 백리세가의 직위상 이인자인 백리진무가 직접 나와서 그들을 맞으리라고는 미처 생각지 못하였기 때문이다.

"소생 등이 결례를 무릅쓰고 갑자기 찾아뵙게 된 것은……."

예인후가 당황을 미처 다 추스르지도 못한 채 곧바로 사정부터 말하려는데, 백리진무가 웃으며 손을 내저었다.

"하하하! 결례라고 할 것이 무엇이겠소? 자자, 소란이를 보러 오셨다 했으니 예서 이럴 것이 아니라 함께 내당(內堂)으로 들도록 합시다."

이어 백리진무가 성큼 앞장을 서는 바람에 예인후와 철민 등은 의아하고 얼떨떨한 중에도 일단은 따라 나서고 보지 않을 수 없었다.

3

"철 공자님! 예 공자님!"

백리소란은 화사한 미소로 반갑게 그와 예인후를 맞아주
었다.

'마치 오래된 미인도의 미녀가 그림 속에서 걸어나온 것
같은 고아한 느낌의 기품을 지닌 절세미녀'로 기억된 백리소
란의 그런 환대에 대해서 철민은 언뜻 우쭐해지는 기분이 되
는 걸 어쩔 수가 없었다. 율도린과 예인화에 대해서는 물론
이고, 그가 앞서 불렀다는 데 대해서는 예인후에 대해서까지
도.

그러나 예인화가 무표정한 얼굴로 힐끗 바라보는 바람에 철
민은 이내 민망스러워지고 말았다.

그때 백리소란이 방 안을 향해,

"할아버지! 말씀드렸던 철민 공자와 예인후 공자세요!"

하고 말하자 방 안에서,

"어서들 오시게!"

하며 일어서서 그들을 맞는 사람은 갈대꽃 같은 수염을 지
닌 청수한 기품의 노인이었다.

순간 예인후가 크게 당황해하며 깊숙이 허리 숙여 공손히
예를 차리는 모습에 철민 등도 얼른 허리를 굽혔다. 하긴 백리
소란이 할아버지라고 부른 것만으로 노인이 백리세가의 최고
어른이리라 짐작할 수가 있었다.

그랬다. 노인은 바로 세가의 노가주 백리화천으로, 예인후
정도의 이름으로는 감히 얼굴을 마주 보기조차 어려운 강호의
대선배이자 고인(高人)이었다.

바쁜 일이 있다며 백리진무가 이내 자리를 뜨고 난 다음, 노가주는 예인후가 사정을 말할 틈을 주지 않고 이런저런 것들을 묻기에 바빴다.

노가주는 예인후와 철민에 대해 이미 제법 많은 얘기를 들은 듯했는데, 특히 예인후에 대해 깊은 관심을 보이며 그의 용모며 기품이며 자질 등에 대해 칭찬이 끊이지 않았다. 더욱이 예인후와 시선이 마주칠 때마다 인자한 미소를 짓는 모습은 마치 손녀의 배필감을 살펴보는 할아비의 모습과도 같았으니, 웬만큼 침착한 성격인 예인후로서도 이윽고는 얼굴에 불그스름한 홍조를 드리우고 말았다.

분위기가 그러하였으니 백리소란 역시도 당황이 되었던지 어느 틈에 얼굴이 붉어져 있었다.

그럼에도 불구하고 철민은 내내 은근한 관심을 백리소란에게 주고 있었다. 물론 예인후와 경쟁관계(?)가 되고 싶은 마음은 조금도 없었다. 정말로.

다만 예전보다 한층 성숙미를 발산하는 백리소란의 미모에 대해서는 철민이 다소 엉뚱한 욕심을 가져보는 것이었다.

'위려려와 함께 세워보면 어떨까?

그리고 기왕에 생긴 욕심이라, 그의 비교에는 이내 한 사람이 추가되었다. 예인화다. 철민이 그녀를 절세미녀의 반열에 포함시켜 준 것은 불과 얼마 되지 않았지만, 어쨌거나 그녀는 이제 어떤 절세미녀들 사이에 세워놓아도 조금도 부족함이 없을 정도다. 물론 '제 눈의 안경' 이겠지만 말이다.

철민이 백리소란에게 눈길을 고정시켜 놓고 있던 중에 언뜻 옆얼굴이 따끔거리는 바람에 생각없이 고개를 돌리다가 문득 그를 보고 있던 누군가와 눈이 마주쳤다. 예인화였다. 그녀가 그를 보며 가만히 웃음 지었다. 배시시.

4

예인후가 어렵게 틈을 잡아서 사정을 얘기하고 부탁을 드리자, 노가주는 생각하고 말고 할 것도 없이 흔쾌히 수락하였다. 다만 예인후와 철민이 곧 떠나야만 한다는 데 대해서는 조건 삼아 말하는 것이 있기는 했다.

"궁벽한 곳에 사는 촌로의 일상이 따분하기 이를 데 없는데, 이처럼 강호의 신성들과 얘기를 나누다 보니 메마른 노구에 활력이 다 솟는 듯하네. 하여 늙은이가 오랜만의 흥을 쉬이 깨기 싫은 욕심으로 청하니, 두 사람은 오늘 밤만이라도 본가에서 머물고 가도록 하시게나."

예인후가 급한 약속과 해야 할 일이 있다고 거듭 사양하는 중에 마침 바깥에서 음식이 들어왔기에 예인후가 철민의 손을 잡아끌며 황급히 일어서려 하자, 노가주는 기어코 두 사람을 잡아 앉혔다.

"허허허! 급한 사정이 있다니 끝내 잡을 수는 없겠고, 그렇더라도 기왕에 준비한 음식에 술 한잔이라도 대접하고 보내야 이 늙은이의 마음이 편하겠네."

그런데 다시 잠시 후에는 세가의 가주인 백리장무와 백리소란의 남동생인 백리일웅이 자리에 합류하였고, 그렇게 되고 보니 백리소란의 직계 가족들이 다 모인 셈이 되어 자리는 이제 정말로 선을 보는 분위기처럼 되고 말았다.

철민은 슬금슬금 웃음이 새어 나오려는 걸 억지로 참느라 애를 먹었다. 그런 그를 예인후가 자꾸 돌아보았다.

그러나 정말로 어색해하고 어려워하는 기색이 역력한 예인후를 계속 두고 볼 수는 없었기에 철민이 나중에 백리소란에게만 살짝 부탁하려던 얘기를 어색하게나마 꺼냈다.

"저… 백리 소저, 그때 제 물건… 기억나십니까? 검은색의 방망인데……."

이상하게 들릴까 봐 매봉이라는 이름을 말하지 못하고, 분위기상 공손일준의 이름은 더욱이 꺼내지 못한 까닭에 철민의 말은 영 매끄럽지가 못하였다.

그런데 엷은 미소를 띤 채 듣고 있던 백리소란이 문득 옆자리의 백리일웅을 불렀다.

"웅아."

백리일웅이 마침 한입 가득 음식을 씹고 있던 중이었던지 힐끗 보는 것으로 대답을 대신하자, 백리소란이 다시 말했다.

"너 가서 그것 좀 가지고 오렴."

그러자 백리일웅이 꿀꺽 소리가 나도록 입안의 것을 삼키고 문득 허리를 세우는데, 새삼 그의 거구가 돋보였다. 사실 백리일웅의 덩치는 보통이 아니었다. 보통이 아닌 정도가 아니라

흔히 볼 수 없는 거구였다. 특히 상체가 우람하여 앉아 있는 모습이 마치 작은 철탑이 바닥에 뿌리를 박고 있는 것처럼 보였다.

백리일웅이,

"매봉 말이우?"

하고 제 누이를 향해 묻는데, 치켜뜬 두 눈에다 설핏 찡그린 미간이 다분히 못마땅하다는 기색이었다.

그때 철민은 제풀에 움찔 놀라고 말았다. 백리일웅의 시선이 힐끗 그에게로 돌아온 것도 있지만, 그보다는 매봉이라는 이름을 백리일웅에게서 들었다는 것과 또한 그들 남매가 짧게 주고받은 말에서 뜻밖에도 매봉이 지금 이곳에 있다는 듯하였기 때문이다.

"갑자기 매봉은 왜 가지고 오라 하우?"

말은 제 누이에게 하면서도 시선은 여전히 철민에게 두고 있는 백리일웅에게서는 사뭇 솔직한 경계심이 엿보였다. 그러고 보니 거구이기는 해도 아직 소년기의 흔적이 다 가시지는 않은 듯한 그의 동안에서는 설핏 약간의 치기 같은 게 보이기도 했다.

백리소란이 빙그레 웃으며,

"매봉의 주인이 오셨으니 마땅히 돌려 드려야 하지 않겠느냐?"

하고 다시 말하자, 백리일웅이 여전히 제 누이는 보지도 않고 철민을 향해,

“댁이 매봉의 주인이시우?”

하고 묻는데, 그 말투가 다분히 퉁명스러웠다.

그때 벌써부터 언짢은 얼굴이 되어 아들의 행동거지를 보고 있던 백리장무가 나직한 소리로 꾸짖었다.

“웅아! 손님께 무슨 무례냐?”

그 한마디에 백리일웅은 얼른 머리를 조아리더니, 두말없이 자리에서 일어나 방을 나갔다.

5

백리일웅이 다시 돌아왔을 때 모두의 눈길은 일시에 그가 들고 있는, 길이 사 척 반에 달하는 한 자루 검은색의 방망이로 집중되었다. 노가주와 백리장무 등도 매봉을 처음으로 보는 모양이었고, 그런 것은 예인후 등도 마찬가지였으니, 매봉의 생김새는 당연히 모두의 호기심을 끌 만했다. 더하여 만약 그것이 희귀한 묵강현철로 제련되었고, 그 무게가 자그마치 스무 근에 이른다는 걸 안다면 그들의 호기심은 더욱 커졌으리라.

백리일웅이 아쉬움 가득한 기색으로 매봉을 들고 머뭇거리고만 있더니,

“일웅아!”

하는 백리소란의 질책 섞인 부름을 듣고 나서야 마지못한 듯이 불쑥 철민에게 매봉을 내밀었다.

그런데 백리일웅이 손잡이를 철민 쪽을 향하도록 해서 한 손으로만 굵은 머리 쪽을 잡고 매봉을 건네었는데, 그럼으로써 마치 자신은 한 손만으로도 이처럼 가벼이 매봉을 다루는데 '당신도 나와 같이 할 수 있겠느냐? 과연 이 물건의 주인 될 자격이 있느냐?' 하고 과시를 해보려는 모양새였다.

그러나 한편으로는 단순한 힘자랑이나 철민을 깔보려는 의도만은 또 아닌 듯해서, '당신 같은 사람에게 어울리는 물건이 아닌 듯하니 나에게 양보를 하면 어떻겠느냐?' 하는 매봉에 대한 순수한 욕심 내지는 미련 정도로 보이기도 했다.

그러나 철민이 다른 건 몰라도 매봉에 대해서라면 누구에게도 양보하고 싶은 마음이 없는데다, 이제쯤에는 힘이라면 누구에게도 뒤지지 않는다는 자신감 같은 것이 생겨 있는 중이라 태연한 체 천천히 매봉을 받아 들었다.

철민이 또한 한 손으로 가볍게 매봉의 손잡이를 잡아서 받아 들자 백리일웅의 표정에는 설핏 놀라는 기색이 스쳐 갔다.

백리일웅에게 가볍게 고개를 숙여 보이고 나서 철민은 정말로 오랜만에 느껴보는 매봉 특유의 촉감을 잠시 음미해 보았다.

철민의 바로 옆자리에 앉아 있던 터라, 예인화가 또한 가만히 매봉을 살폈다. 그리고 그녀는 이내 매봉의 투박한 표면에 새겨진 엷은 무늬에서 솔바람에 일렁이는 호수의 잔물결이 잔잔히 퍼져 나가는 모습을 볼 수 있었고, 혹은 파도가 치는 듯이 제법 기세 좋게 물결치는 듯한 모습도 볼 수 있었다. 은은히 감도는 검은 빛의 광택 속에서는 투박한 느낌 속에 숨어 있는 어떤 품격을 느끼기도 했다. 그리고 이윽고 손잡이 쪽 바닥 면에 새겨진 두 글자 '매봉(魅棒)'을 발견하고 가만히 고개를 끄덕이며 그녀는 입가에 엷은 미소를 떠올렸다.

예인화는 상상이라도 했을까? 그녀가 매봉에 대해 보고 느낀 첫인상이 예전 철민이 매봉에 대해 느꼈던 것과 너무도 흡사하다는 사실을.

예인화의 엷은 미소에서 철민은 문득 마음이 편안해졌다. 마치 그와 매봉에 얽힌 사연 하나하나에 대해 그녀와 공감이 이루어지고 있는 듯했다.

그러나 그때,

"그 녀석, 정말로 무기로 사용되는 것이 맞습니까?"

불쑥 묻는 백리일웅으로 인해 철민은 잠깐의 감상에서 흠칫 깨어나고 말았다.

그런데 철민이 백리일웅이 말한 '녀석'이 매봉을 지칭한다는 정도를 겨우 되새기고 있는 중에 백리소란이,

"웅아!"

하고 질책 섞인 소리로 동생을 제지했다. 그러나 백리일웅은 힐끗 백리장무의 눈치부터 보면서도,

"아니, 저는 그냥… 저렇게 길고 무거운 녀석을 어떻게 쓰는지 궁금해서……."

하고 중얼거리는 것이었다. 여전히 매봉에 대한 미련을 버

리지 못한 모습이었다.

그런데 백리장무는 도무지 못마땅하다는 얼굴이면서도 막상 아들을 꾸짖지는 못하고 있었는데, 아마도 노가주가 마치 기꺼운 듯이 빙그레 웃는 얼굴로 손자가 하는 양을 지켜보고 있는 때문인 것 같았다.

철민 또한 하릴없이 웃고만 있는데, 백리일웅은 한술을 더 뜨고 나왔다.

"감히 부탁드리건대, 간단하게 시범을 좀 보여주시면 안 되겠습니까?"

딴에는 말을 고른 것 같았지만 그 내용은 자칫 도전적이기까지 하였으니, 백리소란이 크게 당황하는 기색이 되고 말았다.

그러나 그때쯤 방 안의 분위기는 문득 묘하게 흐르는 데가 있어서, 어른들은 물론이고 심지어는 예인후 등 철민의 '편'까지도 약간씩의 호기심을 보이는 눈치들이었으니, 백리소란으로서도 동생을 말려볼 엄두까지는 내지 못하고서 사뭇 곤란하다는 표정만 지을 뿐이었다.

철민 또한 분위기를 보니 점차로 발을 빼기 어려운 쪽으로 돌아가는지라, 나중에는 하는 수 없이 어정쩡하니 일어나고 말았다.

그런데 막상 철민이 일어서자 좌중의 모두 또한 일시 어정쩡해지고 말았다. 상을 치우고 시범을 보일 공간을 만들어주어야 하는지, 아니면 아예 바깥의 넓은 공간으로 자리를 옮겨야 하는지에 대해.

그러나 모두는 길게 어정쩡해하지 않아도 좋았다. 철민이 다리를 가볍게 벌리며 허리를 쭉 펴고 서더니 아무 예고도 없이 그 기다란 방망이를 가볍게 한번 휘둘러 버렸으므로.

웅~!

매봉이 여리게 울었다.

이어 철민이 한 번 더 이번에는 제대로 '스윙'을 돌리자 놈은 힘차게 깨어났다.

우웅~!

놈의 끝부분에 묵직하게 원심력이 실리는 느낌이 철민의 손바닥에 착 달라붙었으므로, 철민은 잠시 눈을 감고 그 익숙하고도 그리웠던 느낌을 음미했다.

단 두 번의 방망이질로 방 안에는 무어라 표현하기 어려운 무형의 기세가 확 돌았다.

그때 노가주가 앉은 채로 멀찍이 벽 쪽으로 물러났고, 백리장무가 또한 말없이 부친의 곁으로 물러앉았다.

그것을 보고 예인후가 얼른 예인화를 일으켜 역시 벽 쪽으로 물러났고, 뒤이어 율도린과 백리소란 또한 예인후의 곁으로 물러났다.

다만 그런 중에도 백리일웅은 홀로 제자리를 지키고 앉아 있었는데, 그런 그에게서는 언뜻 '과연 얼마나 대단한지 한번 보자'는 고집과 동시에 조금이라도 가까이에서 보고 싶어하는 열망 같은 것이 함께 비쳤다.

그런 백리일웅을 힐끗 살핀 노가주의 주름진 입가에 엷은
미소 한 자락이 언뜻 피어올랐다.

6

우우웅~!
매봉의 소리가 점차 길어지며 철민의 주위로는 거뭇거뭇한
그림자들이 생겨났다. 이어,
우우우웅~!
매봉이 숫제 울음을 토해낼 때 철민의 주변 허공에는 몇 개
로 늘어난 매봉들이 번뜩거리며 돌아다니기 시작했다. 마치
제 각각이 살아 있는 것처럼.
모두는 놀라움을 감추지 못하였는데, 특히 백리일웅의 두
눈은 숫제 동그랗게 변해 있었다. 그러나 그런 중에도 백리일
웅은 잠시도 매봉의 움직임을 놓칠 수 없다는 듯이 용을 쓰며
제자리를 지키고 있었다. 그러나,
우우우우웅!
매봉들이 더욱 선명해지며 일순 몇 마리 거대한 흑룡으로
화신하여 뒤엉키자, 백리일웅이 이윽고는 그 거칠고 웅대한
기세를 감당하지 못하고 앉은걸음으로 급급히 미끄러지며 뒤
로 물러나고 말았다.
철민의 주변 사방이 온통 흑룡의 모습으로 가득 채워지자,
애써 담담한 기색을 지키고 있던 노가주의 얼굴에도 마침내는

놀라움이 떠올랐다.

우우우우우웅!

흑룡이 거세게 울부짖었다. 그런데 본격적으로 매봉파가 펼쳐지려는 그때,

[그만!]

철민의 의식 속으로 전해지는 급한 울림이 있었다. 그리고 매봉파의 기세가 눈에 보이게 움찔하는 순간,

[그만하라니까요!]

하고 다시금 울리는 뾰족한 심동에 철민이 급급히 매봉을 멈춰 세웠다. 그리고 얼른 예인화부터 확인하는데, 그녀는 예인후의 곁에서 별탈없이 앉아 있었다.

예인화가 겁먹은 얼굴이더니, 철민과 눈길이 마주치고는 이내 또 희미한 미소를 떠올리는 것이었다.

예인화의 그런 모습에서 철민은 그녀가 왜 자신을 제지했는지에 대해 언뜻 짐작해 볼 수 있었다. 언젠가 묵중으로 매봉파를 전개하다가 온통 난장판이 되고 만 방 안의 풍경과 아슬아슬하게 멈춘 묵중 앞에서 새파랗게 질린 채 울음을 터뜨릴 듯한 얼굴로 부들부들 떨며 서 있던 예인화의 모습이 기억 저편으로 스산하니 스치고 지나갔다.

"휴~!"

철민이 저도 모르게 나직한 한숨을 불어 내쉴 때였다.

짝! 짝! 짝!

박수 소리가 났다. 노가주였다.

철민을 향해 크게 고개를 끄덕여 보이는 노가주의 얼굴에는 감탄과 기꺼움이 빙그레 떠올라 있었다.

7

철민이 언뜻 예인화를 돌아보자 그의 속마음을 알기라도 한다는 듯이 그녀는 가볍게 고개를 끄덕였다.

철민은 백리일웅에게 묵중을 줄 작정이었다.

풀이 팍 죽은 채로 시무룩해 있는 백리일웅의 모습이 안쓰럽기도 했고, 그동안 매봉을 맡아준 데 대한 감사의 표시를 해야겠다 싶기도 하고, 더욱이 백리일웅이 매봉에 대해 보인 순수한 욕심은 차라리 정겹기까지 한 것이었다.

그리고 매봉을 찾은 이상 묵중까지 두 개의 덩치 큰 물건을 함께 가지고 다닌다는 것이 얼마나 거추장스러울 것이며, 또한 남 보기에 얼마나 미욱해 보일 것인가?

그렇더라도 우선 예인화에게 조심스러운 것은, 묵중이 그녀가 그에게 준 선물이라고도 할 수 있기 때문이었다.

어쨌거나 그녀가 고개를 끄덕여 줌으로써 철민은 마음이 가벼워졌다.

철민이 방 한쪽 구석에 두었던 봇짐에서 기다란 물건 하나를 꺼내서는 겉에 둘둘 말아놓은 천을 풀어내자, 백리세가의 사람들은 똑같이 잔뜩 의아해하는 모습이 되고 말았다.

어린아이 손목 굵기의 검은색 철봉이 모습을 드러내고, 이

어 기다란 그 반대쪽 끝에 마치 칼자루[劍柄]와 같이 손 보호
대[護手]까지 드러나자, 어느 틈에 철민 가까이로 다가앉아 잠
시도 눈을 떼지 못하고 있던 백리일웅은 이윽고 눈빛을 반짝
이기 시작했다.

철민이 불쑥 묵중을 내밀자 백리일웅은 움찔 놀라기만 할
뿐, 선뜻 받아 들지를 못하였다.

철민이 빙그레 웃으며 다시 한 번 권하자 백리일웅은 힐끗
조부와 부친의 눈치를 본 다음에야 애써 흥분을 누르는 기색
으로 조심스레 묵중을 받아 들었다.

그런데 받아 드는 순간의 묵직한 무게감을 느낀 백리일웅의
표정이 문득 묘하게 바뀌더니, 한 손으로 아주 천천히 묵중의
표면을 쓰다듬어 나가는데, 그 손길이 세심할 뿐 아니라 무슨
의식이라도 치르는 사람처럼 엄숙하기까지 하였다.

그러다 이윽고 손잡이 부분 끝에 각인된, 자세히 살피지 않
으면 알아보지 못할 작은 글자 하나를 발견해 낸 백리일웅이
철민을 보며 물었다.

"중(重)? 이놈의 이름입니까?"

철민이 싱겁게 웃으며 대답해 주었다.

"검고 무거운 놈이라 해서 묵중이오."

"묵중! 정말 멋진 이름입니다. 이런 멋진 놈을 제게 주서서
정말 감사합니다, 형님!"

백리일웅의 갑작스런 '형님' 소리는 모두를 당황스럽게 만
들었다. 철민 역시 '형'이라든지 '선배님' 소리는 드물지 않

게 들어봤어도, 정식으로 '형님' 하는 소리는 처음이었다.

그런데 철민은 그 소리가 그다지 싫지 않았다. 아니, 솔직히 는 괜히 마음이 들뜰 정도로 괜찮게 들렸다. 아마도 지금 그를 바라보고 있는 백리일웅의 표정과 눈빛에서 진정이 읽혀지기 때문이리라.

그렇더라도 철민이 대뜸 하대로 받지는 못하고,

"마음에 든다니 다행이오."

하였는데, 백리일웅이 다시금,

"정말 감사합니다, 형님."

하며 넙죽 허리까지 숙이는 바람에 슬그머니 입술을 비집고 나오는 웃음을 철민이 어쩔 수가 없었다.

노가주의 입꼬리에도 담담한 웃음기가 떠올라 있었다.

8

매봉을 통해 철민의 '벽'이 외부로 확장된 것에 대해 일령 이 대단한, 혹은 획기적이라고 할 만큼의 어떤 느낌을 받았다 는 것을 철민은 대강의 느낌으로나마 알 수가 있었다. 물론 오 늘 이전에도 철민의 '벽'이 잠깐 동안 외부로 확장된 적이 있 긴 하지만, 이번에 매봉을 통해서는 한층 더 확연하게, 훨씬 더 넓은 범위로 운용이 된 때문인 모양이었다.

그런 것이 일령에게 무엇 때문에 '대단'하고 '획기적이라 고 할 만큼'이 되는지 철민이 다만 느낌만으로 구체화해 볼 수까지는 없었지만, 그래도 역시 느낌으로 짐작을 해보자면, 일령은 아마도 그런 것에서 어떤 기대를 하게 된 것 같았다.

　그러나 그것은 역시나 그냥 철민의 느낌이었고, 막연한 짐작일 뿐이었다.

第六十三章

전조(前兆)

몽상가

몽상가

쾅!

콰쾅!

바깥에서 난데없는 폭음 소리가 울린 것은, 시간이 어느덧 술시(戌時)를 넘겨 해시(亥時)로 접어들었기에 예인후가 이제는 정말로 가보아야겠다고 세 번째의 양해를 구하고 막 자리에서 일어서려는 때였다. 연이어,

"와~!"

"와아~!"

하는 거센 함성이 들렸고, 뿐만 아니라,

"적이다!"

"막아라!"

하는 다급한 외침도 뒤섞였다.

갑작스러운 사태에 모두가 놀라는 중에 방문이 급하게 열리면서 세가의 무사 하나가 긴급한 사정을 보고했다.

"가주님! 흑룡방의 내습입니다!"

백리장무가 자리에서 벌떡 일어서며,

"아버님! 소자 나가봐야겠습니다!"

하고 밖으로 나가려는 것을 노가주가 일단 손짓으로 제지해 놓고는, 크게 당황하여 뒤따라 일어서는 예인후와 철민 등에게 우선,

"바깥에 일이 좀 생긴 모양이니 아쉽지만 가주와 노부가 잠시 나가봐야 할 것 같소. 그리고 아마도 별일은 없을 것이나, 혹시 모르는 일이니 네 분은 잠시 안전한 곳으로 자리를 옮기도록 하시오."

하고 차분하게 당부하였다. 그리고 다시 백리소란을 향해,

"란아와 웅아는 손님들을 안내해 드리도록 해라."

지시하고는, 그제야 백리장무와 함께 서둘러 방을 나갔다.

곧바로 검을 챙겨 드는 백리소란 남매에게서도 촉박한 긴장이 읽혀졌다. 다만 와중에도 백리일웅은 묵중을 챙기더니 등에다 단단히 묶었다.

"저를 따라오십시오!"

앞장서는 백리소란을 따라 방을 나서면서 예인후가 고개를 끄덕여 보이기에, 철민이 또한 고개를 끄덕여 주었다. 예인후의 의중이, 일단 예인화와 율도린이 백리세가의 안전 지역으

로 대피하는 것을 확인하고 나서 세가를 빠져나가자는 것이리
라고 철민은 짐작했다.

2

　차가운 겨울밤의 흐릿한 달빛 속에 백리세가의 높다란 담장
은 완고한 잔상으로 고고하게 웅크리고 있었다.
　그러나 자세히 보자니 담장의 일부가 크게 무너져 있었고,
그 안쪽으로 펼쳐진 세가의 넓은 정원은 지금 촉발의 긴장과
첨예한 살기를 품은 채 음습한 어둠 속에 잠겨 있었다. 뿐만
아니라 담장 바깥쪽의 어둠 속에서는 그 수를 알 수 없는 거뭇
거뭇한 그림자들이 촉박한 움직임을 보이고 있었다.
　"진(進)!"
　어둠 속 어디선가 짧은 외침이 울렸다. 이어 일단의 무리가
불쑥 어둠을 뚫고 나오더니,
　"와~!"
　"와아~!"
　거친 함성을 토해내며 무너진 담장을 넘어 세가 안으로 돌
격해 들어갔다.
　커다란 방패를 앞세운 그들 오십여 명의 일대(一隊)는 이내
다섯 갈래로 갈리며 세가의 정원을 치달았다.
　그때였다.
　쉬~ 쉭! 쉬쉬~ 쉭!

정원의 곳곳에서 날카롭게 바람 가르는 소리들이 일었고, 동시이다시피,

"악!"

"으악!"

처절한 비명 소리들이 터져 나오더니 돌격해 들어가던 자들이 속속 바닥으로 쓰러졌다.

"퇴(退)!"

명령은 처절한 비명 속에서도 차갑기만 하였다.

그런데 살아남은 자들이 허겁지겁 도망쳐 나올 때였다. 담장 바깥쪽에서 새로이 이십여 명이 쾌속하게 정원 안쪽으로 쏘아 들어갔다.

쉬~ 쉭! 쉬쉬~ 쉭!

정원의 어둠 속 여기저기에서 다시금 날카롭게 바람 가르는 소리가 일어났다.

그러나 그들 이십여 명의 신법 재주는 처음의 돌격대(突擊隊)와는 확연히 차이가 날 정도로 놀라웠고, 더욱이 이미 암전(暗箭)과 암기들이 쏘아지는 위치를 간파했던지 날쌔게 정원의 곳곳을 누볐다. 그리고 그들이 움직이는 동선을 따라서는,

쾅! 콰앙!

땅을 울리는 폭음이 잇따라 터져 나왔고, 정원은 금세 매캐한 화약 냄새로 뒤덮였다.

폭음이 조금 진정되자 다시금 명령이 울렸다.

“진(進)!”

그리고 새로운 일대의 돌격조가 거친 고함을 내지르며 정원으로 돌격해 들어갔고, 정원의 어둠 속에서는 기다렸다는 듯이 다시금 바람 가르는 소리가 일어났다.

그런데 좀 전 세가의 기관매복이 상당 부분 무력화되었음에도 불구하고 여전히 암전과 암기들이 소나기처럼 쏘아져 돌격대를 속속 쓰러뜨렸다.

“퇴(退)!”

명령에 따라 살아남은 돌격대가 황급히 물러 나왔고, 이십여 명의 폭파조가 다시금 투입되어 새로이 노출된 세가의 기관매복 안으로 주먹만 한 폭약 몇 개씩을 쑤셔 넣었다.

쾅! 콰쾅!

폭음이 울리고, 기관 안에 매복해 있던 세가의 무사들은 비명도 남기지 못하고 폭사하였다.

비슷한 일련의 공방이 몇 번이고 반복되는 동안, 세가의 정원 곳곳에는 나뒹구는 주검과 고통스러운 신음이 늘어갔고, 대지는 질펀한 피로 참혹하게 물들어갔다.

그리고 정원에 나뒹구는 사상자의 수가 백여 명을 넘겨갈 즈음, 마침내 세가의 기관매복은 거의 파괴가 되고 말았다.

“와아아아~!”

침입자들이 내지르는 거대한 함성이 백리세가의 수백 년 위엄을 거칠 것 없이 짓밟아 나갔다.

불사전은 백리세가 최후의 저항선이었다. 즉, 불사전이 뚫리면 그다음에는 바로 아녀자들과 무공을 모르는 가솔들이 피난해 있는 지점이란 점에서, 최후 필사의 방어선일 수밖에 없는 것이다.

그러나 최후 필사의 방어선이라고 해서 불사전에 이렇다 할 기관매복이나, 혹은 특별하다고 할 만한 방어 수단이 따로 안배되어 있지는 않았다. 그저 거대한 암반지대 속으로 넓게 형성된 천연의 공간에다 약간의 인공을 더해 긴 통로들을 연결시켜 놓은 게 다였다. 굳이 특별하다고 할 만한 게 있다면, 그 통로들이 갑자기 협소해지고, 혹은 넓게 확대되는 약간의 변화를 주었고, 더하여 각 통로들을 앞뒤로 연결하는 몇 개의 은폐된 지로(支路)가 뚫려 있다는 정도였다.

백리세가에서는 그러한 불사전의 구조에 대해 무가(武家)로서의 마지막 자존심으로도 여겼다. 즉, 최후 저항선에서 수적 우열이나 병구(兵具)의 우열 따위로 살아남기보다는 차라리 필사의 각오로 세가의 마지막 한 사람까지 싸우다 죽기를 택하겠다는 결연한 의지의 표상으로 삼는 것이고, 그것은 다시 세가의 가솔들로 하여금 한시라도 무공 연마에 자만하거나 게으르지 말라는 역설적인 교훈이 되는 것이었다.

어쩌면 그런 지독하다 할 만한 자존심과 교훈이야말로 끊임없이 새로운 세력이 생겼다 사라지는 부침의 강호 판도에서 백리세가가 지난 삼백 년 동안이나 강호 유수의 명문세가로서의 지위와 명예를 굳건하게 지켜올 수 있었던 원동력이었는지도 모를 일이다.

반백의 머리를 질끈 묶어 어깨 위로 늘어뜨린 흑룡방주 음세유의 기름기없이 깡마른 얼굴에서는 목하 치열한 전장의 수장으로서의 촉박함이나 긴장은 그다지 보이지 않았다.
음세유가 불사전 앞에 속속 집결하고 있는 수백의 흑룡방도들이 신속히 대열을 정비해 가는 모습을 묵묵히 지켜보고 있을 때 한 사람이 급히 달려와 복명했다.
"방주님!"
"음! 천(泉) 당주로군. 그래, 수색 결과는?"
"백리가(伯理家) 전체가 텅 비었습니다. 아마도 놈들은 처음부터 외곽 방어선만을 남겨놓은 채 모조리 이 안으로 숨어든 모양입니다."
음세유가 가볍게 고개를 끄덕였다.
"그렇더라도 기계(奇計)가 있을 수 있으니 외곽의 포위망을 유지하고 여분의 병력을 풀어 다시 한 번 샅샅이 수색하도록!"
"존명!"
천 당주가 빠르게 달려가고 난 뒤, 음세유는 마침 곁으로 다가서는 청의노인을 향해 물었다.
"화(華) 당주, 준비가 되었나?"
"예, 방주님!"

"그럼 시작하지."

화 당주가 한 손을 번쩍 치켜드는 것을 신호로 십열 종대로 편성된 흑룡방도들의 선두가 두터운 방패를 앞세운 채로 불사전 안으로 진입했다.

불사전의 통로는 넓고 반듯했으며 천장 곳곳에 박힌 야광석(夜光石)으로부터는 은은한 빛을 뿜고 있어서 내부는 그다지 어둡지 않았다.

조금 더 들어가니 통로가 갑자기 좁아지다가 다시 확 넓어지는 곳이 나타나기도 했으나 특별히 장애물이나 저항이 있지는 않아서, 흑룡방도들은 대형 간에 일정 간격을 유지한 채로 거침없이 앞으로 밀고 나갔다.

그런데 대열의 선두가 또 하나의 갑자기 통로가 좁아지는 지점에 도달했을 때였다.

"적이다!"

대열의 후미 어딘가에서 날 선 고함 소리가 있었다. 그리고 바로 뒤이어 날카로운 비명이 잇따라 터져 나왔으므로 통로 안은 삽시간에 혼란 속으로 빠져들고 말았다.

"으악!"

"으아~ 악!"

대열 후미에서는 지금 세 명의 백의노인이 마치 양 떼 속으로 뛰어든 호랑이들과도 같이 맹렬하게 흑룡방도들을 몰아치고 있었다.

멀쩡하던 암벽이 갑자기 열리며 뛰쳐나온 백의노인들의 검은 하나같이 눈부신 백광에 휩싸여 있었는데, 그들의 검이 허공을 가를 때마다 예외없이 피보라가 일며 처절한 비명이 터져 나왔다. 그것은 싸움이라기보다는 차라리 도륙(屠戮)이었다. 노인들의 백의가 금세 벌건 피로 적셔졌다. 그러나 백의노인들은 자신들이 나온 지로(枝路)에서 멀리까지 치고 나오지는 않았다.

그때 혼란 속에서 누군가 크게 외쳤다.

"오로(五老)다!"

순간 노인들과 대치를 이루고 있던 흑룡방도의 대형이 주춤거리며 확연히 뒤로 물러났다.

백리가의 오로란 노가주 백리화천을 포함해 백리세가의 원로 오 인(五人)을 말함이었는데, 그들 개개인이 이미 수십 년 전에 강호에 혁혁한 무명을 떨친 바 있는 초절정의 고수들이었으니, 그 이름이 주는 위압감만으로도 흑룡방도들을 일시 두려움에 떨도록 만들기에 충분한 것이었다.

그러나 그때 통로 안을 울리는 날카로운 외침이 있었다.

"물러서지 마라! 적은 겨우 셋에 불과하다! 호원(護院)의 고수들은 나아가 적을 맞이하라!"

즉시로 뒤엉킨 흑룡방의 대열 앞쪽으로부터 수십여 명의 무리가 빠르게 오로 쪽으로 이동해 왔고, 이내 하나의 커다란 검진을 형성하며 맹렬히 오로를 몰아쳐 갔다.

그러나 오로는 서너 합 정도 검을 섞은 다음에는 곧바로 뒤로 물러나 그들이 나왔던 지로 안으로 들어가 버렸는데, 일단 그렇게 되자 흑룡방도들은 겨우 두 사람이 나란히 들어갈 정도의 폭에 불과한 지로 안까지는 함부로 쫓아 들어가지를 못하였다.

그때였다. 이번에는 반대쪽 대열의 선두 쪽에서 다급한 외침이 있었다.

"앞쪽에 적이다!"

좁아드는 통로의 앞쪽에서 갑자기 이십여 명의 백의인이 튀어나오며 맹렬한 기세로 돌진해 왔다. 하나같이 놀라운 검위(劍威)를 떨치는 절정의 검객들은 바로 백리세가의 가주 백리장무와 그의 형제 항렬이었다.

채챙! 채채챙!

도검 부딪는 소리가 어지럽게 터져 나오는 중에 흑룡방의 선두는 속절없이 우르르 무너지며 뒤로 물러나기에 급급했다. 선두에 배치하였던 고수 급들을 후미로 돌려놓은 참인 것이다.

"크악!"

"악!"

"으아악!"

참혹한 비명이 잇따라 울렸고, 그런 중에 흑룡방의 대열 가운데서 급박한 외침들이 터져 나왔다.

"각대(各隊)! 대형을 정비하라!"

"사수(射手)들은 사선(射線)을 정렬하라!"

흑룡방의 대열이 분주히 움직이며 빠르게 질서를 되찾아

갔고, 대열의 이선(二線)에서는 삼십여 명의 궁수가 빠르게 사대(射隊)를 이루었다.

그러나 그때 백리가의 검객들은 돌연 방향을 바꾸어 바람처럼 통로 안쪽으로 사라져 버렸고, 흑룡방은 미처 반격의 기회조차 가져보지 못했다.

4

철민과 예인후는 백리소란과 예인화, 그리고 율도린이 안전하게 불사전 안으로 들어가는 것을 확인한 다음, 다시 백리일웅의 안내를 받아 세가를 빠져나가는 중이었다.

백리일웅은 주인 된 입장을 내세우며 두 사람이 세가를 나설 때까지 안내해 주겠다고 굳이 고집을 부렸다. 예인후가 아무래도 적들과 마주치지 않을 수는 없을 것이니 따라나서지 않는 것이 좋겠다고 말렸으나, 백리일웅은 적어도 세가 내에서라면 누구도 자신을 어떻게 할 수 없다며 오히려 큰소리를 쳤다.

철민이 보기에 백리일웅은 아무래도 묵중을 선물 받은 데 대한 감사 표시를 그렇게 하려는 것 같았다. 혹은 예인후와 그에 대해 사내로서의 호감 같은 것을 느낀 것일지도 몰랐다. 물론 후자의 경우라면 철민에게보다는 예인후에 대해서일 것이다. 예인후야말로 누구에게나 호감을 줄 만한 사내라고 철민역시도 인정하고 있는 바이니 말이다.

예인후의 우려대로 그들은 이내 흑룡방도들과 맞닥뜨리게
되었다. 그들은 미처 모르고 있었지만, 그때쯤 백리세가는 이
미 적들에게 완전히 장악된 뒤였다.

"여기 백리가의 잔당이 있다!"

외치는 소리에 금세 사방에서 적들이 몰려들었고, 세 사람
은 어떻게 도망치거나 선제공격을 해볼 틈도 없이 곧바로 포
위당하고 말았다.

"이런 우라질 놈들이 감히!"

한소리 벼락같은 호통을 내지르며 백리일웅이 곧장 검을 앞
세우고 짓쳐 나갔다.

그 돌연한 행동에 예인후가 흠칫 제지하려 하였지만, 백리
일웅은 이미 적들 속으로 들어가 좌충우돌 마구 검을 휘두르
는 중이었다. 예인후가 어쩔 수 없이 백리일웅을 뒤따르며 그
뒤를 받쳤고, 그러니 철민 또한 허둥지둥 두 사람을 쫓아가지
않을 수 없었다.

백리일웅의 검은 폭이 손가락 두 개를 합친 정도밖에 되지
않는 협봉검(狹鋒劍)의 형태에다 유연하게 낭창거리는 연검의
특징을 더한 것으로, 바로 능유제강(能柔制强)과 허실상조(虛
實相助)를 궁극의 검리로 삼는 백리세가의 유검(柔劍)을 펼치
기에 가장 적합한 형태의 검이었다.

채챙!

채채채챙!

백리세가의 건곤미허백팔검(乾坤彌虛百八劍)이 화려하게 펼

쳐지고 있었다. 그런데 지금 백리일웅이 검을 펼치는 모습에는 무언가 어색해 보이는 데가 있었다.

유검의 본래 오의대로라면 부드러운 변화를 바탕으로 하는 속에서 정교하고 예리한 불측(不測)의 돌기(突起)로써 적을 제압해야 맞는 것이다. 그러나 백리일웅은 지금 시종 강하고 맹렬함만을 앞세워 온 사방을 휩쓸듯이 하고 있었으니, 그의 검이 견디지 못하여 금방이라도 부러지고 말듯이 격렬하였으되 막상 소득은 작고 어지럽기만 하였다. 마치 낭창거리는 회초리를 거도(巨刀)나 곤(棍)처럼 쓰는 격이랄까.

탱!

적의 중병과 정면으로 부딪친 백리일웅의 검이 반 동강으로 부러져 나갔고, 그 틈을 노려 삼면의 적이 일시에 치고 들어오자 백리일웅은 그만 크게 당황하고 말았다.

그때 후방을 받치고 있던 예인후가 빙글 돌아서 백리일웅의 앞으로 나서며 일장의 검세를 떨쳐 내자 허공에 한 무리의 서릿발 같은 검화가 피어났다.

파파파파팟!

"악!"

"큭!"

짧은 비명이 터져 나오며 두 명의 적이 바닥으로 쓰러졌고, 화들짝 놀란 주변의 적들은 황급히 뒤로 물러났다.

그러나 그런 것은 잠시뿐이었다. 적들은 이내 대오를 갖추며 절도있는 잰걸음으로 일제히 검을 찔러 나왔으니, 예인후

혼자서는 그 밀집 공세를 감당할 엄두를 내지 못하였다.

그때였다.

"이놈들! 내가 바로 백리일웅이니라!"

백리일웅이 곰의 울부짖음 같은 포효를 내지르며 적들을 향해 돌진했다. 그런 그의 손에 들린 것은 검이 아닌 묵중이었다.

붕! 붕!

바람 소리만으로도 그 육중함을 짐작해 볼 수 있는 묵중이 적들과 맞부딪치자 그 위력은 상상이었다.

탱! 터텅! 타타탕!

격렬한 금속음이 일시에 터져 나오는 가운데 적들의 도검이 와르르 튕겨 나가거나 숫제 부러져 나갔다. 묵중 본래의 육중함에다 그것을 다루는 백리일웅의 패력이 더해진 결과였다. 백리일웅의 주변으로는 곧바로 반경 일 장여의 빈 공간이 생겨났다.

그러나 백리일웅이 곧장 앞으로 치고 나가지는 못했다. 중장병을 지닌 적들이 빠르게 저지선을 형성하였기 때문이다.

파라라라랏!

예인후의 검이 크게 검세를 일으키더니 백리일웅의 패도적 기세에 편성하면서 곧장 적들의 하방(下方)을 노려갔다. 그럼으로써 법도나 질서없이 오로지 패력으로만 묵중을 휘두르고 있는 백리일웅의 빈틈을 메우는 한편으로, 적들의 예봉을 확연히 꺾어놓았다.

붕! 붕! 붕!

거침없이 묵중을 휘두르는 백리일웅의 얼굴은 벌겋게 달아올라 있었다. 그러나 그는 지금 몰입하고 있는 듯이 보였다. 묵중을 휘두르는 것 자체에 대해.

치열한 공방의 와중이었지만 예인후는 일시 감탄하지 않을 수 없었다. 백리일웅의 묵중이 문득 나름의 흐름을 타기 시작하고 있었는데, 언뜻 좀 전에 보았던 백리세가의 건곤미허백팔검과 유사한 흐름을 느낄 수 있었기 때문이다. 그것은 마치 그 유검의 오의에서 부드러움과 허초를 빼고, 강함과 실초의 변화만을 취해가고 있는 듯하였다.

그러나 상황은 비관적이었다. 결국은 시간문제일 뿐, 이대로는 얼마 안 가서 파국에 도달할 수밖에 없었다. 당장에 백리일웅의 호흡이 빠르게 거칠어지고 있었다.

그때였다. 적들이 갑자기 철민을 집중적으로 노리기 시작했는데, 당장 예인후의 움직임에 혼란이 왔다. 그 때문에 백리일웅과 이루고 있던 공세의 조화 또한 급격히 흔들리고 말았다.

철민은 퍼뜩 상황을 판단했다. 그리고는 곧장 큰 걸음으로 뛰어 두 사람에게서 멀찍이 떨어져 나갔다. 사실 그때까지 그는 수많은 적에게 포위된 상황에 대해 크게 당황한 데다, 톱니바퀴처럼 어울려 돌아가는 예인후와 백리일웅의 사이에서 뭘 어떻게 해야 할지 엄두도 나지 않는 터라, 그저 두 사람을 쫓아다니기에만 급급해하고 있었다.

우우웅!

매봉이 기지개를 켜며 오연(傲然)하게 공간을 갈랐다.

타타타타탕!

마치 수십 개의 망치로 일시에 솥뚜껑을 두드리는 듯한 소리가 격렬하게 일어났고, 주인의 손을 떠난 도검들과 아예 부러져 버린 조각들이 와르르 공중으로 튕겨 올랐다가 우수수 바닥으로 떨어졌다. 멋모르고 매봉에 부딪친 결과였다.

우우우우웅!

신명을 내듯이 매봉이 거칠게 포효했고, 철민의 주변 허공에는 난데없이 몇 마리 거대한 흑룡이 일어나며 용틀임으로 뒤엉켰다. 그 거칠고도 웅장한 기세에 철민의 주변으로 몰려들었던 적들은 마치 불길 만난 메뚜기 떼처럼 파드득 사방으로 밀려났다. 매봉파였다.

우우우우웅!

타라라라랑!

흑룡들은 철민을 중심으로 아예 하나의 공간을 만들어냈다. 반경 이 미터에 달하는 그 공간은 경계에 닿는 모든 것을 무차별적으로 튕겨냈다.

'아아! 가히 검강과도 비길 만한 위력이다!'

철민의 경이로운 무위에 대해 예인후는 놀람과 감탄을 넘어벅찰 정도로 가슴이 고동쳤다.

그러나 예인후의 감동은 잠시뿐이었다. 다급한 상황이었다. 강호 경험이 일천한 철민이니 저런 식이라면 이내 지치고 말 것인데, 자칫 고립까지 당한다면 더한 낭패가 없을 터였다.

그런데 예인후가 백리일웅을 유도하면서 철민이 있는 쪽을 향해 접근해 가던 중에 한순간 예인후는 미간에다 깊은 골을 만들고 말았다. 포위망 외곽에 새로이 합류하며 빠르게 대오를 정렬하는 적들에게서 화살과 사슬낫, 포승줄 따위의 물건들을 발견하였기 때문이다.

순간 예인후는 급하게 방향을 바꾸면서 크게 고함쳤다.

"철 형! 우리 뒤로 바짝 따라붙으시오!"

그 다급한 소리를 듣는 순간 철민은 생각할 것도 없이 즉시로 예인후와 백리일웅을 향해 달렸다.

예인후는 불규칙하게 방향을 틀며 좌충우돌 적들과 부딪쳐 갔다. 백리일웅이 바로 뒤를 받쳤고, 다시 대여섯 걸음 뒤처져서 철민이 경중경중 바쁜 뜀박질로 따라붙었다.

쉬식!

쉬쉬쉬식!

세 사람을 향해 화살이 어지러이 날기 시작했고, 그들이 방향을 틀 때마다 주변의 적들 또한 날아드는 화살세례를 피해 우왕좌왕 다급하게 흩어지는 모양새가 연출되었다.

그러나 겹겹으로 쳐진 적의 포위망은 세 사람과 부딪칠 때마다 일시적으로 출렁일지라도 끝내 뚫리지는 않았다.

"이대로는… 안 되겠습니다!"

백리일웅이 가쁜 숨을 토하며 말했다.

"다른 방법이 있소?"

예인후의 물음에 백리일웅이 더욱 숨찬 소리로 대답했다.

"차라리… 되돌아가는 편이… 수월하겠습니다!"

짧은 생각 끝에 예인후는 간단히 고개를 끄덕였다. 달리 대안은 없었다.

"갑시다!"

예인후의 짧은 외침을 신호로 백리일웅이 먼저 달리기 시작했고, 예인후가 그 뒤를 받쳤다.

오히려 세가의 안쪽을 향해 방향을 틀어 쇄도해 드는 두 사람의 돌출에 대해 적들도 일시 혼선을 일으키는 모습이었다.

사력을 다해 한 가닥의 활로를 여는 중에, 예인후는 뒤를 돌아볼 잠깐의 틈도 내지 못했다. 그러나 계속해서 뒤를 따라붙는, 이제는 제법 익숙해진 소리 덕분으로 철민에 대한 걱정을 한결 덜 수는 있었다.

우우우우웅!

타라라라랑!

철민은 애매해하고 있는 중이었다. 십오 킬로그램에 달하는 매봉의 무게와 손바닥에 착 달라붙는 원심력 따위들이 여느 때처럼 실감이 나지 않고 있다는 데 대해.

나아가 철민은 자신이 지금 매봉을 휘두르고 있다는 사실에 대해서조차도 점점 모호해져 가고 있었다.

다만 그런 애매함과 모호함에도 불구하고 매봉 자체의 느낌만큼은 분명하다는 점에서, 그가 이전에 매봉파를 펼치면서 경험한 바 있던 '몰입'과는 또 사뭇 다른 상황이었다.

어느 순간부터 매봉에는 철민 자신의 의지와 연결된 또 하나의 의지가 생겨난 듯했다. 그럼으로써 매봉은 지금 마치 그 것 자체의 의지로써 움직이고 있는 것 같았다.

철민을 향해 집중적으로 날아드는 화살과 사슬낫 따위들은 마치 철벽에 부딪친 듯이 그대로 튕겨나고 있었다. 길게 꼬리를 끌며 날아온 십여 가닥의 포승줄이 그를 옭아매려 했으나, 그것 또한 매봉이 만들고 있는 공간 전체를 휘감지는 못하였다.

철민에게 또 한 가지 애매한 것은, 어느 때인가부터 알 수 없는 기운이 그의 내부로 흘러들고 있다는 점이다. 그럼으로써 그는 계속하여 매봉파를 펼치고 있으면서도, 더욱이 예인 후를 쫓아 바쁘게 달리는 중에도 지치는 느낌은커녕 오히려 갈수록 활력이 충만해지는 기이한 상태를 경험하고 있었다.

와중에 철민이 언뜻 기억해 낸 한 가지가 있긴 했다. 금방 스쳐 지나가 버리긴 했지만.

"벽의 수가 늘어날수록 기정(氣精)의 흡수가 보다 광범위하게 이루어질 것인데, 궁극적으로는 천하 만물의 기정을 흡수할 수 있게 되니, 그것이 바로 구벽외공의 독보성(獨步性)이니라!"

5

몇 차례의 기습 공격에서 상당한 타격을 입은 경계심 때문인지, 혹은 다른 계책이 있는지 흑룡방은 대열에 약간의 변화를 준 채로 전진을 계속하고 있었다. 즉, 선봉 내지는 척후로 셋을 내세우고, 그 뒤쪽으로 이십여 장이나 멀찌감치 떨어져서 여러 대(隊)로 나뉜 밀집 대형들이 뒤따르고 있었다.

다시 통로가 확연히 좁아드는 길목. 삼십여 명의 백리세가 무사가 또 한 번의 기습을 준비하고 있었다.

적의 선두가 십오 장 거리까지 접근해 왔을 때 기습조의 조장은 수신호로 지시를 하달했다.

[일단 선두의 세 놈을 처리한 후에, 그 위치에서 검진을 유지하며 침착하게 대기한다! 적 본진의 대응을 살피며 다음의 지시를 내릴 것이다!]

이윽고 적 선두와의 거리가 이윽고 칠 장까지 좁혀졌을 때,

"쳐라!"

나직한 명령과 함께 세가의 무사들은 일제히 앞으로 돌진해 나갔고, 한달음에 적의 선두 삼 인(三人)과 격돌했다.

"악!"

"으악!"

곧바로 비명이 터져 나왔다. 그러나 그 단말마의 비명은 세 번을 넘기고도 계속해서 터져 나왔다.

"으악!"

"크아악!"

그랬다. 그것은 세가무사들의 비명이었다. 그들의 검진은 단번에 무너져 버렸고, 이어 극도의 혼란과 공포 속에 속속 쓰러져 나가고 있었다.

문제는 바로 흑룡방의 그 삼 인이었다. 하나같이 검은 철립을 깊게 눌러쓴 그들은 지금 아예 세가의 무사들을 도륙하고 있었다. 아니, 무기도 없이 맨손으로 마구 부수고 찢고 짓이겨 버리고 있이었다.

그런 중에도 그들 세 철립인은 나란히 간격을 벌린 채로 파죽지세의 돌파를 감행하고 있었다.

쿵! 쿵! 쿵! 쿵!

철립인들의 걸음에서 돌연 육중한 소리가 났다. 마치 무쇠로 만든 철인들이라도 되는 듯이.

그러나 철립인들의 움직임은 상상외로 빨랐다. 더욱이 놀라운 것은, 그들에게 도검이 통하지 않고 있다는 사실이었다. 세 가무사들이 사력을 다해 철립인들을 베고 찔렀지만, 다만 그들이 걸치고 있는 장삼을 베고 찢었을 뿐, 막상 철립인들에게 이렇다 할 상처를 입히지는 못하고 있었다.

철립인들의 찢어진 옷자락 사이로는 언뜻언뜻 짙은 회색이 비쳤다. 그것은 속살처럼 보이기도 하였으나, 피가 전혀 비치지 않는 것으로 보아서는 아마도 몸에 착 달라붙는 회색 가죽 내의(內衣), 혹은 호신갑의 일종인 것 같았다.

"갈!"

한소리 무거운 호통과 함께 신검일체의 신형 하나가 벼락처럼 격돌의 현장으로 날아들며 그대로 철립인 중 하나의 천돌혈(天突穴)을 찔러갔다. 그러나,

칭!

걸끄러운 쇳소리와 함께 그 신형은 옆으로 튕겨났고, 그때 거칠게 목을 움켜잡아 오는 또 다른 철립인의 손아귀를 피해 다시금 황망하게 허리를 꺾어 측방으로 미끄러져 나가야만 했다.

백리장무였다. 그의 얼굴은 지금 창백하게 굳어져 있었다.

'설마 금강불괴란 말인가?'

그런 중에도 세가무사들의 희생은 점점 늘어나고 있었기에 백리장무는 급히 명하지 않을 수 없었다.

"모두 물러나라!"

세가무사들이 즉시 후퇴하였다. 그러자 철립인들은 거침없이 그 뒤를 추격하기 시작했다.

쿵! 쿵! 쿵! 쿵!

철립인들의 육중한 발 울림이 통로를 온통 메우며 무한한 공포로 번져 갔다.

'이대로 가다간 끝장이다!'

백리장무는 이를 악물었다. 이제는 불사전의 끝이 멀지 않았다. 그럼에도 그들은 좀처럼 철립인들을 떨쳐 내지 못하고 있었고, 더욱이 그 뒤로는 다시 흑룡방의 주력이 바짝 따라붙는 중이었다.

'최소한 저 불괴의 괴물들에 대한 대비책을 세울 시간은 벌어야 한다!'

쾅!

백리장무가 급하게 멈춰 서며 힘차게 발을 구르는 소리에 세가의 무사들이 일제히 멈춰 섰다.

"이 지점에서 마지막 저지선을 만든다!"

세가무사들의 얼굴이 딱딱하게 굳어들었다. 그러나 누구도 입을 열어 묻지 않았다. 가주의 '마지막'이란 말은 곧 죽음을 무릅쓰고라도 막으라는 결사 저지의 명령이었기에.

쿵! 쿵! 쿵! 쿵!

철립인들의 발 울림소리가 금세 바로 지척까지 쫓아왔다.

세가무사들의 얼굴에 공포가 짙어졌다. 그러나 누구도 흔들리지 않았다. 그들의 얼굴에는 공포보다도 더욱 절실한 신념이 굳어져 가고 있었다.

이윽고 철립인들이 그들을 덮쳐 왔을 때, 세가무사들은 오히려 마주 몸을 던져 갔다. 한 사람이 몸을 던져 적을 끌어안으면 그 틈에 다른 몇 사람이 적의 몸을 찔렀다. 철립인들이 정말로 금강불괴라고 하더라도 반드시 치명적 약점이 되는 연문(軟門)이 신체 어느 부위엔가 있을 것이기에 그곳을 찾으려는 처절한 시도였다.

"크아~ 악!"

처절한 비명 소리가 터져 나오며,

우지끈!

철립인을 온몸으로 끌어안았던 무사의 허리가 통째로 꺾였다.

콰직!

철립인의 가슴에 검을 찔러 넣던 무사의 머리가 으스러져 나갔다. 미처 비명도 내지르지 못한 참혹한 죽음이었다.

눈앞에서 잇따르는 혈육의 투신과 산화에 세가무사들은 피눈물을 뿌리며 절규하였다. 그러나 더욱 끈질기고 집요하게 철립인들에게 달라붙었고, 그들의 전신 곳곳을 샅샅이 훑듯이 검을 찔러 넣었다. 그러나 끝내 철립인들을 쓰러뜨릴 수는 없었다.

세가무사들이 불가항력으로 속속 쓰러져 가는 모습을 보며 백리장무가 피눈물을 토할 때였다.

"가주! 뒤로 물러나시게!"

심후한 내력이 실린 외침에 백리장무는 퍼뜩 뒤를 돌아보았다. 십 장여 뒤쪽에 노가주 백리화천이 와 있었다. 그의 곁에 오로의 나머지 네 사람이 서 있었고, 다시 그 뒤로 백리진무와 세가의 주력들이 속속 도착하고 있었다.

그리고 백리장무는 보았다, 삼각형의 형태로 바닥에 가부좌를 틀고 앉은 노가주와 오로 중의 두 사람의 검에서 각기 은은한 노을빛의 서기가 번져 나오는 광경을.

'아아! 창천일뢰!'

그랬다. 그들 세 사람은 창천일뢰(蒼天一雷)를 준비하고 있는 것이었다. 그것은 백리세가의 수법 중 가장 강력한 위력을 지니는 어검강(御劍罡)의 수법이었다. 그러나 막대한 내력이 폭발적으로 소모되어 일다경 정도의 내력 탈진이 수반되는 만큼, 막상 실전에서는 쓰기 어려운 수법이기도 했다.

그러나 지금으로서는 창천일뢰야말로 괴물들을 처치할 가

장 강력한 수단이자, 사실상 마지막 수단이라고 할 것이다.

"물러난다!"

백리장무의 한마디 명령에 온몸으로 철립인들을 막고 있던 세가무사들이 일제히 몸을 돌려 후퇴하기 시작했다.

"헉! 헉! 허~ 억! 허~ 억!"

상처 입고 지친데다 새삼 공포에 질려 내뱉는 세가무사들의 거친 숨소리 뒤를 철립인들이 무거운 발 울림이 악귀나찰과도 같이 바짝 따라붙었다.

쿵! 쿵! 쿵! 쿵!

지그시 내리감고 있던 백리화천의 두 눈이 한순간 부릅떠졌다. 그와 동시에 세 가닥의 강렬한 섬광이 뿜어져 나갔다.

번쩍! 버~ 번쩍!

섬광은 그대로 철립인들을 직격했다.

쾅! 콰~ 쾅!

굉음과 함께 세 명의 철립인은 벼락을 맞은 듯이 펄쩍 뛰어올랐다. 이어 그들의 육신이 썩은 나무토막처럼 '털썩!' 바닥으로 떨어져 나뒹구는 순간, 세가무사들 사이에서,

"와~!"

하고 격한 환호성이 일었다.

"아버님! 놈들이 쓰러졌습니다!"

백리화천의 곁으로 쏘아온 백리진무가 흥분을 감추지 못하며 외쳤다. 그러나 그는 이내 급하게 흥분을 가라앉힐 수밖에 없었다. 백리화천 등 오로의 세 사람이 모두 다 백지장같이 창

백한 안색이기도 했지만, 그보다는 앞쪽을 향하는 그들의 안색이 일제히 어두워지고 있었기 때문이다.

"아아!"

급히 고개를 돌려 앞쪽을 본 백리진무는 저도 모르게 가늘게 떨리는 탄식을 뱉어내고 말았다.

그때쯤 철립인들의 곁에는 빠르게 신형을 날려온 십수 명의 흑룡방도가 둘러서 있었고, 그 사이로 놀랍게도 철립인들이 바닥에서 몸을 일으키고 있는 모습이 보였다. 놈들은 차라리 괴물이었다.

그새 흑룡방도들의 주력이 도착했고, 그중에서 누군가 크게 외쳤다.

"백리화천이다! 잡아라!"

"와아아~!"

흑룡방도들이 일제히 함성을 지르며 거친 파도처럼 밀고 나왔고, 그 선봉에는 멀쩡한 모습으로 회복한 괴물들이 육중한 발 울림소리로 다시 공포를 만들어내고 있었다.

쿵! 쿵! 쿵! 쿵!

"성진(成陣)!"

백리장무의 침착한 외침에 세가무사들은 층층이 통로를 막아서며 방어선을 펼쳤다.

그런 중에 백리장무는 다시 백리진무를 향해 외쳤다.

"진무 아우는 어른들을 모시고 피하게!"

창천일뢰를 펼친 후 내력의 탈진에서 회복하지 못하고 있는 백리화천 등 세 원로에 대한 염려와 조치였다.

백리진무가 곧장 인원을 차출하여 두 원로를 부축하게 하고, 또 자신이 직접 백리화천을 부축하여 후방으로 빠지는 것을 본 다음, 백리장무는 곧장 괴물들을 향해 마주쳐 갔다. 그런 그의 좌우로 오로 중의 나머지 두 사람이 바짝 따라붙었다.

칭! 치잉!

괴물들에게 역시 검은 통하지 않고 튕겨날 뿐이었으므로 백리장무와 오로의 두 사람은 차라리 장력을 쳐냈다. 그러나 기껏 괴물들의 속도를 늦출 수 있을 뿐이었고, 와중에도 괴물들은 주변의 세가무사들이 손에 걸리는 대로 무자비한 살수를 휘둘러댔다.

"으악!"

"크아악!"

처절한 비명이 계속하여 터져 나왔지만 백리장무로서는 치를 떨 뿐 어떻게 해볼 방법이 없었다.

그런 중에 괴물 중의 하나가 갑자기 백리장무의 정면으로 짓쳐들어왔다. 무방비로 두 팔을 활짝 벌린 채로.

펑!

백리장무가 전력을 실어 쳐낸 일장이 괴물의 머리통을 후려갈겼지만, 괴물은 잠시 멈칫했을 뿐 그대로 덮쳐 왔다.

그런데 백리장무가 황급히 몸을 틀어 옆으로 비켜나자, 괴물은 그대로 그를 지나치더니 돌연 가속을 붙여 맹렬히 앞으로 달려나가는 것이었다.

세가무사들이 잇따라 몸을 던져 앞을 막았으나, 괴물은 무사들을 상대하기보다는 마치 온몸을 던지듯이 앞으로 달려나가는 데만 주력하는 모습이었다.

순간 백리장무는 괴물의 목표가 무엇인지를 뒤늦게 깨닫고서 더할 수 없이 다급해졌다. 그러나 남은 두 괴물을 막아내는 것만으로도 그는 도저히 몸을 빼낼 수 있는 형편이 못 되었다.

"진무 아우!"

백리장무의 다급한 외침에 힐끗 뒤를 돌아본 백리진무의 얼굴이 그대로 굳어지고 말았다. 괴물 하나가 곧장 그를 향해 광포하게 달려오고 있었다. 백리진무는 부축하고 있던 노가주를 그대로 들쳐 업었다. 그리고는 곧장 온 힘을 다해 달렸다.

그러나 괴물은 한 걸음에 근 일 장 반을 뛰는 놀라운 속도로 무섭게 거리를 좁혀왔다. 마침 통로가 급하게 굽어지는 지점에 도달한 백리진무는 미처 방향을 틀지 못한 듯이 그대로 앞쪽의 석벽을 향해 부딪쳐 갔다. 그런데,

퍼석!

얇은 석회로 만든 듯이 벽이 부서져 내리며 백리진무의 모습은 벽 속으로 사라졌다.

또 하나의 지로(枝路)였다.

간발의 차로 도착한 괴물이 또한 그대로 지로 안으로 사라졌고, 그 안에서는 곧바로 장력 부딪치는 소리가 터져 나왔다.

펑!

퍼~ 펑!

6

　예인후 등은 간신히 적들의 추격을 떨치고 불사전 안으로 진입할 수 있었다. 그러나 안으로 얼마 들어가지도 않아 다시 흑룡방도들과 마주치게 되었는데, 바로 흑룡방 본대의 후미였다.

　그런데 마침 그때쯤에 백리세가와의 본격적인 전투가 시작되어 흑룡방 본대의 대다수 고수들은 전방으로 투입되어 있는 중이었으니, 비록 단 셋에 불과했지만 난데없이 퇴로를 막으며 나타난 예인후 등에 대해 흑룡방도 사이에서는 갑작스러운 혼란이 일어났다.

　붕! 붕!

　힘차게 묵중을 휘두르며 백리일웅이 곧장 치고 들어가는 통에 예인후와 철민은 진퇴를 고민할 틈도 없이 곧장 그 뒤를 따를 수밖에 없었다.

　철민이 빠르게 달려나가 백리일웅과 어깨를 나란히 했고, 다시 그 뒤를 예인후가 받치니 그럴듯하게 삼인합벽(三人合壁)의 형태가 이루어졌다.

　사실 백리일웅은 이미 상당히 지쳐 있는 중이었다. 그럼에도 그가 지금 오히려 신명을 내가며 묵중을 휘둘러대고 있는 데는 어느 정도 철민의 덕분이 있다고 해야 했다. 곧, 철민이 이제는 매봉이 만들어내는 공간 영역을 어느 정도 임의로 조정할 수 있게 되었는데, 백리일웅과 예인후로서는 미처 알지 못하는 사이에 매봉이 만드는 무형 공간의 도움을 받고 있는 것이었다.

매봉과 묵중이 힘차게 공간을 누볐다.

우우우웅! 붕! 부웅!

타다다당! 텅! 터텅!

가로막는 것들을 맹렬히 바수고 튕겨내며 거칠 것 없이 휘돌아가는 그 두 자루 중장병의 폭풍 같은 기세에 흑룡방도들은 감히 맞부딪치지 못하고 피하기에만 급급하였다.

예인후 등이 한동안은 거칠 것 없이 적진을 돌파하며 빠른 속도로 달려나갈 수가 있었다. 그러나 오래지 않아 빠르게 대열을 정비한 적들이 짜임새를 갖추어 대응을 해왔기에 돌파가 점점 어려워졌다. 더욱이 백리일웅의 체력은 이제 거의 바닥에 닿은 것으로 보였다.

이윽고는 걸음을 멈추고 만 백리일웅이 거친 숨을 헐떡이며 외쳤다.

"헉! 헉! 이쪽으로!"

백리일웅이 가리킨 곳은 통로의 벽이었다.

7

지로는 훨씬 좁아서 철민과 예인후가 번갈아가면서 후방을 지켜낼 수 있었으므로, 백리일웅에게 잠깐씩이나마 숨을 돌릴 틈을 줄 수가 있었다. 그렇게 그들은 통로의 중간 중간을 연결하는 지로를 이용하여 최대한 빠르게 불사전의 안쪽을 향해 나아갔다.

그런데 그들이 지금 다시 하나의 새로운 지로로 들어서서 빠르게 나아가는 중에 문득 무엇을 감지하였는지 예인후가 나직이 소리쳐 경고했다.

"잠깐!"

그 바람에 앞장서서 가던 백리일웅이 흠칫 놀라며 멈춰 서는 순간, 완만하게 굽어진 앞쪽으로부터 돌연 무언가 육중한 것이 달려오고 있는 듯한 소리가 들리기 시작했다.

쿵! 쿵! 쿵! 쿵!

잔뜩 긴장한 백리일웅이 앞을 향해 묵중을 겨누었다.

쿵! 쿵! 쿵! 쿵!

울림이 더욱 분명하고도 급박해지더니, 이윽고 앞쪽 모서리를 돌아 무언가가 확 튀어나왔다.

백리일웅은 일도양단의 도초(刀招)를 취하는 것처럼 묵중을 머리 위로 치켜세웠다.

괴인은 기껏 어른 셋이 어깨를 나란히 하고 걸을 정도밖에 되지 않는 좁은 통로를 양팔을 마구 휘젓듯이 하며 달려오고 있었으므로, 그로서는 정면으로 부딪칠 작정을 한 모양이었다.

반쯤 부서진 철립을 뒤집어쓴, 그 안으로 다시 잿빛의 가면이라도 쓴 듯한 기괴한 모습의 괴인은 맨손이었다.

쿵쿵쿵쿵!

백리일웅을 발견한 괴인은 더욱 속도를 붙여 맹렬하게 달려들었는데, 그대로 백리일웅을 들이받아 버릴 기세였다.

"죽어라!"

날카롭게 일갈하며 백리일웅은 괴인의 머리를 노리고 그대로 묵중을 내리찍었다. 그러나 괴인은 막으려 하지도, 피하려 하지도 않은 채 달려오는 속도를 더욱 배가하였다. 마치 죽기를 각오한 것처럼.

쾅!

묵중이 괴인의 머리를 정통으로 후려쳤고, 뒤이어,

쿵!

괴인의 몸은 그대로 백리일웅을 들이받아 버렸다.

"엇?"

철민이 저도 모르게 놀란 소리를 뱉으며 팅겨 나오는 백리일웅의 거구를 온몸으로 받아 안았다. 그러나 그 충격이 만만치 않았기에 비틀비틀 서너 걸음을 물러나서야 겨우 중심을 잡고 바로 설 수 있었다.

언뜻 느낌만으로도 백리일웅은 심하게 충격을 받은 듯했다. 그러나 철민이 백리일웅의 상태를 제대로 살펴볼 새도 없이 그의 뒤에서 날카로운 바람 소리가 일었다.

팟!

예인후였다. 그의 신형이 바닥을 쭉 미끄러져 나가는 듯하더니 어느 틈에 번개 같은 일검으로 괴인의 목을 꿰뚫고 있었

다. 아니, 꼭 그런 것만 같았다. 그러나 기대되었던 피의 분출
이나 처절한 비명 대신에 돌연,

칭!

하는 껄끄러운 금속음이 났다. 동시이다시피 괴인의 손바닥
이 예인후의 가슴팍을 후려쳤다.

퍽!

둔탁한 소리와 함께 예인후는 희미한 신음 소리를 뱉었다.
그러나 그는 이를 악물며 다시금 검을 떨쳐 냈다.

파라라랏!

예인후의 검극이 빛살과도 같은 세 가닥의 검기를 피워 올
렸고, 그것들은 그대로 괴인의 얼굴과 목, 그리고 가슴 부위로
틀어박혔다.

그러나 이번에도,

칭! 치잉!

하는 껄끄러운 금속성만 잇달았을 뿐, 괴인은 조금도 충격
을 받지 않은 듯이 오히려 맹렬하게 양손을 휘두르며 예인후
를 붙잡아갔다

괴인의 손아귀를 피해 주춤주춤 뒷걸음치는 예인후의 모습
이 몹시도 위태로웠다.

바로 그때였다.

"예 형, 뒤로 피하시오."

나직한 소리와 함께 불쑥 손길 하나가 예인후의 어깨를 뒤
로 잡아챘다.

그것이 철민의 손길이란 걸 안 순간, 예인후는 전신의 힘과 긴장이 확 풀리고 말았다. 그것은 차라리 안도였다.

철민이 예인후를 자신의 뒤로 돌려세웠을 때는 괴인이 이미 코앞으로 다가와 있었다. 하여 철민은 수평으로 매봉을 돌려치는 수밖에 없었다.

퍽!

짧은 스윙이었지만 매봉은 제대로 괴인의 옆구리를 후려쳤다.

그러나 철민은 곧바로 두 눈을 크게 뜨고 말았다.

갈비뼈 몇 개는 족히 부러졌으리라 싶었음에도, 괴인은 충격을 받기는커녕 오히려 우악스럽게 매봉을 틀어잡아서는 확 잡아채는 것이었다.

"끙!"

철민은 저도 모르게 힘쓰는 소리를 냈다.

그러나 괴인의 완력은 정말로 엄청난 것이어서 철민은 한순간 매봉을 놓쳐 버렸다.

탱!

앞쪽 저만치로 날아가 돌벽에 부닥친 매봉이 바닥으로 떨어지며 호된 쇳소리를 냈다.

중심을 빼앗긴 상태에서 괴인이 온몸으로 덮쳐 왔기에 철민이 그대로 괴인과 뒤엉키고 말았는데, 역시 괴인의 힘은 그가 도저히 상대할 수 있는 것이 아니었다.

철민은 죽어라 괴인의 양 손목을 잡고 버텼다. 그러자 괴인이 아예 온몸으로 철민을 밀어붙이기 시작했는데, 그 힘이 마치 거대한 바위가 굴러오는 듯했다. 그러나 좁은 통로 안에서 어떻게 움치고 뛰어볼 수 있는 것도 아니었으니, 철민으로서는 속절없이 뒤로 밀려나는 수밖에 없었다.

하지만 지금 뒤쪽에서는 백리일웅과 예인후가 각기 가부좌를 틀고서 미동도 없이 앉아 있었으니, 철민이 마냥 뒤로 밀리기만 할 수는 없는 형편이었다.

철민이 다급한 중에 어떻게 팔을 돌려 겨우 괴인의 목을 휘감을 수 있었던 것은 행운이었다. 재빠르게 다른 한 손을 마저 돌려서 잠금 고리를 완성시킬 수 있었으니, 곧 헤드록이었다. 철민은 사력을 다해 그 자리에 버티면서 죽어라 잠금 고리를 조였다.

괴인은 곧바로 반응했다. 아주 거칠고 포악하게. 가볍게 철민을 안아 올려서는 그대로 벽에다 처박아 버린 것이다.

쾅!

극렬한 충격이 이는 순간 철민은 눈앞이 노래지고 말았다.

쾅! 쾅! 쾅!

괴인이 휘두르는 대로 철민은 이쪽저쪽 벽으로 속절없이 처박혔다. 정신은 진작에 아득해졌으나 이대로 괴인을 놓쳤다가는 그대로 짓이겨지고 말 것이라는 절박감이 있었기에 철민이 그야말로 이를 악물고 죽기 살기로 헤드록을 하며 버텼다.

'천마비!'

아득한 중에 퍼뜩 떠오른 그 생각이 그의 것인지, 혹은 일령의 느낌이었는지는 철민도 애매하였다. 어쨌거나 천마비의 예리함이라면 괴인에게 통할 수 있을 것이다. 그러나 지금 그의 처지에서 어떻게 품 안에 든 천마비를 꺼낼 수가 있으랴.

그런데 바로 그때였다. 철민은 몸에 가해지는 충격이 약해진다고 느꼈다. 아니, 충격은 그대로인데 무언가 묘한 작용으로 그의 몸에 전달되는 충격은 확연히 완충되고 있었다.

순간 철민은 내심으로 외쳤다.

'벽이다!'

그랬다. 언젠가 세찬 겨울비를 튕겨냈던, 매봉을 네 배 이상의 굵기로 확대시켰던 바로 그 무형의 벽이 다시 그의 몸 바깥으로 확장된 것이다. 그럼으로써 마치 무형의 철갑과도 같이 그의 온몸을 감싸 보호하고 있는 것이었다.

묘한 현상은 또 있었다.

쾅! 쾅! 쾅!

충격의 확연한 완화로 철민이 벽에 처박히는 일에 차라리 익숙해지고 있을 때, 갑자기 그의 내부로 세차게 유입되는 흐름이 있었다. 곧, 기의 흐름이었다.

'기정(氣精)?'

그랬다. 그것은 바로 괴인의 기정이 그에게로 흡수되고 있는 것일 터였다. 아마도.

어쨌든 그런 덕분으로 철민은 괴인의 엄청난 괴력에 대해 한번 버텨볼 엄두를 낼 수 있었다. 그리고 실제로도 철민은 점차로 강해졌다. 상대적으로 괴인은 약해졌고.

그런데 철민이 이윽고 역전을 이뤄낼 즈음이었다. 갑자기 가슴이 옥죄이는 바람에 철민은 견디지 못하고 고통스러운 비명을 토해내고 말았다.

"컥! 커어~ 억!"

또한 그때 헤드록에 걸린 채로 마지막 발악처럼 그의 가슴을 조여대고 있던 괴인의 힘이 갑자기 폭발적으로 증폭되었다.

우둑! 우두둑!

철민의 가슴뼈가 놀란 비명을 토해냈다. 짓눌린 폐와 심장은 금방이라도 터지고 말 듯이 아찔한 고통을 호소했다.

다급한 중에도 철민은 알 수 있었다. 괴인의 힘이 증폭된 것이 아니라, 그의 힘이 갑자기 약화된 것이란 사실을. 아니, 약화라기보다는 아예 단절이었다. 그의 내부에는 여전히 터질 듯이 충만한 내력이 존재하고 있는데도, 순간적으로 알지 못할 어떤 이유로 인해 그 내력을 전혀 사용하지 못하는 상태가 되고 만 것이다.

호흡이 끊겼고, 의식이 빠르게 차단되어 가는 중에 철민은 죽음을 보았다. 그리고 순간, 아득해져 가는 의식의 끝자락에서 그는 힘겹게 기억의 편린 몇 조각을 붙잡을 수 있었다.

"사벽에 진입한 만큼 이제부터 너는 기정을 흡수할 수 있게 되었다. 이제부터는 너의 의지와 상관없이 계기가 생길 때마다 저절로 기정의 흡수가 이루어질 것이고, 그에 따라 신공의 진전이 또한 저절로 이루어질 것이고, 그럼으로써 다시 기정의 흡수 능력이 더욱 커지는 선순환(善循環)의 과정이 계속될 것이다. 그러나 거기에는 치명적인 문제가 하나 있으니, 곧 언젠가 네가 육벽에 진입하게 되었을 때 지극히 위험하면서도 도저히 통제할 수 없는 일단의 증상들을 겪게 될 것인데, 만약 네가 늦지 않게 다음 단계로 진입하지 못한다면, 너는 인간으로서는 도저히 견디지 못할 엄청난 고통에 시달리다가 결국은 내력의 폭주로 인해 온몸이 산산조각 나고 마는 처참한 죽음을 당하게 될 것이다. 그때에 너를 살릴 방도란 오로지 구벽외공이 품고 있는 심오한 이치뿐이다. 이제 노부가 죽고 나면 천하에서 오직 노부의 손녀만이 구벽외공을 알고 이해할 수 있다. 오직 그 아이만이 너를 살릴 수 있으니, 너는 반드시 그 아이의 도움을 받아야만 하는 것이다."

철민은 문득 우스워졌다.
'흐흐흐! 지독한 늙은이! 당신 말이 다 맞는 게 아니란 걸 난 이미 알고 있어! 결국 당신도 정확하게는 알지 못했던 거야! 그렇지만 내가 이렇게 죽는 걸 보면, 그래도 비슷하게 맞는 것 같기는 해! 물론 그렇더라도… 결국 당신 뜻대로는 되지 않았다는 게… 후후후! 그나마 위안이야!'
그때였다. 또 다른 호통이 철민의 의식을 다급하게 잡아 흔들었다.
―이놈! 정신 차리지 못할까?
일령이었다.

그러나 철민이 이윽고 의식의 마지막 자락마저 놓아버리려는 찰나였다. 버거웠다. 그보다는 왠지 성가셨다, 이제는.

―이놈! 감히 네놈 마음대로 죽을 수 있을 줄 아느냐? 내가 허락하기 전에는 어림없는 일이다!

나락으로 떨어지는 철민의 의식을 일령이 필사적으로 끌어당겼다.

8

예인후는 일주천의 짧은 운기를 끝내고 막 깨어나는 순간에 철민의 위급을 보았다. 순간, 판단이라기보다는 반사적으로 그의 내공이 우선 반응했다. 곧바로 괴인을 향해 겨누어지는 그의 검극에 희미한 한 방울의 빛이 맺혔다.

핏!

아주 희미한 소리와 함께 그 한 방울의 검광이 사라지는 순간,

'점강(點罡)?'

퍼뜩 떠오르는 그 생각에 대해 예인후는 스스로 흠칫 놀라고 말았다. 믿기 어려운 일이었다. 너무 희미해서 착각이지 싶은 그 소리와 역시 희미할 뿐만 아니라 찰나간의 명멸에 불과해 또한 착각이지 싶은 그 한 방울의 빛이 설마 그가 그토록 염원해 오던 점강일 수도 있다는 상상에 대해서는.

검강(劍罡)은 검을 든 자라면 누구나 한 번쯤 소원해 보는 꿈

의 경지일 것이다. 그러나 검강이 본래 지고의 내공을 바탕으로 해서만 이룰 수 있는 경지인만큼 최소한 초절정의 내공 경지에 도달해서부터야 겨우 입문이 가능하였으니, 예인후의 처지에서 감히 꿈꿔보기에는 너무도 요원하였다. 즉, 영약의 도움과 선배 고인의 세심한 지도와 편달이 있지 않는 이상, 그 혼자만의 노력으로야 아무리 오랜 세월 각고의 노력을 경주한다고 하더라도 그 성취를 결코 장담할 수 없는 것이다. 그런 점에서 예인후는 일찌감치 자신의 환경에서 실현 가능한 목표를 설정하였으니, 그것이 바로 점강이다. 곧, 최소한의 내공으로도 검강을 발현시켜 보자는 시도였으니, 검강을 작은 점 형태로 발현시킨 다음에 다시 탄결(彈訣)을 접목시켜 빛의 형태로 쏘아낸다는 지극히 독창적인 개념이었다. 그런 만큼 점강을 위해서는 전례없이 새로운 운기와 운검의 요결이 필요하였으니, 그것을 위해 예인후가 매달린 시간이 이미 십 년을 훌쩍 넘기고 있는 중이었다.

"왝!"

갑자기 목구멍으로 치밀어 오른 한 모금의 피를 토해내고 난 뒤, 예인후는 문득 온몸의 기가 일시에 빠져나가 버린 듯한 허탈감에 빠져들었다.

그러나 토혈하고 난 뒤끝은 차라리 시원했다. 무언가 꽉 막혔던 것이 확 뚫린 듯이 청량한 느낌이 들었다. 다만 몸의 막혔던 어디가 뚫린 것인지, 아니면 마음의 막혔던 어디가 뚫린 것인지는 사뭇 애매했다.

“커으으~ 억!”

철민은 안간힘으로 숨을 되돌렸다.

우선 눈에 들어온 건 입가에 피를 묻힌 채 기진맥진한 듯이 서 있는 예인후의 모습이었다. 그러나 철민이 다시 앞뒤 정황을 재보기도 전에 통로의 안쪽으로부터 신형 하나가 바람처럼 쏘아 나오고 있었다.

번뜩이는 검광보다 먼저 와 닿는 살기에 철민은 반사적으로 몸을 튕겨 올리며 적을 향해 마주쳐 나갔다. 그리고 바로 몇 발 앞에 뒹굴고 있는 매봉을 집어 들었고, 순간 그를 찔러오는 검을 겨냥하고 그대로 매봉을 내려쳤다.

웅!

매봉이 짧게 울었고,

콰직!

“크아악!”

거친 파괴성과 처절한 비명이 동시에 터져 나왔다. 뒤늦게 폭발하듯이 눈앞으로 확 펼쳐지는 붉은 액체와 하얀 반고체의 건더기들을 피해 철민은 황급히 몸을 돌렸다.

　도검 불침의 괴물 둘을 선봉에 세우고 물밀듯이 밀려드는 흑룡방에 대해 백리세가는 여전히 방법을 찾지 못하였고, 오로(五老)의 두 사람과 백리장무를 위시한 세가의 고수들이 불가항력으로 계속 밀리는 중에 어느덧 세가 식솔들의 최후피난처를 바로 등 뒤에다 두는 절망적인 상황에 이르고 말았다.

　백리장무가 이윽고는 마지막 동귀어진의 결심을 굳힐 때였다. 적진의 후방 쪽에서 갑작스러운 소란이 일고 있었다. 누군가 빠르게 적진을 돌파해 나오고 있었는데, 잠시 혼란스럽던 적진에서는 이내 그자에게로 병력을 집중시키는 모습이었다. 그러나 그자는 그야말로 일당천의 경인할 용맹을 발휘하더니, 잠깐 보고 있는 사이에 마치 허수아비들을 헤치듯이 무서운 기세로 적진을 일직선으로 돌파해 나오는 것이었다.

　그자의 얼굴은 언뜻 보는 것만으로도 사뭇 특이하여서, 창백한 중에 다시 은은하게 누런빛이 나는 것이 마치 하얀 피부 밑에 또 하나의 황면(黃面)이 숨어 있기라도 한 듯했다.

　백리장무가 피아를 판단하기도 전에 그 황면인(黃面人)은 곧장 철립의 괴물들을 덮쳐 갔다.

　이내 이 대 일의 엄청난 격돌이 벌어졌다. 그들의 움직임은 투박한 듯하면서도 눈으로 따라잡기 어려울 만큼 빨랐고, 그들이 내뻗는 일거수일투족마다에는 강력한 힘이 실려 있었다. 양측이 다 무기를 쓰지 않고 오로지 몸으로 부딪치는 육탄 격돌인데도 그들의 격돌에서는 가히 폭음이라 할 만큼 거창한 소리들이 일어났다.

쾅! 콰앙! 콰쾅!

철립의 괴물 둘을 혼자 상대하면서도 황면인은 조금도 밀리는 모습이 아니었는데, 그럼으로써 황면인 역시도 또 하나의 괴물 같은 면모를 보이고 있었다. 도무지 인간 같지 않은 그들의 경천동지할 싸움 탓에 양 진영은 일시지간 소강상태를 가질 수밖에 없었다.

노가주 백리화천의 안색에는 아직 창백한 기운이 남아 있었지만, 두 눈에는 번쩍이는 안광이 돌아와 있었다. 백리장무를 가까이 부른 그가 나직이 일렀다.

"저 괴물들은 아무래도 강시의 일종일 것인즉, 필시 저들을 조종하는 자들이 가까이에 있을 것이다. 지금 이 틈에 우리가 적들을 몰아쳐 괴물들과의 거리를 벌려놓는다면 분명히 무슨 효과가 있을 것이다."

곧 세가의 총공세가 시작되었다. 흑룡방이 급히 대응에 나섰지만, 세가의 선봉에 선 오로의 무위에 흑룡방의 대열 선두가 속속 무너졌고, 뒤이어 이미 많은 희생자를 낸 세가무사들이 일시에 울분을 폭발시키며 맹렬히 돌진해 나가자 흑룡방의 대열은 한순간에 와르르 무너지고 말았다.

삑! 삐익!

몇 가닥의 날카로운 휘파람 소리가 울린 것은 흑룡방의 무리가 황망히 뒤로 밀려나는 극도의 혼란과 소란스러움의 와중이었다.

그런데 그 순간 황면인과 치열한 격돌을 벌이던 철립의 괴물들이 갑자기 몸을 돌려 달리기 시작했다. 그러나 황면인이 재빠르게 앞을 가로막으며 퇴로를 내주지 않자, 괴물들은 방금까지의 흉포함에서 일변하여 어떻게 하든 몸을 빼내려 다급하게 서두르는 모습을 보였다.

승기를 잡은 세가의 무사들이 성난 파도와 같이 적들을 밀어붙여 어느덧 시야 저편까지 몰아냈을 때였다. 철립의 괴물들이 갑자기 움직임을 멈추더니 제자리에 우뚝 서버렸다.

쾅! 쾅!

황면인의 주먹이 여지없이 괴물들의 머리에 작렬하며 벼락치는 소리가 나더니 괴물들은 그대로 바닥으로 쓰러졌다. 그리고는 마치 돌로 만든 석상이라도 된 것처럼 미동도 하지 않았다.

그렇더라도 황면인은 멈추지 않고 계속해서 괴물들의 머리를 내리찍었다.

쾅! 쾅! 쾅! 쾅!

그렇게 몇 번이나 반복해서 내려치는 동안에 결코 부서지지 않을 것 같던 괴물들의 머리가 조금씩 터지고 깨져 나가더니, 이윽고는 완전히 짓이겨지며 참혹하고도 끔찍한 광경을 만들어내고야 말았다.

11

막 지로를 벗어나던 철민 일행은 마침 밀물처럼 밀고 나오는 세가무사들의 대열과 마주치게 되었다. 상황을 물어볼 틈도 없이 무사 하나에게 백리일웅을 인계한 예인후와 철민은 곧장 대열의 흐름에 합류하였다.

예인후와 철민이 불사전에서 나왔을 때는 사방에서 일대 난전이 벌어지고 있는 중이었다. 불사전의 입구를 중심으로 넓게 반월형의 전선이 구축되어 곳곳에서 치열한 싸움이 벌어지고 있었는데, 그중에서도 확연히 돋보이는 한곳이 있었다.

그들 네 명, 삼남 일녀는 놀라운 무위로 차라리 여유있게 흑룡방의 무리를 상대하고 있었다. 그런데 놀랍게도 그들 중의 두 사람이 바로 상군환과 위려려였으므로, 예인후와 철민은 곧장 그쪽을 향해 길을 열어가기 시작했다.

상군환은 한 자루 연검으로 주변을 압도하고 있었다. 그의 연검은 때로 꼿꼿하게 서서 적들의 중병을 능히 받아냈고, 또 때로는 가느다란 회초리처럼 낭창거리며 여유있게 적을 희롱했다.

품듯이 가슴 앞에다 검을 세운 채로 조용히 서 있는 위려려에게서는 놀라거나 두려워하는 기색은 조금도 보이지 않았다. 오히려 사방을 둘러보는 그녀의 냉철한 눈빛에서는 여장부다운 오연(傲然)함마저 느껴졌다.

그런데 상군환과 위려려가 흑룡방의 두터운 포위 속에서도 그처럼 여유있고 오연할 수 있는 데는, 그들 자신의 무위보다는 한편이 되어 있는 다른 두 사람의 덕이 오히려 큰 것 같았다.

그 두 사람 중 하나는 바로 예의 그 황면인이었으니, 마치 수박을 깨듯이 간단히 적들의 머리통을 바수어 버리는 그의 잔혹한 손속에 철민은 저도 모르게 소름이 돋고 말았다.

다른 한 사람은 백의를 정갈히 차려입은 훤칠한 풍모의 청년이었다. 어깨너머로 치렁거리는 흑발과 굵은 선의 이목구비는 언뜻 강인한 인상이었지만, 여인과도 같이 희고 화사한 빛이 도는 얼굴 피부와 맑은 중에 다시 무심하게 가라앉은 청년의 눈빛은 무언지 모를 기이한 느낌을 풍겼다. 무엇보다도 놀라운 것은 백의청년의 무위였다. 간간이 그의 손이 가볍게 번뜩일 때마다,

와르릉!

콰르릉!

하고 연신 우레 치는 소리가 일어났고, 강대무비의 경력이 사방으로 휘몰아쳤다. 그때마다 주변의 적들이 가랑잎처럼 튕겨나는 광경은 가히 천장(天將)의 신위(神威)를 보는 듯했다.

다만 그 백의청년은 몹시도 손속을 아끼는 듯이 적을 상대하는 것에 영 적극적이지를 않았다. 그가 마지못한 듯이 손을 쓰는 경우는 적이 위려려를 공격하는 경우뿐이었다.

철민은 문득 묘하게 들뜨는 기분이 되었다. 그것이 위려려 때문은 아니었고, 상군환 때문은 더욱이 아니었다. 바로 백의청년을 보면서였는데, 정확히는 그의 기분이 아니라 일령의 느낌이었다.

상군환과 위려려 쪽에서도 이내 철민과 예인후를 발견했으

므로 그들은 서로를 향해 빠르게 이동했다. 그리고 합류하는
즉시로 백리세가의 외곽 쪽으로 방향을 잡은 그들은 선두에
선 황면인의 맹위만으로도 능히 적 진영을 일직선으로 돌파해
나갈 수 있었다.

처음 얼마간 위려려의 안전에 신경을 쓰던 예인후는 이내
자신이 그럴 필요가 없다는 걸 깨달아야만 했다. 예의 그 흑발
의 백의청년이 어떤 순간에도 위려려의 곁을 지키고 있었고,
그런 이상 위려려는 누구보다도 안전해 보였다. 그럼으로써
위려려는 지금 피와 죽음이 난무하는 이 살벌하고도 치열한
전장에서 차라리 도도한 여유를 즐기고 있는 듯이 보였다.

그들이 백리세가의 외곽 담장을 막 돌파했을 때다. 멀리서
은은하게 울리는 소리가 있었다.

"우우우우~!"

"휘이이이~!"

크게 외치는 고함 소리와 길게 뿜어내는 휘파람 소리는 수
십 가닥이나 되는 듯했는데, 멀리서 들려왔음에도 전장의 온
갖 소음을 뚫고서 선명하게 들릴 정도로 심후한 힘을 담고 있
었다.

그런데 그 소리들에 호응이라도 하듯이 흑룡방의 진중에서
도,

뿌우~ 웅!

길게 고동 소리 같은 것이 울리더니, 곧바로 그들의 진중(陣
中)에서는 급한 움직임이 일어났다.

　그리고 곧이어 불사전 쪽 백리세가의 진중에서는 격분과 살기로 가득 찬 벽력후가 터져 나왔다.

　"적들이 도망친다! 한 놈도 살려 보내지 마라!"

　이어 우렁찬 함성이 터져 나오며 백리세가를 온통 진동시켰다.

　"와아~!"

　"와아아~!"

　이미 피와 주검이 사방에 널린 참혹한 살육의 현장에서 울려 퍼지는 그 함성에는 더욱 살육을 부추기는 충동이 넘치도록 충만했다. 백리세가는 일제히 퇴각하는 적의 꼬리를 악착같이 따라잡으며 가차없이 도륙을 감행했다.

　오로지 우리 편이 아니라는 이유로 죽이고 또 죽이는 참혹한 도살의 장이 벌어지고 있었다.

12

　멀리서 동이 트고 있었다.

　백리세가로부터 삼십여 리를 벗어난 철민 일행은 잠시 휴식을 취하는 중이었다.

　오는 중간에 황면인과 백의청년이 말도 없이 슬쩍 사라져 버렸지만, 상군환과 위려려가 굳이 언급하지 않았기에 예인후와 철민도 묻지 않았다.

상군환과 위려려가 백리세가에 나타나게 된 사정은 이랬다.

예인후 등이 떠난 지 얼마 되지 않아 상군환과 위려려는 일단의 무리에게 습격을 받았는데, 이십여 명에 달하는 습격자 중에는 율도린의 독에 당했던 다섯 사내가 포함되어 있었다. 상군환과 위려려가 무리를 제압하여―아마도 황면인과 백의청년의 도움이 있었을 것이지만, 예인후와 철민은 역시 토를 달지 않았다―문초하던 중에 그들이 흑룡방 소속의 무사들이고, 더욱이 곧 흑룡방이 백리세가를 총공격할 것이란 사실을 알게 되었다. 곧장 그곳을 떠난 상군환과 위려려가 백리세가 인근에 도착했을 때는 이미 전쟁이 시작된 뒤였고, 예인후와 철민이 나오기를 기다리며 지켜보는 중에 전황이 빠르게 백리세가에 절대 불리한 쪽으로 기우는 것을 보고는 더 이상 기다리고 있을 수만은 없어 결국 세가 안으로 들어갔다는 것이다.

이 대목에서야 상군환은 황면인에 대해 언급했다. 사정이 다급하여 이번 임무를 위해 특별 투입된 수호천의 비밀요원 하나를 불사전 안으로 투입할 수밖에 없었다고.

그리고 황면인에 대해 진작에 말하지 않았던 것은, 황면인의 존재 자체가 외부에 알려져서는 안 될, 그야말로 극비의 기밀이기 때문이라고 상군환은 덤덤하게 해명했다.

그런데 그 극비의 기밀을 숫제 뭇 사람들 앞에 드러나도록 만든 것이 결국은 예인후와 철민 자신들 때문이라고 할 것이니, 그 대목에서 예인후와 철민이 다시 '백의청년은 또 누구냐?' 하고 물을 입장은 전혀 못 되는 것이었다.

13

─너의 그 기공간(氣空間) 말이다.

뜬금없이 툭 던지는 사념에 철민이 괜히 심드렁해져서 뚱하니 받았다.

‘기공간이 뭡니까?’

─놈! 네놈의 문제를 해결할 방도가 있을까 하여 묻는 것이거늘, 웬 딴소리냐?

일령이 대뜸 호통부터 치고 나서는 다시 물었다.

─일전에 너의 그 매봉을 통해 기공간을 외부로 확장시킨 바가 있지 않느냐? 그리고 이번에는 또 너의 몸 자체로 기공간의 외부 확장을 이루어냈고! 더욱이 그것을 통해 외기(外氣)를 흡수해 들이기까지 하지 않았더냐?

순간 철민은 가벼운 진저리를 치고 말았다. 일령의 말을 이해하기에 앞서, ‘흡수’라는 단어가 반사적으로 그에게 두 사람을 떠올리도록 만들었기 때문이다.

혈색 하나 없는 창백한 얼굴로 ‘괴물에게 당했다. 노부가 키워낸 괴물, 바로 네가 노부의 기를 모조리 빨아가 버렸다’고 말하며 끝내는 두 눈을 부릅뜬 채로 숨을 거둔 까마귀늙은이.

시뻘겋게 변한 두 눈을 부릅뜨고 금방이라도 부서져 내릴 듯이 푸석푸석해진 피부에, 굵은 지렁이 같은 푸른 힘줄들이 꿈틀대는 모습으로 격하게 가슴을 쥐어뜯으며 몸부림치다가 죽어간 혈염마(血艶魔).

철민은 더 이상 얘기를 이어가고 싶지 않았다. 그러나 일령의 말을 대뜸 무시해 버릴 수도 없는 일이어서 짐짓 시큰둥한 투로 되물었다.

'벽을 얘기하는 것 같은데, 그게 어떻다는 겁니까?

―벽?

'구벽외공이라고… 그런 게 있습니다.'

일령이 잠시 되새기는 듯하다가 다시 물었다.

―혹시 북명신공(北冥神功)이나 화염신공(火炎神功), 혹은… 흡월신마대법(吸月神魔大法) 따위에 대해 아는 것이 있느냐?

철민이 생각할 것도 없이 간단하게 대답하고 말았다.

'없습니다!'

―네가 쓴 것이 격공흡정(隔空吸精)의 수법이라는 것은 아느냐?

'모릅니다!'

―격공흡정은… 본좌가 아는 한 이론적으로는 가능하되 실제로는 결코 가능하지 않은 상상의 수법이다. 그런데 비록 네의지대로 운용하고 통제하지는 못하는 것 같았지만, 어쨌든 너는 그 불가능의 수법을 능히 구현해 냈다. 더욱 놀라운 것은 너의 그 수법이 대기 중에 녹아 있는 자연지기까지도 함께 흡수해 들였다는 사실이다.

대화의 의욕이 없는 중에 다시 얘기의 방향마저 영 이해하기 곤란한 쪽으로 가고 있기에 철민이,

‘그렇습니까?

하고 건성으로만 장단을 맞추었다.

일령은 억지로 화를 눌러 참는 느낌이 역력하였다. 그러나 그는 이내 달래는 투가 되었다.

—너의 그 구벽외공이란 것에 대해 좀 더 자세하게 말해주겠느냐?

일령의 성의 때문이기도 하겠지만, 철민은 문득 지금껏 그가 무겁게 지고 왔던 비밀에 대해 어느 정도까지는 털어버리고 싶은 마음이 들었다. 사실은 그것이 무슨 대단한 비밀이지도 않고 기껏 ‘귀신 씻나락 까먹는 소리’에 불과한 터에, 더욱이 다른 사람도 아닌 일령에게 털어놓는다고 해서 무슨 문제가 될 것은 조금도 없었다.

그런데 구벽외공은 평소 고금 천하에 모르는 것이 없다는 듯이 오만하기 그지없던 일령에게도 금시초문인 듯했다. 다만 철민이 대충대충 마음 가는 대로만 말을 하였음에도 일령은 금세 구벽외공의 근간 원리와 그것이 추구하는 궁극에 대해 대강의 이해를 해내는 느낌이었다.

—네가 말한 것이 모두 사실이고 또한 그대로가 진정으로 가능한 것이라면, 너는 언젠가 지금까지 없었고 앞으로도 없을 절대 궁극의 경지에 도달할 수 있을 것이다.

일령의 사념은 문득 차분한 느낌이 되었다.

—그러나… 본좌 또한 무의 궁극을 추구해 온 입장이지만, 완전무결한 궁극이 존재한다고 믿지는 않는다. 그러니 너의

그 구벽외공 또한 앞으로 성취를 해내가는 과정의 어느 단계에서는 반드시 예기치 못한 어떤 불완전성에 직면하게 될 터인데, 완성에 가까워질수록 그 불완전성에서 비롯되는 위험 또한 따라서 커질 것이다.

그리고 일령의 사념은 다시 차가운 느낌으로 변했다.

─어쨌든 본좌는 너의 구벽외공에 대해 한 가지 기대를 가지게 되었다. 그것은 어디까지나 본좌만을 위한 기대이니 네가 언젠가 직면하게 될 불완전성과 위험 따위와는 무관하게 본좌는 너의 성취가 보다 빠르게 궁극을 향해 나아가기를 바란다.

第六十四章

초대

몽상가

1

　　일요일의 오후 경기를 마치고 나서 손강호는 내일의 휴식일을 맞아 서울에 다녀오겠다고 했다. 철민이 할 일도 없는 터에 무료하게 숙소나 지키고 있느니 따라가겠다고 했더니 손강호는,

　　"안 됩니다. 중요한 볼일이 있습니다."

　　하고 사뭇 단칼에 잘라 버렸다.

　　"선이라도 보러 가는 겁니까?"

　　철민이 민망하여 농 삼아 투덜댔더니 손강호는 별 쭈뼛거리는 기색도 없이,

　　"예! 여자 만나러 갑니다!"

　　하고 다시금 뚝 잘라 버리는 것이었다.

2

무료한 시간은 어느새 밤 열두 시를 향해가고 있었다. 철민이 한 시간 남짓이나 침대에 누워 뒤척이던 중에 아까부터 자꾸만 신경을 긁는 허기를 결국 참지 못하고서 몸을 일으키고 마는데, 마침 머리맡에 놓인 핸드폰이 '부르르!' 몸서리를 쳤다.

—김철민 씨?

음울하게 가라앉은 그 목소리는 이제 차라리 익숙하게도 들렸다. 바로 그자였다. 그에게 벌을 내리겠다는 그자.

—드디어 내일입니다.

철민이 반사적이다시피 그 말의 의미를 떠올릴 수 있었지만, 그저 암담하게 물었다.

"무엇이 말입니까?"

—마침내 마지막 한판이 준비되었습니다!

그자의 목소리에는 약간의 흥분 같은 느낌마저 담긴 것 같았다. 그러나 철민은 '마지막'이란 말이 주는 어감에서 문득 참지 못할 반감이 들었고, 그 바람에 그동안 애써 참고 미루어 왔던 한마디를 내뱉고야 말았다.

"조승태 씨?"

저쪽에서 잠깐의 당황스러워하는 침묵이 있었다. 그리고 그 것에서 철민은 그자가 바로 조승태라는 직감을 확신처럼 가질 수 있었다.

철민의 머릿속으로 일련의 기억들이 빠르게 스쳐 지나갔다. 언젠가 덩치들에게 끌려간 어느 빌딩의 대형 헬스클럽. 그곳에서 만난 그레이 톤의 양복을 입은, 약간은 마른 듯한 몸매에 각진 턱과 날카로워 보이는 눈매를 지녔던 사내, 조승태!

그리고 기억은 다시 매트가 깔린 넓은 바닥과 천장에 매달린 샌드백들과 안쪽으로 설치된 링으로 이어졌다. 링 위에서 격렬히 움직이고 있는 두 사내. 그중 흰색 트렁크를 입은 사내의 조각 같은 얼굴과 촘촘하게 잔 근육들이 두드러져서 탄탄하고도 강인한 인상을 주는 몸매, 빠르게 아래위로 연결되는 사내의 킥과 좌우 연타의 펀치, 여유있는 강자의 느낌, 재경그룹의 후계자, 이준혁!

'이준혁! 정말로 그였단 말인가?

사실은 철민이 이미 숱하게 상상해 보았던 일이다. 그러나 막상 정말일 거라고는 차마 단정하지 못하였던 일이기도 했다.

'그가 도대체 왜 나에게……'

철민은 울컥 치미는 반발을 참을 수가 없었다.

"조승태 씨! 이준혁 씨와 당신은 도대체 왜 이런 말도 안 되는 상황을 만들고 있는 겁니까?"

전화 저편에서는 잠시간의 침묵을 더 이어내더니, 문득 나직이 가라앉은 목소리를 전해왔다.

─지금까지 잘해왔는데, 마지막에 와서 이러면 안 되지!

그 목소리의 끝에는 희미한 웃음기 같은 것이 묻어 있었고, 그것을 느끼는 순간 철민은 차라리 호소라도 하는 심정이 되고 말았다.

"제발… 이유라도 좀 압시다! 대체 무슨 이유로 이런 일을 벌이는 것인지!"

그자는 다시 잠시간의 침묵을 지킨 끝에 짧은 한마디를 툭 뱉어냈다.

ㅡ한영주!

순간 철민은 차라리 멍해지고 말았다. 마지막까지 믿고 싶지 않았던 상황이 마침내 명확해지는 순간이었다.

"그게 대체 무슨 소리요? 내가 그녀와 무슨 사이라고? 아니, 설령 나와 한영주 씨 사이에 무슨 관계가 있다고 해도 도대체 당신들이 뭔데… 무슨 자격으로 이런 터무니없는 짓을 저지른 단 거요?"

철민의 거친 항변에 대해 그자는 오히려 느긋해했다.

ㅡ이봐, 김철민 씨! 난 복잡한 건 질색인 사람이야! 기왕에 마지막까지 온 거잖아? 그러니까 제대로 마무리까지 하는 게 어쨌든 서로에게 좋지 않겠어?

"난 그렇게 못하겠소! 이런 터무니없는 짓에 더 이상 끌려갈 이유가 없소!"

ㅡ이유가 없어?

그자의 목소리가 문득 음울하게 변했다.

ㅡ그럼 네 맘대로 해봐! 대신 대가는 지불해야겠지?

"대가? 무슨 대가를 말이오?"

―여기까지 오는 동안 이미 만만찮게 비용과 노력이 들었고, 무엇보다도 날 실망시킨 데 대한 대가지!

"처음부터 당신들이 일방적으로 만든 일일 뿐, 내가 원해서 한 건 아니지 않소?"

―누가 원해서 했든 그런 게 중요한 건 아니잖아? 오직 결과만 중요할 뿐이지. 안 그래? 어떻게 해줄까? 일단은 확 밟아버릴까? 음! 그걸 원금이라고 치더라도 이자는 또 어떻게 하나? 역시 너 하나 밟아주는 걸로 끝내기에는 많이 부족하겠지? 흐흐흐! 그간 겪어봤으니 나에 대해 대강은 파악을 했을 법도 한데. 이봐, 난 피 보는 걸 결코 두려워하는 사람이 아니야! 봐야 할 피라면, 조금도 망설이지 않아! 아! 물론 피 보는 걸 좋아하는 건 아니야. 영 칙칙하거든? 그러니까 말야! 웬만하면 날 그런 쪽으로 몰고 가지 않았으면 좋겠어!

그리고 그자는 철민에게 고민할 시간을 준다는 듯이 잠시간 뜸을 들인 후에 다시 달래는 듯한 투로, 그러나 여전히 느긋한 목소리로 말을 이었다.

―크게 어려울 것도 없잖아? 그냥 한 판만 더 싸우면 다 끝나는 거라고! 이기든 지든 상관하지 않는다니까. 그냥 화끈하게만 싸워주면 돼. 그게 나와 너, 그리고 모두를 위하는 유일한 길이라니까.

철민이 힘겹게 지키고 있던 침묵을 이윽고 깨며 물었다.

"상대는 누구요?"

희미하게 콧바람 소리를 내며 그자가 받았다.

—홋! 그거야 내일 링에서 보면 저절로 알게 될 일이고, 넌 그냥 내가 정해주는 장소로 오기만 하면 돼. 아! 너의 그 세컨에게는 시시콜콜 얘기를 안 하는 게 좋겠어. 괜히 쓸데없는 걸 알아서 그 친구에게도 득 될 건 조금도 없을 테니 말야.

3

'일단 얘기는 한번 해보자.'

손강호는 한영주를 만나보기로 했다. 이제는 구단 직원 신분도 아닌 그가 구단주를 직접 만나기에는 무리가 있다고 해야겠으나, 일이 돌아가는 형편상 더 이상 앞뒤를 가릴 경황이 아니었다.

철민과 한영주의 사이가 그냥 무미건조하지만은 않다는 걸 눈치채지 못할 만큼 손강호가 눈치없는 사람은 아니었으니 그녀라면, 더욱이 그녀가 지닌 배경이라면 철민에게 어떤 식으로든 도움을 줄 수 있을 것이라는 일말의 기대를 가져보는 것이었다. 그리고 그런 기대 이전에 지금 철민에게 닥쳐 있는 이해 못할 상황이 어떤 식으로로든 그녀와도 연관이 있으리라는 직감 같은 것이 있기도 했다.

지레 각오했던 것과는 달리 손강호라고 이름을 밝히고 철민의 일로 긴히 의논할 얘기가 있다고 했더니 한영주는 선뜻 나오겠다고 했다. 그런 점에서 손강호는 새삼 철민과 한영주 사이에 과연 뭔가가 있긴 있구나 하는 생각을 굳힐 수 있었다.

"대정회라고 아십니까?"

앞뒤를 자른 채 대뜸 던진 질문에 한영주는 별 의아해하는 기색도 없이 간단히 고개를 저었다.

"처음 들어보네요."

고개를 갸웃하고는 손강호가 다시 물었다.

"그럼 혹시 유동제라는 사람을 아십니까?"

"유동제요? 뭐 하는 사람입니까?"

"대정회는 우리나라의 주먹계를 장악하고 있는 곳이고, 유동제는 그 대정회를 실질적으로 지배하고 있는 사람입니다."

"주먹계라면……?"

"폭력 조직입니다."

한영주가 그제야 의아하다는 듯이 두 눈을 동그랗게 떴다가는 문득 '아!' 하고 문득 낮은 탄성을 흘렸다.

"그러고 보니… 그 사람의 외할아버지 되는 분이 아마도 비슷한 이름이었던 것 같기도 하네요."

"그 사람이라면……?"

"이준혁 씨라고."

그러다 한영주는 퍼뜩 제풀에 놀란 얼굴이 되고 말았다.

"혹시 그 사람 쪽에서 또 철민 씨를……?"

4

“김철민이 누군데? 그리고 테러라니? 그건 또 무슨 소리야?”

이준혁은 잔뜩 기분이 상하고 말았다. 몇 달 만에 전화를 걸어온 한영주가 대뜸 따지듯이 물은 말들 때문이었다. 사실 김철민이라는 이름을 그가 알지 못하는 것은 아니었다. 적어도 한영주의 입에서 그 이름을 듣고도 누구인지 생각이 나지 않을 수는 없었다. 다만 그 이름에 대해 불현듯이 생기고 마는 거부감이라니! 그렇지만 여전히 알지 못하는 사람인 것 또한 사실이었다. 얼굴 한번 못 본 사람일뿐더러 지금껏 억지로라도 관심을 두지 않아왔으니까.

“오빠가 관련이 있을 리 없다는 건 알아요. 하지만 이번이 처음이 아닌데다, 정황상 오빠 쪽에서 누군가가 관련됐을 거라는 생각을 안 해볼 수가 없으니 한번 확인을 해주셨음 해요.”

한영주와 통화를 끝낸 다음, 이준혁은 더욱 기분이 상하다 못해 숫제 화가 치밀었다. 한영주의 말은 참으로 일방적이고 무례하였다. 그러나 정작으로 그를 화나게 만든 것은 한영주가 그에게 다른 남자 얘기를, 그것도 드러내 놓고 걱정을 하고 편을 들었다는 데 있었다. 그리고 그런 한영주에 대해 화를 내는 그 스스로에 대해서 더욱 화가 치밀었다.

그렇더라도 마음을 조금 가라앉히고 난 다음, 이준혁은 문득 ‘혹시?’ 하는 생각이 들었기에 곧바로 조승태를 찾았다.

"한영주 씨가 무슨 오해를 하셨나 봅니다. 절대 그런 일 없습니다."

대번에 정색하고 마는 조승태를 보고 이준혁은 멋쩍게 웃을 수밖에 없었다.

"하하하! 이것 참, 내 쪽에서 안 그랬다고 다시 해명을 하기도 뭣하고… 이거 영 기분이 그러네."

5

월요일 저녁.

시내의 한 레스토랑에서 중요한 손님과 미팅을 막 끝내고 지하 주차장으로 내려가는 한영주의 입가에는 절로 미소가 그려졌다. 요즘 불스의 구단주로서 그녀는 절로 미소를 짓게 되는 일이 잦아졌다. 불스가 야구계에 불러일으키고 있는 돌풍 덕분이었다.

경영 성과적인 측면에서도 불스의 인기가 급등함에 따라 관중 수입이 대폭 증가세를 보이고 있었고, 더불어 십억 대에 달하는 스폰서 제의가 벌써 두 개나 들어왔다. 그것도 그룹 계열사가 아닌 타 중견 기업의 제의였으니 시즌 전반기만 하더라도 전혀 생각지 못했던 수익 기반이 확보되고 있는 셈이었다. 게다가 불스의 인기는 시간이 갈수록 더욱 치솟고 있었으니, 이대로라면 그동안의 불스의 적자 기조를 대폭 개선시킬 수 있을 것이다.

한영주가 막 차의 문을 열려는 때였다. 근처에 서 있던 차한 대가 빠르게 그녀의 차 앞을 가로막아 서더니 조수석에서한 사람이 내렸다. 그녀가 이전에 몇 번인가 본 적이 있는 사람이다.

"무슨 일이세요?"

"모시러 왔습니다. 전무님께서 오늘 저녁을 같이하자고 하십니다. 어제 통화하신 일로 말씀드릴 것도 좀 있다고 하시고요."

낮게 가라앉은 목소리가 별로 호감 가지 않는, 그는 바로 이준혁의 개인 비서였다. 이준혁이 사적으로는 형제처럼 가까운사이라고 하였기에 조승태라는 이름까지도 언뜻 기억이 났다.그렇더라도 한영주는 불쾌하다는 기색을 굳이 감추지 않았다.

"그 문제라면 전화로 해도 될 텐데… 더욱이 미리 약속도 잡지 않고서 갑자기 이러니 무척 당황스럽네요."

"전무님께서 그럴 사정이 좀 생겼다고 정중히 양해를 구하라고 하셨습니다."

"그래요? 한데 어떻게 하죠? 제가 지금 급하게 처리해야 할일이 하나 남았는데… 이렇게 하죠. 장소를 알려주면 제가 가능한 한 서둘러서 가도록 할게요."

"죄송합니다만… 그렇게는 하실 수가 없겠습니다."

"뭐예요?"

순간 한영주의 목소리가 뾰족하게 변했지만, 조승태는 오히려 느긋하게 받았다.

"사실은 전무님께서 공을 많이 들여서 이벤트를 하나 준비하셨는데, 지금 바로 가시지 않으면 그게 무산이 되고 말 사정이라서……."

"그거야 어디까지나 그쪽 사정 아닌가요? 다시 말하지만 저는 지금 급한 일이 남아 있으니 그 일부터 처리해야만 하겠어요."

차갑고도 단호하게 거절하며 한영주는 차 문을 열었다. 순간 조승태의 눈빛이 차갑게 변하더니 성큼 다가서며 다시 차 문을 닫아버리는 것이었다.

"이게 무슨 짓이에요? 당장 비켜서지 못해요!"

한영주가 소리쳤다. 그러나 조승태는 문득 입가에 묘한 미소를 떠올리며 고개를 숙여 그녀의 눈을 응시하는 것이었다.

확 끼쳐 드는 섬뜩한 느낌에 저도 모르게 바르르 어깨를 떨고 마는 한영주를 빤히 내려다보는 채로 조승태가 천천히 말을 뱉었다.

"한영주 씨와 김철민이 어떤 사이인지, 어디까지 진도를 나갔는지 다 알고 있습니다."

퍼뜩 당황을 추스르며 한영주가 날카롭게 소리쳤다.

"당신 지금 도대체 무슨 소리를 하는 거예요?"

그러나 조승태는 조금도 표정을 바꾸지 않고 말을 이었다.

"우리 전무님을 두고 감히 그런 짓을 저지르고도 아무 일 없었다는 듯이 그냥 넘어갈 수 있으리라 생각하는 것은 아니겠지요?"

섬뜩함이 느껴지는 윽박지름에 한영주는 주춤 뒤로 한 걸음을 물러서고 말았다. 그러나 그녀는 곧바로 표독스럽게 쏘아붙였다.

"그래요! 김철민 씨하고 나하고 그런 사이라고 쳐요! 그래서요? 그게 어떻다는 거죠? 그게 이준혁 씨와 무슨 상관이죠? 더욱이 당신이 도대체 무슨 상관인 거죠?"

"상관이 있고 없고는 우리 전무님께서 정하는 것이지, 한영주 씨 마음대로 정하는 것이 아닙니다. 그리고 우리 전무님이 당신들의 불쾌한 관계를 그냥 넘어갈 수 있다고 하더라도 내가 결코 용서가 안 됩니다."

그때 조승태의 모습은 진지하기까지 하였으므로, 두려움 속에서도 한영주는 차라리 어이없다는 기색이 되고 말았다.

"이봐요! 당신 혹시 미친 거 아냐?"

그 말에 조승태가 문득 나직이 소리 내어 웃으며 반문했다.

"흐흐흐! 미친 거 아니냐고? 거 별로 좋은 소리는 아닌데, 그래도 미인으로부터 들으니까 기분이 좀 색다르네?"

순간 한영주는 스산한 공포를 느끼고 말았다.

조승태는 창백하게 변한 한영주의 얼굴을 잠시 즐기듯이 들여다보고 있다가 다시 말을 이었다.

"어차피 이렇게 되었으니 좀 더 솔직하게 말하지. 사실 난 한영주 씨를 처음 보는 순간부터 맘에 쏙 들었어. 우리 전무님과는 정말로 완벽한 한 쌍이 될 걸로 확신했지. 그런데 김철민 때문에… 겨우 김철민 따위 때문에 그 완벽함이 깨지고 만 거야. 난 그게 정말로 화가 나. 도저히 참을 수 없을 만큼 화가 난다고!"

문득 온몸에 소름이 돋는 느낌에 한영주가 질린 목소리로 소리쳤다.

"당신… 설마 이준혁 씨 본인이라도 되는 듯이 착각하고 있나요?"

조승태가 피식 웃으며 말했다.

"훗! 물론 난 이준혁이 아니야. 다만 이준혁이 늘 완벽한 이준혁이 될 수 있도록 지켜주는 존재라고 할까? 그래, 난 그런 존재야."

"이 미친……!"

외마디처럼 뱉은 한영주가 핸드백으로 조승태의 얼굴을 후려쳤고, 곧바로 뒤돌아서 뛰었다. 그러나 그녀는 채 두 걸음도 떼지 못하고서 조승태의 억센 손아귀에 팔을 붙잡히고 말았다.

"악! 이거 놔! 누구 없어요! 도와주세요!"

한영주가 비명을 지르며 소리쳤지만, 조승태는 서두르지 않았다. 오히려 느긋하게 말을 뱉었다.

"이봐, 한영주 씨! 나는 지금 기회를 주려는 거야. 김철민과의 불쾌한 관계에 대해, 이 전무님과 나를 모욕한 죄에 대해 대가를 치를 기회를 말이야. 그럼으로써 한영주 씨는 우리 전무님의 여자로서 다시 나의 깍듯한 존중을 받을 수 있게 되는 것이지."

한영주는 치를 떨며 온 힘을 다해서 조승태의 손을 떨쳤다.

"이거 놔! 이 사이코야!"

그러나 그녀의 여린 힘으로는 도저히 조승태의 억센 완력을 떨쳐 낼 수가 없었다. 조승태가 그녀에게로 바짝 얼굴을 가져다 대며 속삭이듯이 말했다.

"더 이상 날 화나게 만들지 마! 난 그렇게 너그럽지를 못하거든?"

속삭임에 담긴 음울한 위협, 그리고 조승태의 입김이 귓속으로 파고드는 듯한 소름 끼침에 한영주는 참을 수 없는 공포를 느끼고 말았다.

"대체… 내게 무슨 짓을 하려는 거죠?"

파르르 떨려 나오는 한영주의 목소리에 조승태의 입가로 엷은 미소가 번졌다.

"한영주 씨가 해야 할 일은 사실 별것도 아니야. 그냥 구경만 하면 되는 거거든? 단, 한 가지만 명심하면 돼. 끝까지 지켜봐야 한다는 거지. 김철민이 어떤 벌을 받는지, 어떻게 깨지는지, 어떻게 부서지는지 똑똑히, 끝까지 지켜봐 주기만 하면 되는 거란 말이지."

"뭐라고요? 김철민 씨에게 또 무슨 짓을 하려는 거죠?"

새삼 소스라치며 묻는 한영주에 대해 조승태의 미소가 짙어졌다.

"그동안 그는 결코 쉽지 않은 과정을 거쳐서 겨우 오늘의 마지막 단계까지 왔어. 그런데 오늘 저녁 당신이 성의를 보여주지 않는다면 그간의 고생이 한순간에 꽝이 되고 마는 거지. 아! 물론 김철민이가 죽든 살든 당신의 관심 밖이라면 그런 게 문제가 될 것도 없겠지만 말이야. 하하하!"

한영주는 이윽고 절규를 토해내고 말았다.

"당신이 뭔데! 도대체 당신이 뭔데… 감히 이런 짓을 하는 거야?"

조승태가 문득 웃음기를 지우며 나직이 대답했다.

"나, 조승태야! 조승태!"

6

구단 숙소로 돌아가려고 지하철을 기다리던 손강호는 마침 걸려온 철민의 전화를 받았다. 자신도 서울에 왔으니 같이 저녁이나 먹고 들어가자는 것이었다.

손강호가 다시 지하철역을 나와 바로 입구의 도로 가에서 기다린 지 십오 분여 만에 철민은 택시를 타고 나타났다. 그리고 곧장 손강호를 태우더니 기사에게 S호텔로 가자고 했다.

상당히 고급에 드는 호텔이었기에 손강호가 언뜻 '꽤나 거하게 저녁을 먹으려나 보다' 하는 생각을 하긴 했지만, 무슨 일이 있었던지 철민이 무거운 표정으로 내내 입을 닫고 있었기에 손강호 역시도 짐짓 차창 밖으로 스쳐 지나가는 서울의 야경에만 내내 눈길을 두었다.

7

S호텔의 대연회장에는 이십여 개의 테이블이 널찍널찍하게 배치되어 있었다. 넓은 공간에 비하자니 테이블을 차지하고 앉은 사오십 명의 손님으로는 사뭇 한산해 보이기까지 하였다.

공간 한가운데에 임시로 설치된 듯한 링은 연회장의 고급스러운 분위기와는 사뭇 이질적인 느낌을 풍기는 데가 있었고, 그런 때문인지 손님들은 테이블에 차려진 고급 요리와 음료보다는 텅 빈 링을 향해 오히려 호기심과 흥분이 깃든 눈길을 던져 놓고 있었다.

철민은 천천히 링 위로 올라섰다. 그에게로 집중된 사람들의 눈길은 거의 의식하지도 못한 채 그의 관심은 오로지 이제 곧 올라올 상대에게로만 쏠려 있었다.

잠시 후,

짝! 짝! 짝! 짝!

"삐~ 익!"

성긴 박소 소리와 두어 가닥의 휘파람 소리 속에 푸른색 가운을 걸친 누군가가 테이블 사이를 가로지르며 입장하고 있었다.

조금의 흔들림도 없는 응시로 상대의 행진을 노려보고 있던 철민의 눈빛에 문득 거센 분노가 타올랐다. 그였다. 이준혁!

8

링 중앙에 마주서고 나서야 이준혁은 비로소 상대의 얼굴을 봤다. 조승태가 특별히 고심하여 골랐다는 상대였지만, 어차피 그가 흥미를 가지고 있는 부분이래야 상대가 정통 격투기 선수가 아닌 스트리트파이터 출신으로 현재까지 전승을 기록하고 있다는 정도의 사전 정보에 불과했다.

사실 이준혁이 주기적이다시피 이런 식의 비공개 격투기 경기를 하는 이유는 그가 원하는 종류의 흥미를 충족시키고자 하는 데 있었다. 그런 종류의 흥미란, 어쩌면 그에게 내재된 파괴에 대한 열망의 본능 같은 것일지도 몰랐다. 그의 유전자 속에는 다만 얼마간이라도 외조부의 것도 섞여들었을 테니 말이다. 물론 그의 열망은 외조부의 것과는 확연히 달랐다. 적어도 그는 외조부처럼 목적을 이루기 위해 그 열망을 비정과 잔인과 지저분한 피 흘림의 폭력으로 행사하지는 않으니까. 적어도 그는 폭력이 아닌 스포츠로서 그 열망을 풀어내고 있는 것이다. 그럼으로써 그의 내부에 존재하는 강력한 욕구를 건전하게 발산시키고, 다시 긍정적인 일상으로 돌아가는 것이다. 또 어쩌면 그런 종류의 열망을 그만이 가지고 있는 것은 아닐 수도 있었다. 지금 이 자리에 구경꾼으로 와 있는 저 사람들 또한 그런 열망에 대해 얼마쯤의 동질감을 공유하고 있다고 해야 하지 않을까? 다만 그와 그들의 차이는 그가 직접적으로 추구하려는 데 비해 그들은 그를 통해 대리만족을 즐기려는 데 있을 뿐이고 말이다.

이준혁은 문득 의아한 느낌을 가졌다. 상대는 무언지 모르게 허술해 보였다. 파이터라기에는 왠지 좀 덜 단련된 몸 같았다. 다만 눈빛은 날카로웠는데, 그 날카로움은 싸우고자 하는 뜨거운 투지 같기도 했고, 혹은 불타는 증오심 같기도 했다. 어쨌든 상대의 그 투지 내지 증오심이 어느 정도 그의 흥미를 동하게 하는 덕분으로, 싸워보기도 전에 실망부터 하게 되지는 않았다는 게 다행스러웠다.

"이준혁 씨! 결국 당신이었소?"

대뜸 내뱉는 상대의 말에서 느껴지는 진한 적의 또한 나쁘지는 않았다. 링 위에서 그 정도의 도발쯤은 적극적인 투지의 발산 정도로 봐줄 수 있었다. 이준혁은 상대를 향해 가볍게 한 번 웃어주었다.

"꼭 이런 방법을 써야만 했소? 당신이 겨우 이 정도밖에 안 되는 사람이었소?"

상대의 그 말은 좀 그랬다. 투지의 발산이라고 보기에는 상당히 노골적이다 싶은 비난이 담겨 있었으니까.

"무슨 소리를 듣고 싶은 거요?"

이준혁이 정색을 하자 심판이 얼른 두 사람을 진정시켰고, 빠르게 경기 룰에 대한 공지를 시작했다.

잠시간 듣고 있던 철민은 강하게 이의를 제기했다.

"그런 룰로는 못하겠소!"

심판이 언뜻 당황하고 말 때, 철민은 이준혁을 노려보며 씹듯이 뱉었다.

"이준혁 씨? 당신은 항상 이런 식인가?"

이준혁이 이윽고 표정을 굳히며 물었다.

"이봐, 아까부터 자꾸 이상한 말을 하는데, 무슨 소린지 좀 알아듣게 말하면 안 되겠나?"

"모든 걸 당신에게만 맞춰서 마음대로 정하느냐고?"

"뭐라고?"

이준혁이 울컥 화가 치미는 듯했으나, 애써 추스르며 다시 말했다.

"입식 룰에 대해 불만이 있는 모양인데, 그럼 종합 룰을 원하나? 좋아, 입식이든 종합이든, 혹은 복싱 룰이든 뭐든 그쪽에서 원하는 룰로 해주지."

철민이 곧바로 받았다.

"룰 같은 것 필요없이 그냥 붙기로 하지."

순간 이준혁은 묘한 표정이 되었으나, 이내 픽 웃으며 말했다.

"훗! 꽤나 재미있는 친구로군. 좋아, 거친 걸 좋아하는 모양인데, 원한다면 그렇게 하도록 하지. 그러나 이 말은 미리 해주고 싶군. 나도 충분히 거칠어질 수 있는 사람이라고 말이야."

이준혁의 입꼬리에 걸렸던 미소는 이내 사라졌으나, 눈빛에서는 여전히 희미한 웃음기가 남아 있었다. 그것은 흥미였다. 그리고 이미 약간의 흥분이었다.

두 사람은 각자의 코너로 돌아갔다.

이준혁은 링 코너 아래쪽에 있던 조승태를 가까이 불렀다.

"저 친구 말이야, 아무래도 나한테 무슨 불만이 있는 눈친데, 혹시 뭐 짐작 가는 거라도 있어?"

"글쎄요?"

"게임 끝나고 따로 한번 알아보도록 해."

"알겠습니다."

공이 울릴 때까지 이준혁은 링 주변의 사람들을 둘러보았다. 모두 그가 초대한 사람들이었고, 대개는 빠지지 않고 그의 경기를 관람해 온 탓에 이런 분위기에 제법 익숙해 있는 면면들이었다.

그런데 그때, 막 도착한 듯이 입구 쪽의 테이블에 자리를 잡고 있는 한 사람과 문득 시선을 마주친 이준혁은 그만 두 눈을 부릅뜨고 말았다. 한영주였다. 그녀가 이 자리에 초대되었다는 건 그로서는 전혀 짐작도 하지 못한 일이었다.

놀란 건 한영주 또한 마찬가지인 듯했다. 그녀 또한 이준혁이 링 위에 올라 있을 거라곤 상상조차 하지 못했다는 듯이 멍하니 아예 넋을 놓아버리는 모습이었다.

이준혁이 당황을 감추지 못하고 급히 조승태에게 물었다.

"어떻게 된 일이야?"

"예?"

"영주가 어떻게 여기에 왔냐고?"

조승태가 짐짓 멈칫거렸다.

"그게… 일부러 알리려던 건 아니고, 어떻게 하다 보니…….
하지만 한영주 씨도 형님의 이런 모습을 한 번쯤 보는 것도 괜
찮지 않겠습니까?"

"누가 너더러 그런 쓸데없는 짓을 하라고 했어? 영주와의
일은 어디까지나 내가 알아서 할 일이지, 왜 네가 함부로 나
서?"

이준혁의 격한 분노에 조승태가 얼른 고개를 숙였다.

"죄송합니다, 형님. 제가 주제넘었습니다."

이준혁은 분노와 함께 문득 묘한 기분을 느꼈다. 조승태가
평상시에는 잘하지 않던 '형님!' 소리를 자꾸 하는 것부터가
왠지 거슬렸다. 그가 조승태에 대해 그런 기분을 느낀 것은 첫
만남 때의 잠깐을 제외하고는 처음이어서, 몇 년간이나 그런
기분에 대한 기억조차 까맣게 잊고 있었는데 지금 이 순간에
퍼뜩 되살아난 것이었다. 그만큼 지난 몇 년간 조승태는 그에
게 너무도 편하고 익숙하기만 한 존재였다. 그러나 그는 그런
기분에 대해 그다지 오래 되새겨 보지는 못했다.

땡!

공이 울렸다.

힐끗 한영주 쪽을 한번 돌아보고 나서 이준혁은 성큼성큼
링 중앙을 향해 걸어나갔다.

9

‘이준혁?’

　상대에 대한 철민의 지나친 적의, 전혀 뜻밖으로 등장한 한영주, 링 위 철민의 상대와 그녀 간에 오가는 경악 따위에서 손강호는 퍼뜩 그렇게 떠올렸다. 그리고 연이어 몇 가지의 사실들을 빠르게 추론해 냈다. 이준혁과 한영주의 사이에 철민이 끼어든 것이로구나. 지금까지의 이해할 수 없었던 일련의 상황이 그렇게 해서 일어나게 된 것이로구나. 그리고 이준혁은 오늘 마지막으로 한영주가 보는 앞에서 자신이 얼마나 우월한지, 원초적인 사내의 능력에서도 얼마나 압도적인지를 과시하고자 하는 것이로구나.

　그런 몇 가지의 추론은 일시 당황을 넘어 혼란까지를 불러일으켰으므로, 손강호는 다시금 링 위의 상황에 온전히 집중하기 위해 무진 애를 써야만 했다. 이 모순되고도 버거운 싸움을 철민 혼자서만 치르게 할 수는 없었다. 지금 이 순간 철민이 마주하고 있을 극도의 혼란과 두려움, 그리고 전율과 분노를 함께해 줄 수는 없을지라도 다만 안타깝게 지켜봐 주기라도 해야만 했다. 손강호는 세차게 머리를 흔들며 자꾸만 매달리는 잡념들을 힘겹게 털어냈다.

10

　‘룰 같은 것 필요없이’ 라는 상대의 말을 선뜻 받아들여 주긴 했지만, 그래도 그라운드 포지션으로 가는 것을 이준혁은 원하지 않았다. 물론 그가 서브미션에 자신이 없어서는 아니었다. 다만 상대와 몸을 부대끼고 얽히는 상황 자체를 좋아하지 않을 뿐이었다.

상대의 기습적인 태클에 하체를 잡힌 이준혁은 언뜻 놀라고 말았다. 태클 자체는 그다지 정교하다고 할 수 없었으나, 빈약한 편이라고 해야 할 상대의 체격치고는 상상하지 못했을 정도로 강한 힘에 대해서였다.

그렇더라도 이준혁은 곧바로 유연하게 상대의 힘을 끌어당겼다가 다시 미는 연속적인 움직임으로 틈새를 만들며 역으로 상대의 뒤로 돌아갔고, 다시 이어지는 동작으로 상대의 하체에 관절기를 걸었다. 그러나 순간 이준혁은 다시 한 번 놀라지 않을 수 없었다. 분명 제대로 들어간 관절기였음에도, 상대는 특별한 회피 기술이라고 할 것도 없이 다만 억센 힘만으로 관절기를 풀고 빠져나가 버린 것이다.

이준혁은 상대의 대강을 파악했다. 상대의 강점은 힘이었다. 그 외의 기술이나 세기, 노련미 등등의 전반적인 부분에서는 특별히 평가해 줄 만한 것이 없었다. 한마디로 스트리트파이터다웠다.

11

한 번의 기습 태클이 무위로 돌아가고 난 뒤 철민은 곧바로 한계를 느껴야만 했다. 이준혁은 그가 지금까지 상대해 보았던 자들과는 확실히 격이 달랐다.

툭! 툭!

여유있게 외곽을 돌며 가볍게 던지는 이준혁의 펀치는 정확하면서도 결코 가볍지가 않았다. 턱과 명치와 옆구리로 꽂히듯이 파고드는 펀치마다에 철민은 순간순간 다리가 풀려 휘청거리곤 했다.

어떻게 해서든 붙잡아보려고 하는 철민의 시도들은 도통 통하지 않았다. 빠르고도 다채로운 이준혁의 몸놀림을 따라잡기도 버거웠지만, 어쩌다 붙잡았다 싶으면 곧바로 속사포처럼 양 옆구리를 찍어오는 이준혁의 무릎 공격으로 인해 제풀에 다시 거리를 벌릴 수밖에 없었다.

픽! 픽!

연이어 옆구리를 파고드는 짧은 좌우 훅에 철민의 입은 절로 딱딱 벌어졌다. 숨이 턱턱 끊기며 온몸에 전율처럼 진저리가 일어났다. 그러나 철민은 이를 악물었다.

'하는 데까지 해보는 거다. 깨지고 박살이 나더라도 할 수 있는 만큼 분노하고 분노한 만큼 몸부림이라도 쳐보는 거다.'

12

경기가 이내 일방적으로 흐르고 마는 것과 비례하여 처음 상대에 대해 가졌던 이준혁의 흥미도 빠르게 사라지고 있었다. 그렇더라도 상대를 아예 부숴 버릴 필요는 없었다. 다만 적당히 승부의 즐거움을 누리는 선이면 충분할 것이다. 혹은 적당한 선에서 상대가 깨끗하게 쓰러져 주는 모양새도 괜찮을 테고. 그러나 이준혁이 이미 흥미를 잃었음에도, 적당히 끝낼 시점을 저울질하고 있음에도 상대는 여전히 무작정의 투지를 부려내고 있었다.

이준혁은 이윽고 경기를 끝내기로 하고 짧은 시선으로 관객들을 훑어보았다. 그것은 경기에서 그가 마지막으로 즐기곤 하는 일종의 종결 의식 같은 것이었다. 경기의 마지막 순간에 자신과 관객들 사이의 열기를 공명(共鳴)시킴으로써 한순간 치솟는 최대한의 열기를 만끽하고자 하는 의미에서였다.

그런데 한영주에게 시선이 가 닿는 순간 이준혁은 문득 미묘한 느낌을 받고 말았다. 한영주는 그가 타격을 가할 때마다 동시적이다시피 반응하고 있었다. 그러나 그에 대해 반응하는 건 아니었다. 그가 아닌, 그의 상대에 대해 반응하고 있었다. 안타까워하고, 다급해하고, 심지어는 상대의 헐떡이는 숨과 순간순간의 고통에까지 공감하는 듯이 그녀 또한 갑갑해하고 고통스러운 표정을 만들어내고 있었다. 그녀의 표정이 변할 때마다 그의 생각도 한 단계씩 진전되어 나갔다.

‘뭐지, 저런 표정은?

‘둘이 서로 아는 사이?

‘그럼 혹시 이자가 바로 그자?

그리고 이준혁은 마침내 짐작해 내었다. 상대는 바로 그자였다. 그가 애써 부정하려고 했지만 끝내 완전히 부정하지는 못한, 한영주의 그 갑작스럽고도 일방적인 선언의 이유이리라고 짐작되는 바로 그자, 김철민!

한영주의 갑작스럽고도 일방적인 약혼 연기 선언에 대해 이준혁은 대범하게 포용했었다. 뿐만 아니라 그의 집안 어른들의 불편한 심기를 달래는 고역까지 기꺼이 감당했다. 하지만 그러한 포용과 감수는 결코 그의 진심이 아니었다. 다만 그런 체했을 뿐이다. 사실 그는 견디기 어려울 정도로 불쾌하고 화가 났었다. 그런 모습을 남에게 보여주기 싫어서 대범한 체, 아무렇지도 않은 체했을 뿐이다. 그러나 그가 애써 부정해 오고 있던 '짐작'이 너무도 확연한 사실로 다가와 버린 지금 이 순간, 그는 치미는 화를 도저히 참을 수가 없었다.

'기껏 이런 정도의 남자 때문에 날? 감히 내게 그런 따위의 일방적이고도 무례하기 짝이 없는 선언을 했다는 건가?'

이준혁의 화는 곧장 상대에게로 향했다. 김철민에게로. 그는 거칠게 상대를 몰고 갔다. 그리고 코너에 가둔 채 무차별적으로 치고, 차고, 찍었다. 한영주의 반응도 놓치지 않았다. 그녀는 지금 차마 링 위를 보지 못하고 아예 두 손으로 얼굴을 가린 채 무릎에 머리를 파묻고 있었다. 그 모습에서 이준혁은 문득 주체하기 어려운 살의를 느끼고 말았다.

'부숴 버린다! 죽여 버린다!'

링 바닥으로 점점이 붉은 피가 흩뿌려졌다. 그리고 이내 사정없이 뭉개졌다.

관객들은 흥분했다. 비록 여느 경기장에서와 같은 원색적인 고함이나 환호 따위는 없었지만, 그래도 어느새 거칠어진 호흡과 저절로 들썩이는 어깨들에서는 원초의 흥분이 격하게 번져 가고 있었다. 대연회장의 넓은 공간에는 이 순간 거대한 공감이 거칠게 헐떡이고 있었다. 피에 목말라하는, 더욱 격렬한 파괴를 고대하는 잔인성의 공감이었다.

13

'더 이상은 도저히 무리다!'

손강호는 진작부터 손에 들고 있던 수건을 이윽고 링 안으로 던지려고 했다. 그러나 바로 그때 누군가 그의 손에서 수건을 낚아채 가버렸다. 그자는 다시 링 아래에 앉은 정장 차림의 한 사내에게로 수건을 가져갔는데, 수건을 받은 사내는 손강호를 향해 싱긋 미소를 던졌다.

조승태는 웃음을 참기가 어려웠다. 참으로 통쾌한 순간이었다. 이준혁을 위해 준비된 이벤트였지만, 이 순간의 통쾌함만큼은 결국 그 자신을 위한 것이었다.

14

헉! 헉!

이준혁의 숨은 거칠어져 있었다. 지친 건 아니었다. 도무지 통제되지 않는 화 때문이었다.

그러나 어느 순간 이준혁은 문득 의아해졌다. 언뜻 상대의 차분함이 느껴진 때문이었다. 피투성이의 처참한 얼굴과는 전혀 어울리지 않는 차분함이었다.

문득 그 부조화를 깨뜨려야만 한다는 압박감에 이준혁은 온 힘을 다해 연타를 꽂아 넣었다. 그러나 잔뜩 부어오른 상대의 두 눈이 더욱 정제된 차분함으로 그를 응시하였기에 이준혁은 이윽고 당황스러워지고 말았다.

15

"푸~! 푸~!"

콧구멍에 가득 찬 피 때문에 철민이 거친 숨을 내뱉을 때마다 마치 분무처럼 벌건 핏물이 뿜어져 나왔다.

그러나 철민은 담담했다. 참으로 이상하게도, 그리고 역설적이게도 그는 지금 스스로의 고통에 대해 차라리 관조하는 입장이 되어 있었다. 분노도 증오도 이미 사라졌다. 그저 허탈했다. 어쩌면 도저히 깰 수 없는 한계에 부닥쳐 어쩔 수 없이 가지게 되는 자조 같은 것인지도 몰랐다.

'그래, 무너지자. 이쯤 했으면 무너져도 되는 것 아닌가?'

그러나 그때,

"이봐, 이쯤 하고 그만 끝내지?"

양손으로 그의 머리를 감싼 채 귓가에다 속삭이듯이 뱉는 이준혁의 숨찬 한마디는 철민을 허탈에서, 그리고 자조에서 깨어나게 했고, 또한 불현듯이 반발을 일으켰다.

'그만 끝내자고? 당신 마음대로 여기까지 몰고 와놓고 이제는 또 당신 마음대로 그만 끝내자고?'

그러나 그렇게 이준혁의 흥분이 가라앉는 데 대해 더욱 큰 반발을 보이는 사람은 따로 있었다.

"형님, 밟아버리세요! 아주 부숴 버리라니까요!"

조승태였다. 링 바로 아래에 붙어선 채로 외쳐 대는 그의 목소리에는 격한 흥분이 담겨 있었고, 나아가 섬뜩한 광기까지 느껴지는 듯했다.

철민은 분노와 증오를 되찾았다. 그리고 그것들은 이내 걷잡을 수 없도록 증폭되었다. 온몸이, 아니, 그 안의 세포 하나하나가 치열하게 부르짖는 고통이, 터져 버릴 듯이 가빠진 호흡이 호소하는 절박한 격렬함이, 그 모든 치열하고 격렬한 것들이 또한 걷잡을 수 없도록 증폭되었다.

"헉! 헉! 헉! 헉!"

그리고 한순간 철민은 다른 방식으로 숨을 쉬기 시작했다. 마치 잠시 잊고 있었던 것처럼. 바로 그 호흡 말이다.

'흡… 지! 흡… 지!'

빠르게 경계가 모호해졌다. 그러나 이번에는 모호하기만 하지는 않았다. 모호한 중에도 철민은 스스로에게서 재연되고 있는 상황들에 대해 사뭇 뚜렷한 분간이 있었다.

'흡… 지! 호… 지! 흡… 지! 호… 지!'

철민은 온전히 숨에 매달렸다. 그리고 이내 완전한 몰입에 들어갔다. 호흡을 제외한 모든 것은 멈추어 버렸다. 절박함도, 고통도, 링도. 온 우주에는 오로지 그의 몰입만이 존재했다. 다시 어느 순간, 멈추어 있던 모든 것이 홀연히 다시 흐르기 시작했고, 경계가 생겨났다. 그러한 일련의 기이한 과정에 대해 철민은 이제 차라리 익숙한 느낌이었다.

어느 순간 철민의 허리가 작은 뒤틀림을 일으켰고, 곧장 위로 쳐 올린 그의 오른 팔꿈치가 그대로 이준혁의 턱에 틀어박혔다.

퍽!

전혀 예상외였던 데다 상당한 힘까지 실린 그 일격의 충격으로 이준혁이 주춤주춤 뒤로 물러나는 틈에 철민은 코너에서 빠져나왔고, 천천히 링 중앙으로 걸어나갔다.

경기의 양상은 아무도 예측하지 못했던 쪽으로 급변했다. 모두가 이미 허물어졌다고 믿었던 철민의 기사회생이었다. 아니, 그 이상이었다. 철민은 이준혁을 몰아치기 시작했다. 펀치나 킥, 혹은 태클을 앞세우는 것도 아니었다. 그냥 정면으로 밀고 들어갔다. 어설프게 앞으로 내민 두 손으로 대충 얼굴과 가슴만을 방어한 채 웬만한 펀치나 킥은 그냥 몸으로 받아주며 마치 탱크처럼 돌진했다. 이준혁이 다양한 테크닉으로 반격을 시도했지만, 엉성하고 무모하게만 보이는 철민의 돌진을 저지하지는 못했다. 오히려 철민은 갈수록 맹렬해졌고, 더욱이 점점 더 빨라졌다.

"헉! 헉!"

이준혁은 빠르게 지쳐 갔다. 지치기에 앞서 갈수록 더 강해지는 철민의 이해할 수 없는 체력에 먼저 질려 버리고 말았다. 결국 그는 철민의 태클에 당해 그라운드로 포지션으로 몰렸고, 재빨리 몇 가지의 관절기를 잇따라 시도했으나 그 어떤 시도도 통하지를 않았다. 그때 그는 이미 극도로 지쳐 있었고, 상대적으로 철민의 힘은 차라리 무지막지했다.

위에서 이준혁을 타고 누른 채 철민의 양 팔꿈치가 교대로 내리꽂혔다.

퍽! 퍼억!

대번에 피가 튀었다. 그러나 철민의 두 다리에 허리를 조이고 양손을 잡힌 상태에서 이준혁이 어떻게 해볼 방법은 없었다.

퍽! 퍽! 퍽! 퍽!

위아래로 들썩이는 철민의 움직임. 그럴 때마다 격렬하게 비산해 오르는 핏방울. 그것은 마치 슬로비디오를 보는 듯했다.

관객들 또한 슬로비디오의 한 장면인 것만 같았다. 그들 역시 슬로비디오에 걸린 것처럼 아무런 말도 소리도 내지 못하는 채로 링 위의 광경을 지켜보고만 있었다.

"그만! 그만들 해요! 누가 좀 말려주세요! 제발 말려주세요!"

절규이다시피 외친 것은 한영주였다.

퍼뜩 정지 화면에서 풀려난 것처럼 심판이 두 사람을 뜯어

말렸다. 그러나 그때 차가운 외침 하나가 심판을 얼어붙게 만들었다.

"그대로 둬!"

조승태였다. 그가 이어 외쳤다.

"아직 안 끝났으니까 그냥 두라고!"

조승태의 그 외침 또한 언뜻 절규에 가까웠다. 아니, 바로 절규였다.

그때 손강호가 링으로 뛰어들며 철민을 뜯어냈다.

"그만하세요! 그만하라고요!"

철민은 흠칫 정신을 차렸다. 손강호를 보고, 다시 그의 밑에 깔린 이준혁의 피투성이 모습을 보고, 다시 손강호를 보는 그의 눈빛이 멍했다.

"갑시다! 여기서 나가요!"

손강호가 철민을 일으켜 세워 링 밖으로 나오려는데, 조승태가 다시 외쳤다.

"죽고 싶어, 이 새끼들아? 아직 안 끝났다고 했잖아?"

그리고 조승태는 그때까지도 링 바닥에 누워 있는 이준혁을 향해 외쳤다.

"일어나! 일어나서 다시 싸우란 말야!"

그 외침에 정신을 차렸던지 이준혁이 힘겹게 몸을 일으켰다.

"그래! 다시 싸우는 거야! 이준혁이 겨우 저런 새끼한테 질 수는 없는 거잖아? 저런 족보도 없는 새끼한테 져서는 안 되는 거잖아? 아니, 이준혁이라면 그 누구한테도 져서는 안 되는 거 잖아?"

조승태의 외침은 기이한 열기를 띠고 카랑카랑하게 실내를 울렸다.

로프를 붙잡고 겨우 몸을 일으켜 세운 이준혁의 퉁퉁 부어 오른 피투성이 얼굴이 문득 일그러졌다. 그러나 그는 곧 비틀 거리는 걸음으로 자신의 코너를 향해 걸어갔다. 관객들은 침 울함과 당혹감으로 그의 힘겨운 걸음걸이를 지켜봤다.

자신의 코너에 기대선 채 잠시 맞은편 코너에 엉거주춤 서 있는 철민에게로 시선을 맞추고 있던 이준혁은, 문득 링 사이 드에 걸려 있는 흰 수건을 집어 들어 링 바닥으로 던져 버렸 다. 그리고는 곧장 링을 내려가 휘청거리는 걸음으로 테이블 사이를 가로질러 나갔다.

한 번도 뒤돌아보지 않은 채 사라져 가는 이준혁의 뒷모습 을 조승태의 눈빛이 녹여 버리고 말듯이 이글거리며 따라잡고 있었다.

"괜찮습니다."

철민의 담담한 사양에 한영주는 내밀었던 손을 흠칫 거두고 말았다. 그리고 그 사양에 담긴 지극히 공식적인 느낌에 그녀 는 문득 주체하기 어려울 만큼의 서운함을 느꼈다. 갑자기 눈 물이 핑 돌 만큼.

"제가 하겠습니다."

손강호가 얼른 철민을 부축하였고, 철민은 말없이 그에게
몸을 의지하였다.

"가시죠."

손강호의 서두르는 말에 한영주는 다시금 흠칫 놀라며 얼른
앞장섰다. 그러나 몇 걸음 걷다가 힐끗 뒤를 돌아보던 그녀는
부르르 치를 떨며 얼어붙은 듯이 그 자리에 멈춰 서고 말았다.
조승태였다. 링 옆에 우뚝 선 채로 있는 그와 시선을 마주친
것이다. 지독히도 차가운 시선이었다.

한영주가 멈추는 바람에 철민과 손강호도 뒤를 돌아볼 수밖
에 없었다. 조승태의 차가운 시선이 철민에게로 와서 꽂혔다.
그러나 철민은 굳이 피하지 않았다. 그저 무덤덤하게 받아주
었다.

"어이, 김철민! 승리를 축하한다!"

조승태가 차분하게 외쳤다. 그러나 그의 눈빛은 치열하게
타오르고 있었다. 지독히도 차갑게 가라앉은 목소리로 그가
다시 말했다.

"그러나 아직 끝나지 않았다. 싸움은 이제부터다. 지금까지
가 이준혁과의 싸움이었다면, 이제부턴 나와의 싸움이 새로
시작되는 거다. 난 이준혁과는 다르다. 난 스포츠니 룰이니 하
는 따위는 알지 못한다. 내가 아는 건, 어떻게 하든 이기면 된
다는 거다. 그게 내 방식이고, 난 이제부터 내 방식대로의 싸움
을 시작할 것이다."

무언지 모를 섬뜩한 느낌에 철민은 가만히 얼굴을 찌푸렸

다. 그러나 굳이 대꾸하고 싶지는 않았다.

"팀장님!"

손강호가 나직이 재촉했기에 철민은 간단히 조승태에게서 고개를 돌렸다.

"휴우~!"

한영주는 가느다란 한숨을 내쉬었다. 마치 보이지 않는 사슬에서 겨우 벗어난 느낌이었다. 그녀는 가만히 손을 내려다보았다. 따뜻한 손 하나가 그녀의 손을 잡고 있었다. 그녀는 성큼 걸음을 내디뎠다. 슬며시 벗어나려는 그 손을 힘주어 잡은 채로.

第六十五章
영교(靈交)

몽상가

몽상가

1

　백리세가를 벗어난 예인후 일행은 지난 이틀 동안 잠시의 쉴 틈도 없이 강행군을 하고 있었다.

　일행의 이동 속도가 결코 느리지 않은데도 상군환은 자꾸만 재촉하였다. 백리세가에서의 일로 인해 그들의 정체와 행적에 대한 정보가 상당 부분 노출되었을 것을 각오해야만 하는 것이고, 그렇다면 촌각을 다투어 목적지에 당도해야만 한다는 조바심이었다. 그러다 보니 상군환이 눈총을 주는 대상은 결국 철민이 될 수밖에 없었다. 철민이 걸음의 속도에 있어서는 아무래도 가장 뒤처지고 있었으므로.

　일행은 오래지 않아 구름에 가려 그 끝이 보이지 않는 만 장 높이의 거대한 봉우리와 맞닥뜨렸다. 온통 깎아지른 절벽으로 이루어진 봉우리의 중턱쯤에는 까마득한 허공에 걸린 듯이 아스라한 외길이 희미한 윤곽을 보이고 있었다.

'설마 저기로 가자고?'

철민이 생각만으로도 등에 식은땀이 나는 중에 선두에 선 예인후가 문득 걸음을 멈추며 말했다.

"저 잔도(棧道)를 지나면 곧 최종 목적지입니다. 그전에 상단주께 한 가지 요청이 있소."

갑작스러운 말에 상군환은 언뜻 당혹스럽다는 기색부터 떠올렸으나, 이내 담담하게 고개를 끄덕였다.

"말해보시오."

"일전의 그 특수요원들에 대해 나와 철 형에게도 자세한 사항을 말해달라는 것이오."

그러나 예인후의 요청이 그런 것인 줄 미리 짐작하고 있었던 듯이 상군환은 곧바로 고개를 가로저었다.

"기밀 사항이라고 하지 않았소? 그리고 나 또한 상세히는 알지 못하는 사항이니 그 요청이라면 임무를 완료하고 천으로 복귀했을 때 총수께 드리는 게 좋을 것 같소."

여지를 주지 않는 그 단호함에 예인후는 잠시간 묵묵히 상군환을 바라보고만 있었다. 그러다 그가 문득 혼잣말인 듯이 뭔가를 나직이 중얼거리기 시작했는데, 의아해하며 잠시 듣고 있던 상군환은 이내 크게 놀라는 모습이 되고 말았다.

"그것은… 설마 인급술요(人級術要)? 그대가 어떻게… 어떻게 그걸……?"

예인후가 중얼거림을 멈추며 상군환의 놀람에 대해 무표정하게 받았다.

"다시 한 번 요청하겠소. 아니, 요구하겠소. 상 단주와 위 소저, 그리고 나와 철 형은 이번 일을 위해 다 같이 목숨을 걸고 있는 처지요. 그 이유만으로도 상 단주는 지금 우리 두 사람에게 최소한의 신뢰를 보여주어야만 한다고 생각하오."

상군환이 몹시 난감한 기색이다가 언뜻 위려려를 돌아보았다.

위려려가 침착하게 그 눈빛을 받으며 말했다.

"저 또한… 임무의 성공을 위해서라도 그것에 대한 내용은 서로 공유하는 게 필요하다는 생각이에요."

2

"그들은 무백이라 불리는 존재들이오."

상군환은 무백에 대한 대강의 얘기들을 짧게 축약해서 말했다. 무백이 수호천과 잠마련, 그리고 야맥의 전대 주인들 간의 모종의 합작에 의해 탄생된 이물(異物)인 동시에, 천리를 거스른 마물(魔物)들이란 사실. 따라서 만에 하나라도 사마의 무리에 의해 악용된다면 강호는 대번에 걷잡을 수 없는 혼란과 재앙에 빠지고 말리라는 것. 그런데 백리세가에서 잠마련의 것이 확실한 인급의 무백들이 출현했으니 곧 잠마련이 이미 강호 패권을 잡기 위한 전쟁을 시작했다는 의미일 수 있다는 것까지.

"이번 우리의 진정한 임무는 바로 지난 이십여 년간 철저히 은폐되어 온 잠마련의 무백 활성화 동향을 정확히 파악하는 것이오."

상군환이 강렬한 안광을 발하며 마지막으로 강조할 때까지도 예인후는 내내 묵묵히 듣고만 있는 모습이었다.

철민이야 더욱이 끼어들 일은 없었지만, 문득 실없다 싶게도 궁금한 점이 떠올랐기에 짐짓 생각없는 체 물었다.

"어쨌든 그 무백이라는 게 사람의 조종에 의해 움직이는 거라면, 지금처럼 그것들을 조종하지 않고 있을 때는 어떻게 관리하는 것이오? 혹시 그것들을 운반하기 위해 따라다니는 또 다른 사람들이라도 있는 거요?"

그 질문에 대해 역시 상군환은 영 못마땅하다는 듯이 찡긋 이마를 찌푸렸다. 그리고 내키지 않는다는 투로 입을 열었다.

"무백도 등급이 있으니 등급 간의 역량 차이는 엄청난 것이오."

그러더니 상군환은 힐끗 예인후를 한번 스쳐 본 다음 다시 철민을 향하며 말을 이었다.

"나의 밀영(密英)은 지급(地級)의 무백으로 나와는 깊은 교감을 나누고 있으니, 사방 십 리 내의 범위라면 밀영이 곧 나이고 내가 곧 밀영이라고 할 수 있소!"

그때 상군환의 얼굴에서 철민은 언뜻 은근한 자부심 같은 것을 본 것 같았다. 그리고 그것에 대한 괜한 거부감이 생겼기

에 시선을 비키다가 다시 위려려와 시선을 마주쳤는데, 그녀
의 맑은 눈빛이 불현듯이 엷은 미소를 담는 것이었다. 그 바람
에 그는 미처 생각도 하지 않고 있던 말을 불쑥 꺼내고 말았
다.

"위 소저의 것은 이름이 무엇이오?"

위려려가 잠깐 당황한 기색이더니 이내 담담히 웃으며 대답
했다.

"무황(武皇)!"

그 짧은 대답에 상군환이 흠칫 놀랐고, 예인후는 언뜻 이채
를 떠올렸다.

3

앞서 정탐을 나가는 예인후와 상군환의 모습은 마치 절벽을
자유로이 타고 노니는 원숭이같이 날렵하였다. 두 사람은 잔
도 위를 걷는 것이 아니라, 잔도 아래쪽으로 몸을 숨긴 채 매끄
러운 절벽 면을 타고 빠르게 나아가서는 어느 틈에 멀리 사라
져 갔다. ·

위려려와 둘만 남은 철민은 괜히 어색하였다.

"괜찮죠?"

생긋 웃으며 묻는 그녀의 말에 철민은 대답없이 고개만 가
로저었다. '둘이만 있으니 괜찮지 않느냐? 고 묻는 것일 리는
없으니, 필경은 '몸은 괜찮으냐? 고 묻는 것일 텐데, 마치 무

슨 대단한 끈이라도 잡고 있는 듯이 잊을 만하면 한 번씩 일깨
우곤 하는 저의가 영 밉살스러웠다.

한참 뒤에 돌아온 예인후와 상군환의 얼굴에는 긴장감이 그
대로 살아 있었다. 특히 상군환의 눈빛에는 섬뜩한 살기가 남
아 있었는데, 금방 살인이라도 저지른 사람 같았다.

"잔도가 끝나는 곳에 작은 분지 하나가 연결되어 있는데, 그
안쪽에 잠마련의 비밀 장소가 있는 게 틀림없소. 잔도 중간 지
점에 있는 초소 한 군데를 우리가 파괴하였으니 적들이 눈치
채기 전에 서둘러 갑시다."

예인후가 서둘러 다시 잔도에 올랐고, 상군환과 위려려가
바로 뒤를 따랐다.

그런데 막상 철민이 잔도에 올라서고 보니 대번에 다리가
후들거렸다. 직벽(直壁)의 절벽 면에다가 기껏 나뭇조각들을
잇대어 만든 길인데, 한 발을 내디딜 때마다 금방이라도 부서
져 버릴 듯이 삐걱대며 흔들거리기는 것이 부실하기 짝이 없
거니와, 그 폭마저도 한 사람이 겨우 지나갈 정도로 좁아서 자
칫 중심이라도 잃었다가는 그대로 천 길 낭떠러지로 추락할
판이니 아슬아슬 위태롭기만 하였다. 게다가 듬성듬성한 나뭇
조각 틈새로 내려다보이는 아래쪽은 그야말로 천 길의 아찔한
허공이어서 철민이 감히 아래로는 시선을 주지 못하고 안쪽
절벽 면에 바짝 달라붙어서 겨우겨우 한 발자국씩 옮겨갔다.

그런 중에 앞선 세 사람은 그 위태로운 잔도를 잘도 걸어가
고 있었다. 아니, 아예 달리고 있었다.

4

허공에 걸린 잔도를 따라 한참을 돌아 나가자 갑자기 절벽이 양쪽으로 갈라진 듯한 형상이 나타났다. 그 틈새는 기껏 네다섯 명 정도가 어깨를 나란히 하고 걸을 수 있을 정도의 폭으로 외길의 통로를 이루며 오십여 미터 정도나 곧게 뻗어 있었다. 그리고 그 끝 지점에 푸른 숲이 보이는 것으로 보아 아마도 제법 넓게 트인 분지로 이어지는 모양이었다.

"여기서부터는 적의 경계를 피하기가 불가능하니 정면 돌파를 하는 수밖에 없겠소."

예인후의 말에 상군환이 즉시 고개를 끄덕여 동의하며 덧붙였다.

"나와 밀영이 선두를 설 테니 예 대주와 철 공자가 중간을, 그리고 려 매는 후방을 맡아주시오."

예인후가 묵묵히 고개를 끄덕이는 것을 따라 철민 또한 고개를 까딱하였는데, 그때 뒤쪽에서 갑자기 희미한 기척이 생겨났다. 돌아보니 허공에서 떨어지는 듯이 두 개의 신형이 막 내려서고 있었는데, 바로 상군환의 밀영과 위려려의 무황이었다. 그런데 둘을 보는 순간에 철민은 문득 약간의 들뜸 같은 느낌을 가졌는데, 일전에 백리세가에서처럼 역시 일령으로부터 전해지는 느낌이었다.

밀영을 앞세우고 상군환이 쾌속하게 달려나갔고, 그 뒤를 예인후와 철민, 그리고 다시 위려려와 무황이 따라 달렸다.

선두의 밀영이 외길 통로의 삼분의 일가량을 지날 즈음이었다.

번뜩!

절벽 속에서 튀어나온 한 자루의 칼이 밀영의 머리를 내려쳐 왔다. 그러나 밀영은 피하지 않은 채 어깨로 칼을 받아내며 그대로 칼이 튀어나온 곳을 덮쳤고,

"큭!"

짧은 비명과 동시에,

퍽!

하고 무언가 간단히 부서지는 소리가 났다. 그리고 밀영은 아무런 일도 없었다는 듯이 다시 달려갔다.

뒤이어 상군환이 잠깐 그곳을 들여다보고는 곧바로 속도를 냈고, 다시 예인후가 흘깃 들여다보고는 가볍게 미간을 찌푸리며 지나갔다.

철민이 뒤따라 지나치면서 보니 직선 방향에서는 잘 구분되지 않도록 절벽 면을 파고든 작은 공간이 있었고, 그 안쪽에 머리통이 박살 난 채로 널브러진 시체 한 구가 있었다.

절벽 속에서 칼이 튀어나오고, 밀영이 몸으로 칼을 받아내며 덮쳐들고, 짧은 비명과 무언가 부서지는 소리가 나는 일이 한 번 더 반복되었다. 그리고 그때쯤 분지 안쪽으로부터 급박한 신호음이 울렸다.

삑!

삐익!

곧이어 분지 안쪽으로부터 일단의 무사들이 우르르 달려나왔으나, 곧바로 밀영과 부딪치며 차례로 팅겨났다.

"으악!"

"크아악!"

한바탕의 처절한 비명이 터져 나온 것은 잠깐 동안에 불과했는데, 그사이에 십여 명이나 되는 무사가 모조리 처참한 형상의 시체로 화해 바닥에 널브러지고 말았다. 실로 가공하고도 잔인하기 짝이 없는 밀영의 손속이었다.

외길 통로의 바닥은 금세 붉은 피와 허여멀건 뇌수 따위로 질퍽거렸고, 철민은 그 잔혹한 흔적들을 차마 밟지 못하고 경중경중 뜀을 뛰다시피 하며 겨우 그 곳을 지나쳤다.

분지는 안으로 들어와 보지 않았다면 상상하기 어려웠을 만큼 제법 넓은 초지를 형성하고 있었다.

방원 백 미터쯤의 분지 사방은 끝간데없이 치솟은 절벽인데, 그 가장 안쪽에는 절벽에 바로 잇대 만들어진 다소 허술해 보이는 목옥(木屋) 한 채가 서 있었고, 그 앞을 지금 오십여 명의 무사가 둥글게 지켜서 있었다.

밀영이 거침없이 적 대형의 한가운데를 파고들자 수십 자루의 도와 검이 일제히 그를 베고 찔러왔다.

밀영의 힘은 무지막지했다. 맨손인데도 칼을 움켜잡고 비틀면 그대로 꺾어 버렸다. 어깨면 어깨, 손이면 손, 머리통이면 머리통, 그냥 잡히고 걸리는 대로 꺾이고 찢기고 으스러지고 부서져 나갔다.

주변의 다급함과 치열함에도 위려려는 차라리 태연해 보였다. 그녀를 향해 덤벼드는 적들을 향해 무황이 순간순간 가벼이 손을 쓰고 있는 덕분이었다.

와르릉!

콰르릉!

무황의 가볍고도 단순한 손속마다에서는 은은한 천둥소리가 일었다. 그리고 그때마다 서너 명씩이 가랑잎처럼 날아가 버렸다.

밀영과 무황의 경인할 무위 덕분으로 일행은 빠르게 목옥의 입구로 다가설 수 있었다. 가까이에서 보니 목옥은 절벽에 뚫린 커다란 동굴의 입구에다 나무로 길게 처마를 붙여낸 형태였다.

그때였다. 목옥 안에서 새로이 네 사람이 나와 일렬로 늘어섰는데, 하나같이 검은 철립을 깊게 눌러쓴 자들이었다.

"인급(人級)들이다!"

상군환이 나직이 외쳤다. 백리세가에서 그가 밀영의 눈을 통해 본 바 있는 인급의 무백들이었다.

일렬의 대형을 유지한 채 앞으로 걸어나오는 철립인들을 맞아 밀영이 곧장 앞으로 달려갔다. 그리고 그들 괴물들은 이내 격렬하게 부딪치며 한데 엉겼다. 누구도 소리를 내지는 않았다. 다만 몸과 몸이 서로 부딪치는, 그야말로 육박(肉薄)의 소리만이 치열할 뿐이었다. 실로 경천동지할 격돌이었다.

그러나 백리세가에서 두 기의 인급을 상대로 해서는 능히 우세를 점한 바 있는 밀영이지만, 지금 네 기나 되는 인급을 한꺼번에 상대하게 되자 얼마 안 가 현저히 밀리는 국면을 보이고 있었다. 덩달아 상군환도 다급한 기색이 되었다. 그러나 그로서도 당장에 어떻게 해볼 방법은 없었다. 물론 무황이 가세해 준다면 상황은 금방 반전이 될 것이나, 설령 위려려에게 그럴 마음이 간절하다고 해도 그녀가 아직까지는 천급을 마음대로 움직일 수준에는 많이 못 미친다는 사실을 상군환도 잘 알고 있는 바였다.

밀영은 점점 더 위태로운 지경으로 몰리고 있었다. 상군환이 저도 모르게 이마에 배어난 땀을 훔칠 때였다. 돌연 위려려가 무백들의 싸움을 향해 성큼 다가서고 있었다.

"려매!"

"위 소저!"

상군환과 예인후가 동시이다시피 다급한 외침을 토해냈다. 그러나 그때는 이미 적의 인급 한 기가 위려려를 향해 달려드는 중이었다. 그 순간,

콰르르릉!

쾅!

하고 거친 뇌성과 동시에 벼락 치는 소리가 나더니 위려려를 덮쳐 가던 적의 인급은 어떤 거대한 무형의 벽에라도 부닥친 듯이 세차게 뒤로 튕겨나서는 그대로 바닥에 처박혀 버리는 것이었다.

무황이었다. 단 일격으로 위려려의 안전을 확보한 무황이 그녀의 곁에 우뚝 서 있었다.

"예 대주, 이곳은 나와 려매가 맡을 테니 철 공자와 함께 안으로 들어가 적정(敵情)을 살피시오!"

순간적으로 상황을 파악한 상군환이 예인후를 향해 빠르게 외쳤다.

그러나 예인후는 흠칫하였을 뿐, 막상 동굴 쪽으로 움직이지는 못하였다. 상군환은 방금 위려려가 무황을 움직이는 것을 보고 그와 그녀만으로 한동안은 버텨볼 수 있겠다는 판단을 한 모양이지만, 그것은 위려려의 위험을 담보로 하는 것이었다.

예인후가 선뜻 움직일 기색이 아니자 상군환은 답답하다는 얼굴을 일그러뜨리며 전음을 날렸다.

[우리의 임무가 무엇인지 잊었소? 밀영과 무황이 저 인급 무백들을 붙잡아두고 있는 동안에 동굴 내부에 무엇이 있는지 조사하란 말이오! 아울러 동굴 안쪽에는 인급들을 조종하는 자들이 있을 것인데, 그자들을 제거한다면 곧바로 인급들을 무용지물로 만들 수가 있소! 시간이 없소! 이대로 시간을 끌다가 외부에서 적의 지원군이라도 들이닥친다면 만사휴의(萬事休矣)가 될 것이오!]

예인후가 몸을 날려 안쪽을 향해 쏘아갔으므로 철민 또한 급히 그 뒤를 따라 달렸다.

예인후가 막 동굴 안으로 들어서는 순간에 두 개의 검이 그

의 얼굴과 가슴을 상하로 노리며 찔러 나왔다. 그러나 예인후
가 그 같은 돌변을 예측하지 않고 있는 것은 아니었기에 오히
려 더욱 속도를 붙여 그대로 돌진하며 마주 검을 떨쳐 냈다.

"찻!"

나직한 기합을 뱉으며 예인후가 그 두 자루의 검을 한꺼번
에 휘감아 올렸다. 그러자 그 두 자루의 검은 찔러오던 기세를
일변시키며 돌연 무거운 기세로 예인후의 검을 후려치는 것이
었다.

타당!

순간 예인후는 급급히 세 걸음을 뒤로 물러섰다. 그리고 그
때쯤 막 동굴로 들어서는 철민에게 다급히 경고했다.

"고수들이 매복하고 있으니 조심하시오!"

그러나 예인후의 목소리에 담긴 미미한 떨림을 알아채는 순
간 철민은 오히려 매봉파를 전개하며 예인후의 앞으로 치고
나갔다.

쉿!

쉬쉿!

두 자루의 검이 뱀의 혀처럼 민활하게 철민의 상하를 찔러
나왔다. 순간,

우우우우웅!

매봉이 매서운 울음소리를 토하며 공간을 확 키웠고, 그 검
은 그림자의 공간은 그대로 두 자루의 검을 삼켜 버렸다. 곧바
로,

“윽!”

“으윽!”

하는 무거운 신음과 함께 두 명의 흑의인이 가슴을 움켜잡은 채 비틀거리며 좌우 동굴 벽면 쪽으로 물러나는 모습이 보였다. 그러나 그때 다시,

팟!

파앗!

하고 또 다른 두 자루의 검이 맹렬하게 찔러왔기에 철민은 비틀거리는 흑의인들을 내버려 둔 채로 곧장 새로운 적들을 향해 짓쳐들어 갔다.

우우우우웅!

매봉이 한 마리 거대한 흑룡으로 화해 동굴 안을 온통 채우듯이 꿈틀거리며 헤집었다.

“음!”

“으음!”

답답한 신음이 새어 나오더니, 두 개의 신형이 바닥을 박차며 동굴 안쪽을 향해 쏘아갔다.

철민이 여세를 몰아 적들을 쫓아가는데, 얼마 가지 않아 동굴이 갑자기 두 갈래로 갈라지며 두 명의 적 또한 좌우로 갈라져 도망쳤으므로 철민이 더는 쫓지 않고 곧장 되돌아섰다.

그런데 그때,

“악!”

“으악!”

하는 처절한 비명이 동굴을 울렸으므로 철민이 전력으로 달려와 보니, 좀 전 그 두 명의 흑의인이 각기 목과 왼쪽 가슴을 부여잡고 바닥에 고꾸라져 있었다. 그리고 그들의 뒤에는 검을 축 늘어뜨린 채로 예인후가 서 있었다.

질린 듯이 창백하게 굳어 있는 예인후의 얼굴에서 철민은 언뜻 짐작해 볼 수 있었다. 그가 저항할 능력이 없는 두 흑의인을 찌른 데 대해 자책하고 있는 것이라고. 철민이,

‘우라질!’

자신의 짐작이 맞는지에 대한 확신도 없이 절로 투덜거려지는 한편으로, 예인후라면 충분히 그러고도 남을 위인이란 인정도 되는 것이었다.

“갑시다, 예 형!”

철민이 짐짓 크게 외치곤 걸음을 옮기자, 예인후는 곧바로 냉철한 안색을 회복하고는 훌쩍 신형을 날려서는 간단히 철민을 앞장섰다.

좀 전에 흑의인들이 갈라져 도망쳤던 갈랫길에 왔을 때 예인후는 조금도 망설이지 않고 곧장 왼쪽을 택해 쾌속하게 나아갔다. 이후로 동굴은 길게 안쪽으로만 뻗어 있는 단순한 구조인 것 같았다. 다만 중간 중간 제법 넓어지는 공간들이 있었고, 그곳에는 아마도 임시 거처쯤으로 보이는 간단한 시설물과 내용물을 알 수 없는 나무 상자 따위가 쌓여 있기도 했다.

예인후와 철민은 시설물의 내부를 대충 살피는 외에는 최대한 빠르게 동굴의 안쪽을 향해 달렸다.

그들이 마침내 동굴이 끝나는 지점인 듯한 막다른 곳에 이르렀을 때다.

마치 그들을 기다리고 있었다는 듯이 두 사람이 우뚝 서 있었다. 우람한 체구의 중년인과 상대적으로 왜소해 보이는 체격의 사내였다.

그런데 예인후는 오히려 왜소해 보이는 사내에게서 반사적이다시피 한 긴장과 위험을 느꼈다. 우선은 심한 황달에 걸린 사람처럼 창백한 피부에서 은은하게 누런빛이 비쳐 나오는 그자의 얼굴빛 때문이었다. 그리고 역시 그 황면(皇面) 때문이겠지만 왠지 드는 익숙한 느낌, 바로 밀영의 느낌 때문이었다.

'만약 같은 종류의 존재라면……?'

다만 가정을 해보는 것만으로도 예인후는 등줄기에 식은땀이 흐르는 것 같았다. 결코 하고 싶지 않은 가정이었다. 그러나 그의 직감은 이미 그 가정을 사실로 받아들이는 중이었다.

"누구냐?"

예인후가 중년인을 향해 물었다.

"후훗!"

중년인은 가볍게 웃음소리를 뱉는 것으로 대답을 대신했다.

예인후 또한 대답을 기대하고 한 질문은 아니었다. 다만 중년인의 주의를 잠시 흩뜨려 놓기 위한 것이었을 뿐.

팟!

예인후가 신형을 폭사시킨 것은 중년인의 웃음소리가 채 끝나기 전이었다. 그러나 예인후의 검은 중년인의 왼 가슴을 찌

르기 직전에,

"탕!

격렬한 소리와 함께 거세게 튕겨나고 말았다.

"음!"

나직한 신음과 함께 뒤로 튕겨 나는 예인후를 놀란 철민이 가슴으로 품다시피 하며 겨우 받아 안았다.

"푸학!"

한 모금의 피를 토해내고 나서야 퍼뜩 고개를 드는 예인후의 눈빛에는 경악이 가득했다. 황면사내였다. 황면사내가 순간적으로 중년인의 앞을 가로막아 서면서 그의 검을 후려쳐 튕겨낸 것이었다. 맨손으로 말이다. 예인후는 절감하지 않을 수 없었다, 눈앞의 황면사내가 어쩌면 밀영보다도 더욱 가공스러운 존재일지 모른다는 사실에 대해.

황면사내가 천천히 걸음을 떼어 다가서는 걸 보고 철민은 부드럽게 예인후를 등 뒤로 돌려세웠다.

예인후가 힘없이 이끌려 가는 중에 다급하게 속삭였다.

"도저히 상대할 수 없는 괴물입니다. 도망치시오."

철민은 예인후를 돌아보며 싱긋 웃어주었다. 무슨 의미가 있어서는 아니었다. 그냥 그가 지금 예인후에게 보여줄 수 있는 표정이 그것밖에 없어서였다.

성큼 앞으로 걸어나가는 철민의 소매를 낚아채려다가 예인후는,

"왁~!"

다시 한 모금의 피를 게워내고는 무너지듯 바닥으로 주저앉고 말았다. 단전으로부터 쥐어짜는 듯한 극한의 고통이 밀려오면서 급작스럽게 정신마저 혼미해졌다. 본능적으로 정좌의 자세를 만들면서,

"철 형, 피… 하… 시… 오."

꿈결처럼 중얼거린 예인후는 깜빡 의식을 놓고 말았다.

예인후의 중얼거림이 끊긴 것을 알았지만, 철민은 감히 뒤를 돌아보지 못했다. 오히려 그로부터 한 발자국이라도 더 멀어지기 위해 곧장 매봉을 휘두르며 황면사내를 향해 돌진해 갔다. 곧장 흑룡의 형상으로 화한 매봉이 맹렬하게 황면사내의 머리와 어깨를 후려쳤다.

쾅!

콰쾅!

그러나 황면사내는 끄떡도 하지 않았다. 그런 모습에 대해 철민이 지레 질리고 마는 것이었지만, 한 걸음이라도 뒤로 물러설 수는 없었다. 그렇다고 매봉을 버리고 무작정 육탄으로 덤벼들기도 난감한 일이었다. 구벽외공의 부작용이 어떠하다는 것을 이미 한번 경험한 터이니 말이다. 그나마 다행인 것은 중년인이 당장에는 상황에 개입할 의지가 없어 보인다는 점이었다. 그자는 여전히 처음의 자리에 선 채로 사뭇 흥미롭다는 듯한 기색으로 황면사내와 철민의 격돌을 지켜보고만 있는 중이었다.

우우우우웅!

매봉이 거세게 울부짖으며 무차별적으로 괴물을 난타했다.

쾅! 콰쾅!

쿵! 쿠쿵!

그러나 황면사내는 매봉의 타격쯤은 아예 도외시해 버리는 듯했는데, 느긋한 여유마저 엿보이는 그런 모습에서 황면사내는 차라리 괴물이었다.

다만 그런 덕분에 철민은 약간의 요령을 체득할 수 있었는데, 즉 매봉이 만들어내는 공간을 좀 더 세밀하게 운용하는 요령이었다. 사실 철민이 이전에 백리세가에서도 몸에서 확장되어 나간 벽의 공간을 전후좌우의 큰 범위 개념으로는 어느 정도 조종해 보았던 바가 있는데, 지금은 매봉의 확장 공간에 대해서 좀 더 정교하게 다듬는 시도를 해보고 있는 것이었다. 곧, 매봉의 확장 공간을 칼날처럼 만들어서 베기도 해보고, 또 그 끝을 창끝처럼 만들어서 찌르기도 해보는 식이었다. 그럼으로써 매봉이 괴물을 타격할 때의 소리는,

쾅! 쿵!

하는 무겁고 둔한 것에서,

팟! 핏!

하는 따위의 날카롭고 예리한 것으로 바뀌었다.

매봉에 베이고 찢기며 괴물의 옷이 점차로 나풀거리더니, 나중에는 그 속에 받쳐 입은 회색의 가죽 내의—아마도 호신갑(護身甲)인 듯—까지 찢겨 나갔는데, 다시 그 안쪽에서는 누런 빛이 언뜻언뜻 비치는 것이었다. 그리고 이윽고는 불괴(不壞)

의 금강신(金剛身)이기라도 하듯 내내 멀쩡하기만 하던 괴물이 문득 매봉의 베고 찌름에 대해 움찔거리는 반응을 보이기 시작했다.

그런데 바로 그때였다.

삑!

중년인이 짧고 날카로운 휘파람 소리를 내자, 괴물은 갑자기 적극적인 공세로 돌변하며 양팔을 활짝 펼쳐 온몸으로 철민을 덮쳐 왔다.

파팟! 쾅! 쾅!

쾅! 쾅! 피핏!

매봉이 공간 가득히 번뜩이며 맹렬히 베고 찌르고 후려쳤다. 그러나 무소용이었다. 괴물이 매봉의 타격에 대해 여전히 몸을 사리지 않는데다, 그 움직임마저 믿지 못할 만큼 빨라졌으니, 철민으로서는 어떻게 해볼 수 없이 이내 매봉의 한쪽 끝을 움켜잡히고 말았다.

괴물은 곧장 벽 쪽으로 철민을 밀어붙였다. 철민이 온 힘을 다해 버텨보았으나, 괴물의 무지막지한 힘과 맹렬함은 결코 그가 감당해 볼 수 있는 정도가 아니었다.

콰앙!

철민의 등이 이윽고는 동굴의 벽면에 처박히고 말 때였다. 전혀 예상치 못하게도,

와르르!

벽이 무너졌고, 철민은 괴물과 엉킨 채로 벽 너머로 뚫린 좁

은 수직 동혈로 추락하고 말았다.

쿵!

추락의 충격은 상당했다. 그러나 철민도 괴물도 서로를 놓지는 못했다. 철민은 굵은 쇠사슬에 온몸이 칭칭 감겨 조이는 듯한 엄청난 압박감을 느꼈다.

우두둑! 우두두둑!

온몸의 뼈가 모조리 부서지고 말듯이 비명을 내지르고 있었다. 절박한 중에 철민은 이 상황에서 써볼 수 있는 가장 강력한 수단 하나를 떠올렸다.

'헤드록!'

그러나 확연한 힘의 열세에서 괴물의 구속으로부터 팔을 빼는 것조차 용이하지가 않았다. 더욱이 괴물은 숫제 온몸으로 철민을 짓이겨 왔다. 철민이 거리를 주지 않으려고 사력을 다해 몸을 밀착시켜 봤지만, 불가항력으로 금세 가슴을 짓눌리고 팔과 다리마저 완전히 제압당하여 꼼짝도 하지 못하게 되었다. 이어 얼굴로 무차별적인 타격이 가해지면서 코와 입안에 피가 고이며 숨을 쉬기조차 곤란해졌는데, 다시 괴물의 팔꿈치에 목을 눌리게까지 되자 이윽고는 숨이 완전히 막히고 말았다. 곧 의식이 혼미해졌을 때 철민은 언뜻 원망스러워졌다.

'제기랄!'

이 순간에 기정의 흡수마저 일어나지 않는 것에 대한 원망이었다. 그것이 아무리 치명적인 부작용을 전제하는 것이라고 해도 이대로 죽는 것보다는 낫다.

그때였다.

콰르릉!

돌연 한줄기의 힘찬 열류(熱流)가 철민의 몸속으로 쏟아져 들어오기 시작했다. 기정이었다. 괴물의 기정이 이윽고 그에게로 흡수되고 있는 것이었다. 철민의 내부는 금세 기이한 기운으로 충만해졌고, 상대적으로 괴물의 힘은 급속하게 약화되는 게 느껴졌다. 그런데 열류의 흐름이 이내 폭발적으로 거세지더니 마침내는 폭주로 이어져 철민의 내부를 마구 휘저어 돌기 시작했다.

'부작용이다!'

철민이 비명처럼 외칠 때 그의 내부는 이미 해일이 휩쓸고 있는 광란의 바다 같았다. 격랑의 흐름을 견디지 못하고 잔뜩 부풀어 오른 온몸의 핏줄이 금세라도 터져 버리고 말듯이 팽팽해지더니 이내 뜨거워졌다. 온몸이 그대로 타버릴 것만 같았다.

철민은 온 의식을 다해 외쳤다. 마지막으로.

'일령~!'

그러나 아무런 대답도 없었고, 죽음의 그늘은 이미 바짝 다가와 있었다. 철민은 차라리 지독한 배신감을 느꼈다.

바로 그때,

지이이이잉!

그의 품속에서 무언가 긴 울음소리를 토해냈다. 익숙한 울

음소리였다. 바로 천마비였다, 더 이상은 울지 못하게 된 줄로
만 알았던.

그런데 천마비의 울음이 주는 여운에 실려 문득 한 가닥의
의지가 전해왔다. 마치 아득한 환청처럼.

[본좌와 영교(靈交)를 맺겠느냐?]

그것이 언뜻 일령의 느낌과도 같았기에, 그리고 일령에 대
한 원망이 채 사라지지 않았기에 철민은 투덜거리기부터 했
다.

'제기랄! 지금 지금 이런 상황에서 뭘 맺고 말고 한단 말이
오?'

그러나 한편으로는 참으로 이상했다. 그는 지금 삶과 죽음
의 절박한 경계 위에 서 있는데도 이상하게도 그다지 절박하
지가 않았다. 절박한 현실은 그와는 무관한 남의 일인 듯이 그
의 의식은 나른하기까지 했다.

그때,

―본좌와 영교를 맺겠느냐?

하고 다시 한 번 의지가 전해왔고, 철민은 문득 그것이 일령
의 느낌과는 어딘가 약간은 다르다는 생각을 언뜻 했다. 그리
고 이어서는 그것이 일령과는 다른 존재의 의지임을 확연히
알게 되었다.

새삼 괴이했다. 숨 막힘은 이미 극한을 넘고 있었고, 기정의
폭주로 몸은 터지기 일보 직전의 상태였다. 그런데 그런 순간
에 다시 일령도 아닌, 또 다른 미지의 존재와 의식의 교류가 이

어지고 있다니!

그러나 다시금 생각해 보니 그 모든 것은 크게 이상할 것도 없었다. 그는 이미 삶과 죽음의 차원 경계를 넘어 죽음 쪽으로 한 발을 들여놓고 있는 중이니, 시간과 공간 따위의 현실적 감각들의 지배는 받지 않게 되었는지도 몰랐다.

철민은 문득 성가셔졌다, 이 모든 이상하고 괴이한 것들에 대해.

'제길! 영교가 뭔지 알아야 맺든지 말든지 할 거 아뇨?'

철민이 다시금 툭 내뱉자, 그 존재가 대답했다. 지독히도 건조한 느낌으로.

─영혼의 교류다.

'영혼의 교류? 내가 그쪽과 그런 걸 왜 해야 한단 말이오?'

─네가 삼혼(三魂)에 의해 선택되었기 때문이다.

'삼혼은 또 뭐야? 그리고 누구 마음대로 선택을 해? 뭐, 그건 그렇다 치고, 대체 그 영교란 걸 맺으면 뭐가 어떻게 된다는 거요?'

─네가 본좌와 영교를 맺겠다고 맹세하는 순간 우리 둘의 소통이 시작된다. 그리고 소통은 우리 둘 중 한쪽이 소멸될 때까지 계속될 것이다.

'어느 한쪽이 소멸될 때까지? 그럼 죽을 때까지 소통이 된다는 거요? 그래서? 그렇다 치고, 그렇게 해서 그다음에는? 도대체 뭐가 또 어떻게 된다는 거요?'

하고 따지다가 철민이 문득,

'제기랄! 이게 다 무슨 귀신 씻나락 까먹는 소리야?'

하는 생각에 차라리 자조하고 말았다. 동시에 그의 의식은 급격히 퇴색되어 갔다.

─본좌와 영교를 맺겠느냐?

하는 채근이 쨍 하고 울렸다. 그러나 철민의 의식은 이미 마지막 빛을 사그라뜨리며 영원의 어둠 속으로 잠식되어 가고 있었다.

일련의 선언이 쏟아져 들어온 것은 그때였다.

─천마는 불멸하니 부활을 통하여 영생한다. 일령(一靈)과 이백(二魄)과 삼혼(三魂)은 삼보(三寶)에 깃들어 있으니, 각기 천마경(天魔鏡)과 진신(眞身)과 천마비(天魔匕)이다. 삼혼에 감응하여 선택을 받은 자는 혼통(魂通)을 이룬 것이다. 혼통을 이룬 자는 다시 일령의 선택을 받을지니, 곧 영통(靈通)이다. 영통을 이룬 자는 이백과 만나 영교를 맺을 것이니, 그럼으로써 마침내 천마가 부활하도다!

그랬다. 그것은 철민의 상식이나 경험, 이해와는 무관하게, 그리고 의지와도 전혀 상관없이 일방적으로 그의 뇌리에 각인되는 강렬하고도 기이한 선언이었다. 마치 어떤 절대 매체에서 그의 의식 속으로 강제 다운로드를 감행하듯이.

그리고 선언의 말미에 다시,

─이놈! 이 천둥벌거숭이 같은 애송이 놈! 당장에 영교를 맺겠다고 맹세하지 못할까?

하는 호통이 있더니, 바로 이어서는,

─대답하지 않으면 너는 생명을 잃을 것이고 본좌 또한 영원히 소멸되고 말 것이다!

하고 차라리 호소하는 느낌의 의지가 급하게 따라붙었다.

그 일련의 선언과 호통과 호소들이 찰나에 전해진 것인데다, 이해할 만한 내용이 아니었으며 굳이 이해하려는 마음마저도 들지 않는 것이었으나, 그렇더라도 철민은 굳이 매몰차게 부정하거나 거부할 마음을 먹지는 못했다. 말미의 그러한 호통과 호소가 바로 일령의 것이었기에.

'제기랄! 좋을 대로 하시오!'

차라리 나른한 체념으로 힘겹게 붙잡고 있던 의식의 마지막 끈을 마침내 놓고 마는 그 순간에, 철민은 스스로도 어이없다 싶게 걱정 한 가지를 주절댔다.

'매봉을……'

그리고 아득히 멀어지는 의식의 끝자락 속에서 아련한 환청처럼 그는 들었다.

─아아! 완전치 못하도다!

하는 안타까운 탄식에 뒤이어,

─너는 본좌와 영교를 맺었다!

하는 사뭇 명료한 의지가 담긴 선언을.

퉁!

천마비가 바닥으로 떨어졌을 때, 철민의 의식은 이미 사라지고 난 다음이었다.

소주천으로 운공을 마무리하며 예인후는 급히 내력을 단전으로 갈무리했다. 철민의 위급함을 도외시하고 운공요상에 들어갔다는 자책이 근저에 있기도 했지만, 한순간 그의 마음에 와 닿은 어떤 공감에 대한 반사적인 대응이었다. 철민의 존재감이 급격히 소멸되어 가고 있는 데 대한.

예인후가 눈을 뜨는 순간 한 자루의 검이 그를 겨누고 있었다. 중년인이었다.

"소속 문파와 이곳에 잠입한 목적을 말하라! 즉시 대답하지 않는다면 우선 네 팔 하나를 자를 것이다!"

그리고 문득 중년인의 검이 환한 빛무리에 휩싸였다.

'검강!'

예인후가 내심 놀란 외침을 토해낼 때, 빛으로 싸인 검에서 다시 가느다란 빛 줄기 하나가 그를 향해 꼿꼿하게 뻗어 나왔다. 그 광경을 보고 예인후는 차라리 힘겨운 탄성을 내뱉고 말았다.

"아아!"

그러나 감탄과는 별개로 예인후는 중년인을 향해 검을 겨누었다. 천천히.

중년인은 가볍게 의아한 기색이었다. 예인후의 검에서는 예기조차도 발현되지 않았으니, 그에게 작은 위협도 되지 못할 검이었다.

그런데 바로 그 순간,

핏!

예인후의 검극으로부터 아주 희미한 반짝임이 일었고, 그 찰나간의 명멸에 대해 중년인은 위험하다는 경각심을 떠올렸다. 그러나 그는 다만 어깨를 움찔했을 뿐이다. 무언가가 이미 그의 심장을 관통하고 지나간 뒤였으므로.

중년인의 몸이 천천히 앞으로 무너졌고, 그의 손에서 떨어진 검이,

탱!

하고 바닥에 부딪치며 뒤늦은 비명을 토했다.

"왝~!"

피를 토해내면서도 예인후는 미소를 떠올렸다. 그것은 차라리 환희였다. 그리고 텅 빈 단전의 허탈감 속에서 그는 깜빡 의식의 끈을 놓아버렸다. 입가에 미소를 그려둔 채로.

6

환영처럼 나타난 그 존재는 철민을 짓이기고 있는 괴물을 간단히 집어 들었다. 그리고 마치 짚으로 만든 허수아비를 다루듯이 가볍게 내던졌다.

쾅!

호되게 벽에 처박힌 괴물은 잠시간 꼼짝도 하지 못하다가 겨우 꿈틀거리며 일어섰다.

그러나 다음 순간 괴물은 그대로 움직임을 멈추고 말았다. 갑자기 석상이라도 된 것처럼.

7

적의 인급 무백 네 기 중 두 기가 갑자기 움직임을 멈추고 밀영만으로도 나머지 두 기의 인급을 감당할 수 있게 되자 위려려는 더 이상 자신의 안전을 담보로 무황을 투입하지 않아도 좋았다.

그리고 상군환은 밀영과 위려려에게 현장을 맡겨둔 채 서둘러서 동굴 안으로 몸을 날렸다.

동굴의 초입에서 흑의인 둘의 시체를 발견한 상군환은 최고조로 긴장을 끌어올린 채 동굴 안으로 계속 진입해 들어갔다. 그리고 동굴이 두 갈래로 갈라지는 지점에서 이윽고 적들의 기습을 받자 곧바로 전(全) 내력을 모아 필살의 일검을 쳐냈다.

콰앙!

검강이 발현되며 환한 빛무리에 휩싸인 그의 검이 길게 공간을 양단했고, 그를 기습한 두 명의 검과 육신을 한꺼번에 베어버렸다.

그리고 첨예하게 끌어올렸던 긴장을 조금 늦추면서 상군환은 문득 의아해졌다. 방금 그가 두 명의 적을 베는 것과 동시에, 동굴 바깥에서는 적의 나머지 인급 두 기가 움직임을 멈추었음을 밀영을 통해 알게 된 때문이었다. 곧 인급과 소통을 이룰 정도의 고수들을 한꺼번에, 그것도 단 일 검에 도륙낸 데 대한 의아함이자 뿌듯함이기도 했다.

그러나 그런 감상에 오래 젖어 있기에는 그의 마음이 급했으므로, 그는 다시 안쪽을 향하여 신형을 날렸다.

8

동굴이 끝나는 지점까지 달려온 상군환은 두 사람을 발견했다. 바닥에 정좌한 채로 움직임이 없는 예인후와 그로부터 오 보쯤 앞에 고꾸라진 채로 역시 움직임이 없는 중년인이었다. 그들 두 사람은 마치 동귀어진을 한 듯한 상황이었다.

상군환은 우선 예인후의 상태를 살폈는데, 가늘고 불규칙한 호흡으로 보아 무거운 내상을 입고 혼절한 상태였다.

이어 중년인에게로 다가간 상군환은 언뜻 놀라는 기색이 되었다. 그리고 조심스럽게 살핀 끝에 중년인이 이미 숨을 거두었음을 확인하고는 다시금 한 가닥의 의문을 떠올렸다.

중년인에게서는 외관상의 뚜렷한 상처가 보이지 않았다. 만약 그때 상군환이 좀 더 자세히 살폈더라면 중년인의 심장 부위에 좁쌀만 한 관통 구멍이 나 있음을 확인할 수도 있었을 것이지만, 마침 그때 동굴의 벽 일부가 무너져 있음과 그 아래로 다시 수직의 동혈 하나가 뚫린 것을 발견했기에 그는 지체없이 동혈 속으로 몸을 날렸다.

가볍게 동혈의 바닥으로 내려선 상군환은 곧바로 앞쪽의 바닥에 쓰러져 있는 철민을 발견하고 급히 다가갔다. 그러나 간단히 호흡과 맥을 살핀 그는 이내 철민에게서 손을 거두며 무거운 침음성을 뱉어냈다.

"음!"

철민의 호흡과 맥박은 거의 느끼기 힘들 정도로 미약해서, 상군환은 그가 이미 죽었거나 아직 죽지 않았다고 해도 돌이키지 못할 상태라고 진단했다. 잠시 복잡한 심정으로 철민을 내려다보던 상군환의 눈에 가까운 곳에 떨어져 있던 한 자루의 비수가 들어왔는데, 주워 들어 잠시 살펴보는 것만으로도 예사의 물건이 아님을 간파한 그는 그것을 품속에다 갈무리하였다.

이어 다시 주변을 살피던 상군환은 조금 떨어진 곳에 우뚝 멈춰 서 있는 존재 하나를 발견하고 조심스럽게 다가갔다. 그 존재는 조금의 생기도 없어 마치 석상과도 같았지만, 자세히 살펴보던 상군환은 문득 흥분을 감추지 못하고 나직이 탄성을 내지르고 말았다.

"아아! 지급(地級)이다!"

그런데 애써 흥분을 가라앉히려던 중에 상군환은 문득 떠오른 한 가지 생각에 다시금 퍼뜩 놀라지 않을 수 없었다. 지급의 무백이 이처럼 멈춰 서 있는 이유는 소통자와의 감응이 끊어진 때문일 것이고, 앞뒤 상황을 추론해 보건대 위쪽에 죽어 있는 중년인이야말로 바로 그 소통자임이 분명한 것 같았다.

‘그런데 어떻게……?’

지금 무백의 소통자라면 적어도 초절정 급의 경지일 텐데, 더욱이 그 중년인이 누구인지에 대해 상군환이 짐작하지 못하는 것이 아닌 터에, 그런 인물이 예인후에 의해 죽은 것으로 보였던 상황에 대한 강한 의문이었다.

그러나 상군환은 이내 다시 뿌듯한 흥분에 사로잡히고 말았다. 이 뜻하지 않은 엄청난 전과(戰果)에 대해 환호성이라도 지르고 싶을 정도였다.

지금 무백은 천하에 단 일곱 기밖에 없는 가히 무적의 병기였다. 그런 만큼 그중 한 기를 적에게서 획득하였다는 것은 실로 엄청난 의미를 가지는 것이고, 나아가 그것을 수호천의 전력으로 재탄생시킬 수 있다면 그야말로 획기적인 일이 될 것이다.

그때였다. 동혈 위쪽에서 누군가의 기척이 느껴지더니, 바로 이어,

쿵!

하고 동혈 바닥으로 내려서는 둔탁한 울림이 있었다.

예인후였다. 방금의 기척이 둔탁하였던 것과 지금 그의 안색이 백지장처럼 창백한 것만으로도 예인후의 내상은 지극히 엄중해 보였다.

“철 형!”

예인후가 바닥에 쓰러져 있는 철민을 발견하고는 놀라 외치며 달려왔다. 그리고 급하게 호흡을 살피고 맥을 잡아보더니

곧장 등에다 들쳐 업었다.

급하게 동혈을 나가는 예인후의 발걸음이 위태로워 보였다. 더욱이 수직의 벽을 한 발씩 버티며 안간힘으로 기어오르는 모습은 차라리 안타까웠다.

상군환은 잠시 갈등하였다. 그러나 그의 갈등은 예인후와 철민에 대한 것이라기보다는 지급 무백의 운반에 관한 것이었다. 특수한 제련 과정을 거친 탓에 무백의 무게는 상상 이상이었으니, 그 혼자서 운반해 나가는 데는 아무래도 무리가 있었다. 그런데 지금 당장 밀영을 부르자니, 그사이에 공백 상태가 될 바깥의 동향이 또 께름칙해지는 것이었다. 결국 상군환은 본연의 임무부터 일단 수행하고 나서 그가 동굴을 나간 다음 다시 밀영을 안으로 들여보내기로 했다.

품속에서 주머니 세 개를 꺼낸 상군환은 그 각각의 주머니 안에서 검은 윤기가 흐르는 오리 알 크기의 화탄을 하나씩 꺼내 조심스럽게 바닥에 내려놓았다. 그리고 다시 가느다란 줄이 실타래처럼 뭉쳐진 도화선 뭉치를 꺼내 화탄들에 연결하였다.

서둘러 바깥으로 향하는 상군환의 뒤로 가느다란 도화선이 출렁이며 바닥으로 깔리고 있었다.

9

상군환이 동굴에서 나오자 한쪽에서 예인후와 함께 철민의 상세를 돌보고 있던 위려려가 급히 다가서며 말했다.

"적들 중 일부가 밖으로 도주했어요. 그러니 곧 적들의 원군이 들이닥칠 거예요."

상군환은 문득 안타까움을 느꼈다. 위려려의 말 때문이 아니라, 주변 바닥에 나뒹굴고 있는 수십여 구의 시체 사이에 우뚝 멈춰 서 있는 네 기의 인급 무백 때문이었다. 비록 지급 무백에는 못 미치지만 그것들 또한 엄청난 가치가 있는 무가(無價)의 활병기(活兵器)들이었다. 그러니 '동굴 안에 있는 지급 무백 한 기에다, 다시 네 기의 인급 무백까지 함께 가져갈 수만 있다면' 하는 욕심이 들지 않을 수는 없었다.

'무황령만 제대로 다룰 수 있었어도……'

위려려의 곁에 우두커니 서 있는 무황을 힐끗 돌아보던 상군환은 이내 고개를 흔들었다. 길게 안타까워할 여유는 없었다. 절대 긴박의 현 상황에서 헛된 욕심은 빨리 버려야만 했다.

치치치칙!

상군환이 들고 있던 도화선에 불을 붙이자, 심지에 불이 붙으며 불꽃이 빠르게 동굴 안쪽을 향해 타들어갔다. 그리고 그 불꽃을 따라잡기라도 하듯이 밀영이 동굴 안으로 달려들어 갔다.

"갑시다! 이곳은 이제 곧 폭발할 것이오!"

상군환이 급히 서두르는 것에 대해 예인후가 놀라며 물었다.

"폭발이라니, 그게 무슨 말이오?"

"시간이 없으니 설명은 나중에 해주겠소! 일단은 이곳에서 최대한 멀리 벗어나는 게 급선무요!"

예인후가 도무지 납득하지 못하겠다는 기색이었지만, 그때 위려려가,

"어서들 서두르세요!"

하고 재촉하는 바람에 일단은 철민을 들쳐 업었다. 그러나 예인후가 겨우 두 걸음을 내딛고는 비틀하더니,

울컥!

한 모금의 피를 게워내고 말았다.

위려려가 놀라 다가왔다. 그리고 창백하다 못해 푸르스름한 빛마저 감도는 예인후의 안색과 금방이라도 무너지고 말듯이 휘청거리는 두 다리를 보고는 얼른 그의 몸을 안았다.

"안 되겠어요! 일단 철 공자를 내려놓으세요!"

그때 보고 있던 상군환이 성큼 다가와서는 철민을 받아 들더니 자신의 등에다 들쳐 업었다.

순간 예인후의 짙은 눈썹이 꿈틀하였다. 그러나 그때 상군환은 이미 저만치나 달려나가 분지를 가로지르고 있었다.

예인후는 이내 당혹스러운 얼굴이 되고 말았다.

"제게 기대세요!"

입김이 닿을 거리에서 소곤대듯이 말하며 위려려가 그의 팔을 자신의 목 뒤로 돌려 걸치도록 하고 있었다.

"아, 아닙니다. 저는 괜찮습니다."

예인후가 황급히 사양했지만, 사실은 스스로 서 있지도 못할 형편이었으니 그의 몸은 저절로 위려려에게로 무게를 싣고 말았다.

그때 상군환은 벌써 분지를 다 가로질러 바깥으로 통하는 좁은 통로의 입구에 당도해 있었는데, 문득 뒤를 돌아본 그의 표정에 순간적으로 당혹과 분노, 그리고 극심한 망설임이 겹쳤다. 그러나 그는 이내 그 모든 당혹과 분노와 망설임을 토해 버리듯이 거칠게 외쳤다.

"밀영!"

그리고 바닥에다 철민을 내려놓은 상군환은 곧장 왔던 길을 되돌아서 사납게 신형을 쏘아갔다.

"내게 맡기시오!"

차가운 목소리로 말한 상군환은 낚아채듯이 위려려에게서 예인후를 넘겨받아 가볍게 업었다.

그때 마침 동굴 안에서 밀영이 달려나오고 있었는데, 그는 혼자였다.

"곧 폭발이 일어날 것이오! 모두들 전력으로 달리시오!"

이를 악물 듯이 외치며 상군환이 신형을 쏘아 나갔고, 위려려와 무황이 그 뒤를 따랐다. 그들보다 한발 늦게 출발했으나 어느새 앞서 나간 밀영이 철민의 몸을 훌쩍 들어 안았다.

전력으로 달려 분지를 빠져나간 그들이 잔도를 타고 달릴 때였다.

쿠쿠쿠쿵!

　분지 안으로부터 엄청난 폭음이 터져 나오며 천지를 울렸
다. 이어 거대한 먼지구름이 하늘로 숫아올랐고,
　우르릉!
　사방을 뒤흔드는 꿍음과 함께 뒤쪽 절벽이 마치 그들을 쫓
아오듯이 연쇄적으로 무너져 내리고 있었다. 엄청난 대폭발이
었다.

第六十六章
확장(擴張)

몽상가

1

상군환 등은 반 시진어를 쉼없이 달리고 있는 중이었다. 겨우겨우 뒤쫓아 오고 있던 위려려가 이윽고는 비명처럼 외쳤다.

"잠깐만요! 헉헉! 더는 못 가겠어요! 헉헉! 좀 쉬었다 가도록 해요!"

상군환이 할 수 없이 달리기를 멈추자, 위려려는 아예 바닥에 주저앉아 버렸다. 힘겹게 거친 호흡을 몰아쉬는 그녀의 얼굴은 칼바람의 쌀쌀한 날씨에도 불구하고 온통 땀으로 젖어서 이마며 볼에는 흘러내린 머리카락이 찰싹 달라붙어 있었다.

예인후는 힘겹게, 그러나 단호한 의지로 상군환의 등으로부터 내려섰다. 그리고 상군환을 향해 무겁게 물었다.

"이제는 말해주시오!"

그 말의 구체적인 내용에 대해 묻거나 혹은 대답하는 대신 상군환은 고개만 가로저었다.

그에 예인후의 목소리가 더욱 무거워졌다

"이번 임무의 책임자는 어디까지나 나요. 그리고 내가 받은 임무는 적의 비밀거점에 대한 정찰이었소. 한데 당신이 독단적으로 폭파까지 감행한 데 대해서는 합당한 해명이 있어야만 하지 않겠소?"

상군환이 잠시 망설이다가 대답했다.

"임무조의 조장으로서의 그대의 임무는 정찰까지였소. 즉, 그것으로 그대의 임무는 끝났다는 의미요. 그 이후 그곳을 폭파하는 일은 내게 별도로 주어진 임무였고, 그것이 극비인만큼 철저히 보안을 지킬 수밖에 없었소."

"당신에게 별도로 극비 임무가 주어졌었다고?"

반문하는 예인후의 얼굴에 이내 격정이 스쳤다.

"그러나… 난… 여전히 납득할 수가 없소!"

상군환이 이윽고는 미간을 찌푸리며 차갑게 대꾸했다.

"그대 또한 처음부터 우리의 임무가 이 멀고 위험한 곳까지 와서 다만 구경만 하고 가는 것에 불과하리라고 짐작하지는 않았을 것이 아닌가?"

순간 예인후의 눈빛에 격한 분노가 차오르는 걸 보고 상군환이 문득 표정을 누그러뜨리며 다시 말했다.

"사실 이번 일에는 복잡한 강호 정세가 얽혀 있어서 나로서도 그 안의 사정들을 자세히 짐작하고 있지는 못하오. 그러나 말이오, 어쨌거나 중요한 것은 우리가 이번에 참으로 엄청난 전과를 올렸다는 사실이 아니겠소? 그곳을 폭파함으로써 우리는 최소한 적의 지급 무백 하나와 인급 무백 네 기를 파괴하였으니, 곧 잠마련이 보유하고 있는 지급의 오 할과 인급의 사 할을 제거한 것이오. 나아가 그곳에는 우리가 미처 조사하지 못한 적의 비밀 전력이 더 있었을지도 모르는 일이 아니겠소?"

상군환의 얼굴에 언뜻 흥분마저 떠오르는 것을 보고 위려려가 살포시 찌푸리고 있던 미간을 풀며 짐짓 가벼운 투로 물었다.

"그런데 그 엄청난 폭발은 어떻게 일으킨 것이죠? 그 정도 규모의 폭발력이라면 어림잡아도 마차 몇 대분의 폭약은 족히 필요했을 텐데……."

상군환이 조금은 과장되게 어깨를 으쓱해 보이며 대답했다.

"앙천뢰(殃天雷)였소! 세 알의 앙천뢰!"

순간 위려려가 저도 모르게 '아!' 하고 나직한 탄성을 흘렸고, 잔뜩 얼굴을 굳히고 있던 예인후 또한 흠칫 놀라는 기색이 되고 말았다.

앙천뢰! 수백 년 전 불세출의 화공 절기(火功絶技)와 화약 제조 기술로 일세를 풍미한 폭렬신마(爆裂神魔)가 일생 동안 심혈을 기울이고도 열 개밖에 만들지 못했다는 폭약으로, 오리알 크기에 불과한 앙천뢰 한 개로 성 하나를 간단히 날려 버렸다는 믿지 못할 일화가 전해질 만큼 궁극의 폭발력을 지녔다고 하는 전설의 화탄이다. 또한 그것을 만드는 데 드는 재료들이 세상에 드문 희귀한 것들이라, 그 순수한 가치만으로도 일개 성을 살 수 있는 희대의 보물로 알려져 있기도 한 기물(奇物)이다.

바로 그 앙천뢰를 자그마치 세 개나 터뜨렸다는 것이다.

그러나 예인후는 이내 차가운 표정으로 돌아가며 물었다.

"적들이 그처럼 막대한 피해를 입었으니 모든 수단을 다해 우리를 잡으려 할 것인데, 폭파가 상 단주에게만 미리 주어진 임무였다면 적들의 천라지망을 돌파하여 천으로 복귀할 방법 또한 미리 강구되어 있는 것이오?"

상군환은 잠시 침묵했다. 그러나 그는 이내 단호한 표정이 되며 입을 열었다.

"우리 모두가 처음부터 죽음을 각오했던 만큼, 천으로의 복귀할 방법이 따로 강구되어 있을 리 없지 않소? 다만 현재의 상황을 냉정하게 직시하고 이제부터라도 최선을 다해볼 수밖에."

"하면, 현 상황에서 당신이 생각하는 최선이 무엇이오?"

예인후의 목소리가 울컥 높아졌으나, 상군환은 오히려 차분해졌다.

"지금 우리가 취할 수 있는 최선의 방법은… 위험의 분산이오. 곧 흩어지자는 것이오. 그렇게 해서 적을 기만할 수 있다면 최선이 될 것이고, 적어도 적의 추격을 분산시킬 수는 있을 것이니, 즉 우리 중의 일부는 보다 안전해질 것이오."

순간 예인후의 두 눈이 부릅떠졌다. 그러나 그는 이내 격동을 추스르며 차라리 담담하게 물었다.

"당신은 어떤 방식으로 흩어지기를 원하오?"

상군환이 밀영에게 안겨 있는 철민을 흘깃 보고 나서 대답했다.

"나는 려매와 함께 가겠소."

예인후가 잠시 입을 꽉 다물고 있더니 천천히 고개를 끄덕였다. 그런데 그때였다.

"그럴 수는 없어요. 그건 예 대주와 철 공자를 사지로 밀어 넣는 것이나 마찬가지예요!"

위려려가 강하게 고개를 가로저으며 외치듯이 말했다.

상군환의 표정이 대번에 굳어졌다.

[려매, 지금은 인정에 끌릴 때가 아니오! 철민과 예인후가 처음부터 우리 두 사람을 위한 안전장치로 고려되었음을 짐작하지 못한단 말이오?]

상군환의 전음이었다. 위려려가 차분하게 전음으로 되물었다.

[그게 무슨 뜻이죠?]

[이번 폭파로 제거된 것은 무백뿐만이 아니오. 그곳에는 잠마련의 중요한 인물 하나가 더 있었소. 바로 잠마련의 소련주요.]

[아!]

[그런데 죽은 잠마련의 소련주가 하필 백강의 서열 삼위이

고, 또한 철민이 서열 사위이니, 그들 두 사람 간에는 서로 다
툴 충분한 이유가 성립되는 것이 아니겠소?]

[…그렇다면 예 대주는요?]

[예인후가 이번 임무에 포함된 것은 철민을 끌어들이기 위
한 고육지책일 뿐이었소.]

[…그렇지만 저 두 사람이 잠마련에 생포되는 경우에는요?
그래서 결국 그들이 본 천과 연관이 있다는 사실이 밝혀진다
면요?]

[나는 예인후를 좋아하지는 않지만, 그가 어떤 경우에도 본
천을 위해 스스로를 희생하리라는 것은 믿소. 그 자신의 명예
를 위해서, 그리고 누이동생의 안전과 장래를 보장받기 위해
서라도 그는 결코 본 천을 배신하지 못할 것이오. 또한 만약에
철민과 예인후가 알고 있는 모든 사실이 잠마련 측에 밝혀진
다고 해도 명분은 또 만들기 나름일 것이오.]

[그건 또 무슨 뜻이죠?]

[이를테면, 지난번 율도린 사건을 처리하는 과정에서 예인
후가 크게 불만을 품은 끝에 철민과 율도린, 그리고 예인화 등
을 데리고 본 천을 등진 것으로 만들 수도 있지 않겠소? 그렇
게 되면 저 두 사람에게서 무슨 말이 나오든 그것에 객관적 타
당성을 부여하기는 쉽지 않을 것이오. 물론 그전에 우리 두 사
람이 무사히 천으로 복귀하는 것이 우선되어야 하는 것이지만
말이오.]

[…하지만… 그런 정도의 논리만으로 잠마련을 납득시키기

는 무리일 것 같군요.]

　[아마도 그럴 것이오. 그러나 그들이 납득하지 못한다고 하더라도 어떤 실제의 행동을 취하지는 못할 거요. 이번에 우리가 거둔 전과로 본 천은 잠마련에 대해 더욱 확실한 우위를 굳힐 수 있게 되었는데, 힘있는 자의 논리가 우선되는 것이 정치이니 약자로서는 확실한 물증 없이 다만 정황과 심증만으로는 감히 강자에게 책임을 묻기 어려운 법이오.]

　"그렇군요. 처음부터 그렇게 된 것인데… 제가 몰랐던 사실이 꽤 많군요."

　위려려는 가벼운 한숨을 내쉬며 혼잣말처럼 나직이 뱉었다. 그러나 그녀와 상군환 사이에 자신과 철민에 관한 전음이 오갔음을 짐작하지 못할 리 없음에도 예인후는 일부러 시선을 다른 쪽으로만 두고 있었다.

　위려려가 잠시 입술을 깨물고 있더니 문득 차분한 목소리로 말을 이었다.

　"그렇지만… 아무리 그렇다고 하더라도 함께 목숨을 걸었던 동료들을 버릴 수는 없어요. 그건 수호천이 추구하는 정의에도 어긋나는 일이니까요."

　"려매!"

　상군환이 흠칫 놀라며 강한 어조로 위려려를 불렀다.

　그러나 위려려는 단호한 투로 자신의 말을 이어냈다.

　"굳이 따로 가야 한다면, 제가 철 공자를 책임지도록 하죠."

　순간 상군환의 얼굴은 벌겋게 달아오르고 말았다. 그러나 그는 끝내 분노를 터뜨리지는 못했는데, 그것은 그에게 위려려와 끝까지 함께할 수밖에 없는 몇 가지 이유가 있기 때문일 것이다.

"좋소. 려매의 생각이 정히 그렇다면 모두 함께 가도록 합시다."

나직이 외친 상군환은 쏘듯이 앞으로 달려나갔고, 철민을 안은 밀영이 곧바로 그 뒤를 따라 달렸다.

위려려가 예인후를 향해 찡긋 가벼운 눈웃음을 보내며 자신의 왼쪽 어깨를 툭툭 두드려 보였다.

그러나 예인후는 쓴웃음을 지으며 고개를 가로젓고는 묵묵히 걸음을 떼었다.

2

─깨어나라! 의식의 눈을 뜨란 말이다!

일령이 끊임없이 외치고 호통 쳤다.

그 덕분으로 깊은 어둠의 수렁에 온전히 잠겨 있던 철민의 의식은 가까스로 한 발을 빼냈다.

철민이 처음으로 느낀 것은 따뜻함이었다. 누군가 그를 업고 있었다. 얼굴과 가슴에 와 닿아 있는 따뜻함. 그 익숙한 느낌만으로 그였다. 예인후의 등이었다.

철민은 얼른 그의 등에서 내리려고 했다. 그러나 마음뿐, 몸이 말을 듣지 않았다.

기껏 움찔거렸을 뿐인 그의 작은 움직임을 알아챘는지 예인 후가 반갑게 외쳤다.

"아, 철 형! 이제 정신이 드시오?"

"예……."

꽉 잠겨 버린 소리를 겨우 목구멍으로 밀어내며 철민은 문득 눈물이 핑 돌았다. 어릴 때 심한 열병에 걸려 며칠이나 비몽사몽간을 헤매다가 겨우 정신이 들었을 때, 그의 머리맡에 엎드린 채로 있다가 '엄마!' 하고 힘없이 부르는 소리를 단박에 알아듣고 '철민아!' 하고 촉촉이 젖은 눈으로 활짝 웃어주시던 어머니를 보았을 때처럼 진한 반가움이 울컥 밀려들었다.

"나 좀… 내려… 주시오."

그 말에 예인후는 고개만 절레절레 흔들었다.

그때였다.

"호호호! 철 공자! 이제 예 대주는 좀 쉬게 해드리고, 대신 제 등에 좀 업히는 건 어때요?"

밝은 목소리와 함께 불쑥 위려려의 얼굴이 다가들었다.

순간 철민의 머릿속으로는 원망과 반가움이 찰나적으로 교차하는데, 위려려가 한쪽 눈을 찡긋해 보이며 다시 말했다.

"스스로의 몸도 성치 않으면서 굳이 철 공자를 업겠다고 예 대주가 고집을 피우는 중이지 않겠어요, 글쎄?"

철민은 나중에야 알게 되었지만, 당장의 급박한 상황은 좀 벗어났다 싶어졌을 즈음이 되자 밀영의 특이한 모습이 오히려 적의 이목에 쉽게 뜨일 것을 염려해 상군환이 밀영 대신 철민을 업겠다고 했는데, 예인후가 요상영단(療傷靈丹)의 약효 덕분으로 내상이 다소간 호전되었다며 굳이 자신이 철민을 업겠다고 고집을 부렸다는 것이다.

철민에게도 영단이 투여되긴 했지만, 조금도 효과가 없었다고 했다. 오히려 내부 기혈의 흐름이 더욱 불규칙해진데다 다시 돌발적으로 뜨거워졌다가 차가워지는 등 몹시 불안정해지기까지 해서 함부로 다른 조치를 취하지도 못하는 중이라고 했다.

3

"만약 늦지 않게 대성의 단계로 진입하지 못한다면, 인간으로서는 도저히 견디지 못할 엄청난 고통에 시달리다가 결국은 내력의 폭주로 온몸이 폭발하여 산산조각이 나는 처참한 죽음을 당하게 될 것이다."

내부 기혈의 흐름이 제멋대로 이어졌다 끊어졌다 하는 중에, 그럴 때마다 전신의 혈맥에서 바늘로 콕콕 찌르는 듯한 극심한 고통이 수반되는 것에 대해 철민은 까마귀늙은이가 예고했던 구벽외공의 치명적 부작용이 드디어 본격화되고 있다는 것을 알았다.

이 상황에서 그가 위험을 벗어날 수 있는 방법이 있다면 그것은 아마도 위려려가 가지고 있을 것이다. 세상에서 유일하게.

그러나 철민은 그녀에게 목숨을 구걸하고 싶은 생각은 결코 없었다. 어떤 거래를 하고 싶지도 않았다. 새삼 까마귀늙은이에 대해, 그리고 그의 목숨을 담보로 자신의 어떤 목적을 취하려는 위려려에 대해 원망이 생기는 것이었지만, 그런 원망조차도 가지고 싶지 않았다. 초월한 것은 아니었다. 용서나 관용 따위도 아니었다. 그 스스로도 납득하기 어려웠지만 그냥 그런 심정이었다.

다만 철민이 문득 정말로 간절해지는 것이 있었다. 그에 대한 예인후의 성의와 배려는 정말 눈물 나도록 고맙지만, 그렇지만 이유도 모르게 정말로 간절해지는 또 한 사람, 예인화.

'이럴 때 그녀가 곁에 있어주었으면… 그냥 곁에 있어만 주었으면……'

4

철민에 대한 위려려의 심정은 사뭇 복잡하기만 했다. 그녀가 짐짓 으르고 달래듯이 하고 나서야 철민은 마지못한 듯이 자신의 증상에 대해 말을 해주었다. 그러나 기껏 시큰둥하게 뱉는 몇 마디가 다였으니 그녀가 정작으로 기대했던 바, 도와달라는 말은 아예 기색도 비치지 않았다.

사실 위려려는 철민의 문제를 근원적으로 해결할 방법을 가지고 있지는 않았다. 철민이 전해준 조부 위상락(威上諾)의 옥패에 깨알 같은 기호로 새겨진 내용은 손녀에게 전하는 은밀한 당부들이 대부분이었다. 구벽외공 자체에 대한 언급은 지극히 간단한 정도에 불과하였으니, 신공의 부작용을 해소할 비책이라고 할 만한 내용은 없었던 것이다.

구벽외공은 완벽한 무공이었으나, 그 완벽은 다만 이론상의 완벽일 뿐이어서 인간이 실제로 연성하기란 원천적으로 불가능한, 그야말로 불완전의 신공이었다. 그런 점에서 보자면 철민이 지금껏 이루어낸 성취만으로도 이미 기적이라고 해야만 하는 것이었다.

구벽외공을 연성하는 과정에서 초래되는 치명적 부작용은 그러한 신공의 근원적인 불완전성으로부터 기인하는 것이니, 각 시대별로 무학의 일대종사들이었던 천무가의 역대 가주들 중에는 자신의 죽음을 앞둔 시점에서 나름대로의 관점으로 신공을 해석하고 그것을 기록으로 남기는 경우가 많았다. 마치 마지막 유회처럼. 그러한 기록들 중에는 신공이 가지는 부작용에 대해 예측하고 분석한 내용들도 있었는데, 위상락의 옥패에는 그중의 일부가 간단히 요약되어 있었다.

신공이 칠벽을 넘어선 어느 시점에서는 진기의 흐름이 불규칙해지는 현상이 생길 것이다. 그러한 현상은 끝 내력의 폭주로 발전하여 전신 미세 혈맥의 파괴가 시작될 것이다. 그러나 신공의 진전은 저절로 계속되니 임의로 멈출 수는 없을 것인데, 마침내 그 성취가 구벽에 달하는 순간 전신의 모든 혈맥이 일시에 터져 버리는 처참한 파멸을 맞이하게 될 것이다. 다만 신공의 팔벽 성취만으로도 능히 한 시대의 무적을 구가할 수 있을지니, 만약 팔벽에 도달했다면 그 시점부터는 모든 수단을 다하여 기정의 흡수를 차단함으로써 구벽 도달까지의 시간을 최대한 지연시켜 볼 일이다.

위상락은 이십 년 전 자신이 당한 암습에 대해 삼천주 상조위(桑朝位)와 사천주 진무극(陣武極)에게 강한 혐의를 두고 있었다. 물론 확증이 없는, 다만 의심일 뿐이었으나 그렇더라도 위려려로서는 진정한 내막이 밝혀지고 피아가 확실해질 때까지는 누구도 믿을 수가 없는 처지였다. 단 두 사람을 제외하고는.

위려려가 수호천 내에서 확실한 믿음을 가지고 있는 사람은 오로지 예인후뿐이었다. 그의 올곧고 굳건한 심성, 더욱이 그녀를 향한 순수한 마음에 대한 믿음이었다. 언제든지 그녀가 손을 내밀면 그는 진심으로 그 손을 잡아줄 것이라는 확신이 있었다. 설령 그 스스로를 희생하는 한이 있더라도.

그녀가 믿는 또 한 사람은 바로 철민이었다. 그는 조부가 보내준 최후 최강의 힘이었다. 최후의 순간까지, 오로지 그녀만을 위한 힘. 그 이유만으로도 그를 믿을 수 있었다. 아니, 믿을 수밖에 없었고, 믿어야만 했다. 그만큼 절실했으므로.

그런데 철민이란 사내는 좀 묘했다. 왜 그런지 알 수 없게 처음부터 그는 그녀를 회피하고 있었다. 그녀의 하소연과 간절한 부탁에도 내내 미적지근한 태도를 보일 뿐이었다.

그녀가 내내 주의 깊게 살펴본 바이지만, 철민은 그저 평범한 사내에 불과했다. 아니, 상군환이나 예인후에 비하면 턱없이 모자란 사내였다.

그럼에도 철민이 은근히 묘한 면모를 가졌다는 것은 우선 그가 상군환이나 예인후에 대해 숙이지 않는다는 점이었다.

위려려가 아는 한 사내들이란 본능적으로 서열 짓기에 익숙한 존재들이다. 자신보다 못한 사내를 만나면 일단 그 위에 군림하려 하고, 반대로 자신보다 뛰어난 상대를 만난다면 머리를 숙이든지 아예 회피하려고 한다. 따라서 위려려의 기준으로 철민은 당연히 예인후와 상군환에 대해 숙이든지, 아니면 회피해야만 하는 것이었다.

그러나 철민이란 사내는 그녀의 그런 기준에서 여지없이 빗나갔다. 예인후와는 친구로, 상군환에게는 감히 적이 되기를 마다하지 않음으로써.

더욱이 그 '턱없이 모자라는' 사내가 그녀를 대하는 태도라니! 감히 무덤덤한 체를 하다니! 감히 숙이기를 거부하다니! 감히 피하려 하다니!

철민이 결국은 비참한 파멸을 맞고야 말 것이란 사실과 조부의 안배가 그런 사실을 이용해 최후의 순간까지 그를 이용하는 것이란 사실을 처음 접했을 때, 위려려는 별다른 주저나 가책없이 조부의 안배에 십분 공감했다. 조부의 원한을 풀고 나아가 천무가의 유일한 후예로서 수호천을 계승해야 한다는 사명을 지키기 위해서는 그 누구라도 이용할 수 있고, 그 어떤 일이라도 할 수 있는 당위성과 불가피성이 있었으니, 철민에 대한 미안함, 혹은 양심의 가책 따위는 다만 감정의 사치일 뿐이었다.

그녀의 사명을 이루기 위한 수단으로써, 철민에게는 지금과 같은 파국이 있어야만 하는 것이었다. 그래야만 철민은 보다 강력한 힘을 얻고 그녀가 원하는 최고의 가치를 발휘하게 될 테니까. 그리고 철민의 파국은 어차피 되돌릴 수 없는 것이었다. 처음부터 정해져 있는 파국인 것이다.

다만 그녀는 철민이 파국에 다다르기까지의 속도를 조절하는 방법을 알고 있고, 그것으로써 그가 기꺼이 그녀의 수단이 되도록 제어하려는 것이었다. 언젠가, 아니, 그다지 머지 않은 시점에 있을 가장 중요하고도 결정적인 순간에 그가 그녀를 위한 최후 최강의 힘이 되도록.

'아직은 멈추게 할 때가 아니다. 좀 더 가도록 두어야 한다. 최소한 당대에서는 무적이 될 때까지.'

5

철민의 상태는 점점 악화되고 있어서 수시로 깜빡깜빡 의식을 잃었다가 다시 돌아오곤 했다.

―너의 구벽외공에 대해 한 가지 기대를 가지고 있다고 말

한 적이 있다. 기억하느냐?

꿈결인 듯 일령의 의지가 전해왔다.

―너의 그 벽이 네 몸 바깥으로 확장되었을 때 본좌 또한 너를 벗어날 수 있음을 알게 되었다. 비록 벽이 확장되는 영역만큼에 불과했고, 그마저도 벽이 거두어지면 다시 너의 안으로 갇히고 말지만 말이다. 그러나 너의 성취에 따라 벽이 확장되는 영역이 점점 더 커지고, 그러다 만약에, 정말로 만약에 구벽외공이 추구하는 불가능의 궁극에 도달할 수 있다면 너의 벽은 이윽고 무한정의 영역을 포용하게 될 것이니, 그때는 본좌 또한 온전한 자유를 취할 수 있을 것이란 기대를 갖게 된 것이다. 역시 지극히 희박한 기대이겠지만 말이다.

혼미한 중에 철민은 가만히 웃기만 했다. 이해하기는 어려운 말이었지만, 그로부터 벗어나고파 하는 일령의 희구에는 쉽게 공감이 되었기 때문이다.

이후로 일령의 요구는 집요해졌다.

―얇게, 그리고 최대한 넓게!

철민의 의식이 돌아올 때마다, 그의 내부 기혈이 잠시간이라도 안정을 찾을 때마다 일령은 끈질기게 벽의 확장을 요구했다.

아무 의미도 없는, 다만 괴롭힘이라고밖에 생각할 수 없는 짓이었지만, 일령의 집요함은 철민이 혼미한 의지로 견딜 만한 것이 아니었다.

철민이 이윽고 자포자기의 심정이 되어 벽을 확장시켜 내자 일령은 훌훌 그를 벗어났다. 언제 마지막이 될지 모를 자유를 만끽하려는 듯이.

벽이 확장되고, 그 벽을 타고 일령이 나가고, 벽이 거두어지고, 일령이 돌아오고, 벽이 조금 더 멀리 확장되고, 그 벽을 타고 일령이 조금 더 멀리까지 나가고, 벽이 거두어지고, 일령이 돌아오고…….

반복이 계속되고 있었다. 꿈결처럼. 무한히.

그런 중에 철민의 벽은 점점 더 넓게 멀리까지 영역을 확장시켜 나가고 있었다.

그러나 철민에게 그런 과정들이 명확하지는 않았다. 그 반복은 그의 의지하에 있는 것 같기도 하였고, 혹은 그의 의지와는 전혀 무관한 것 같기도 했다.

어쩌면 철민은 그저 망연히 관조하고 있는지도 몰랐다. 혹은 방치해 두고 있는지도.

6

일행이 잠시 쉬고 있을 때였다.

저쪽 먼 곳에서 누군가 빠르게 다가오고 있었는데, 미끄러지듯이 지면을 쭉쭉 밀고 오는 상승의 신법만으로도 그 사람의 무공을 능히 짐작해 볼 수 있었기에 일행은 대번에 긴장하고 말았다.

안력을 돋워 살피던 중에 상군환은 그 사람이 누구인지를

이내 알아보았다. 수호천의 총수 자제로서 그간 안면을 넓혀
놓은 강호 명숙들 중의 한 사람이었던 것이다.

"거기 오시는 분은 막(幕) 대장로님이 아니십니까?"

상군환이 반색을 하며 맞은 노인은 과연 상주(祥州) 광무
문(廣武門)의 대장로 일장진산(一掌震山) 막공(幕供)이었다.

그런데 막공은 사뭇 조급해 보였다. 상군환의 인사는 받는
둥 마는 둥 하더니, 대뜸 예인후 곁에 눕혀놓은 철민에게로 다
가서는 것이었다.

"이 환자… 노부가 좀… 살펴봐도 되겠소?"

예인후가 성큼 철민의 앞을 가로막아 섰다. 막공의 행동거
지가 조급한데다 그 말투까지도 마치 술에 취한 사람처럼 불
분명하고 어눌한 데가 있어서, 왠지 불안한 마음이 든 때문이
었다.

그러자 막공이 물었다.

"혹시… 이 환자의 내부 기혈이… 불규칙하게 이어졌다 끊
어졌다 하며… 또한 그 기색이 뜨거웠다 차가웠다… 자주 변
하지 않소?"

그 소리에는 일행 모두가 놀라지 않을 수 없었다. 맥도 짚
어보지 않고서 정확히 철민의 상태를 진단해 낸 것이 아닌가?

"안색을 보아하니… 시급히 조치를 취하지 않으면… 자칫
위급한… 지경을 면하기 어렵겠소. 우선… 노부가 맥을 좀…
짚어보도록 하겠소."

막공이 선뜻 철민의 맥문을 잡으려는 것을 예인후가 여전히

버티고 앞을 비켜주지 않았다.

보고 있던 위려려가 예인후를 향해 차분히 말했다.

"이분 막 대협께서 철 공자의 증상을 한눈에 알아보시는 걸로 보아 분명 치료방법에 대해서도 알고 계시는 듯하군요. 하니 일단 한번 맥을 짚어보시게 하는 게 좋겠어요. 그리고 막 대협은 강호에서 명망이 높으신 분인데, 그런 분의 호의를 무작정 의심부터 하는 것은 큰 결례이기도 하고요."

사실이 그런지라 예인후가 할 수 없이 앞을 비켜주었다. 그러나 막공이 철민의 맥을 짚고 살피는 동안 예인후는 바로 한 걸음 떨어진 곳에서 내내 날카로운 눈빛으로 지켜서 있었다.

몸을 움직일 수는 없었지만, 철민은 모든 상황을 인지하고 있었다.

다만 굳이 의식하고 싶지 않았다. 관조, 혹은 방관이 주는 고요와 편안함에서 벗어나고 싶지가 않았다.

그러나 막공으로부터 갑자기 한 가닥의 세찬 기운이 그의 내부로 유입되는 순간 철민은 방치해 두었던 의지를 화들짝 되돌리지 않을 수 없었다.

"놓으시오!"

철민이 크게 외치며 팔을 떨치자 막공은 튕기듯이 떨어져 나갔다. 그런데 다음 순간, 언뜻 주위를 둘러본 막공이 크게 놀란 듯이 외쳤다.

“아아! 이게 대체 어떻게 된 일인가? 내가 지금 무얼 하고 있단 말인가?”

그 일련의 상황에 또한 크게 당황한 상군환이,

“막 대장로님!”

하고 불렀으나, 그때 막공은 지극히 불안한 기색으로 무엇에 쫓기기라도 하듯이 황급히 어디론가 달려가 버렸다.

철민은 자신이 의식과 주변의 모든 것을 차라리 방치해 두고 있던 동안에 일어난 상황을 확연히 정리할 수 있었다. 일령의 수작이었다. 일령은 철민의 확장된 벽의 영역 안에 마침 걸려든 막공의 의지를 단번에 지배하여 그를 철민에게로 오게 하여 그 스스로의 내력을 철민에게로 불어넣게 했고, 그것에 철민의 구벽외공이 저절로 반응하여 기정을 흡수한 것이었다.

‘대체 무슨 짓을 한 것이오?’

그것이 일종의 빙의와 같은 것이리라고 짐작하면서 철민이 따져 물었다.

—너를 치료하려 한 것이다.

일령의 대답은 태연했다. 그 느낌이 마치 지극히 당연한 일을 했는데 뭐가 문제이냐고 오히려 따지는 듯하였기에, 철민은 더 이상의 교감을 차라리 포기하였다. 그런 행위, 다른 사람의 기정을 흡수하는 것에 대해 그가 얼마나 지독한 거부감을 가지고 있는지에 대해 애써 일령을 이해시키고 싶은 마음이 들지 않았다. 다만 이제부터는 일령이 어떤 성화를 부리더라도 다시는 벽을 확장시키지 않으면 그만일 일이다. 아니, 부득

이하게 벽을 확장시키는 한이 있더라도, 다시는 그의 의지를
방치해 두지 않으면 될 일이었다. 그의 의지에 반하여 일령이
독자적으로 벌일 수 있는 일은 아무것도 없었으니까.

第六十七章
독왕(毒王)

몽상가

1

철민이 혼절해 있는 시간은 더욱 길어졌다. 고열까지 동반되면서 긴 혼절에서 잠시 잠깐 깨어났을 때라도 스스로의 의식이 깨어 있는지 아닌지를 구분하기조차 모호해졌다. 그런 상태에 대해 철민은 자신이 죽어가고 있다는 생각을 했다.

일령의 성화는 절박함으로 변했으나, 철민은 의식이 모호한 중일 때라도 일령의 개입만큼은 철저히 차단하고 있었다.

예인후는 잠시도 철민의 곁에서 떠나지 않았다. 그의 안색은 비장하기만 하였다. 마치 친구의 죽음을 예감하고 마지막 순간까지 그 곁을 지키겠다는 듯이.

위려려는 이따금씩 혼란을 느꼈다. 그것은 압박감이기도 했다. 사실은 그녀에게도 아무런 방법이 없다는 진실에 대해, 그녀가 방법을 가지고 있으면서도 철민을 살리기 위해 아무런 조치도 취하지 않고 있는 게 아니란 것에 대해, '이대로 그가 죽기 전에 고백해야만 하지 않을까?' 하는 압박감이었다. 그러나 그녀는 결국 하지 못했다. 아니, 하지 않았다. 그러한 압박감은 역시 일시적인 감상에 불과하였지 결코 죄책감 같은 것은 아니었다. 그녀에게는 잘못이 없었으므로. 이 모든 상황은 그녀가 의도하여 이루어진 것들이 아니며, 그녀 또한 어떤 선택의 여지를 가지지 못한 입장이므로.

철민은 끝없이 꿈을 꿨다. 잠시 깨었다가 다시 꿀 때도 늘 같은 꿈인 걸 보면 아마도 그가 꾸고 싶은 꿈만 꾸는 것 같았다. 그의 꿈속에서는 늘 한 사람의 얼굴이 보였다. 아니, 그 한 사람의 얼굴만 보였다. 지금 가장 보고 싶은 얼굴이었다. 예인화!

철민은 예인화와 대화를 나누었다. 되새겨지지도 않는 그냥 대화였다. 이것이 꿈이란 걸 알고 있고 그가 꾸고 싶은 대로 꾸는 꿈이니, 그녀가 하는 말들은 결국 그가 상상해 내는 말들에 불과할 것이다.

그녀가 안타까이 말했다.

"내가 갈게요! 내가 그리로 갈게요! 조금만, 조금만 기다려요!"

2

상군환이 밀영과 함께 적들의 동향을 살피러 나갈 때마다 예인후는 그가 어쩌면 돌아오지 않을 수도 있다는 생각을 하곤 했다. 물론 그래도 할 수 없는 일이라고 담담할 수 있었지만.

다만 상군환에 대해 조금의 의심이나 불안도 가지지 않는 듯한 위려려의 모습에 대해서 예인후는 차라리 묘한 갈등을 느껴야만 했다. 그것이 그들 두 사람의 두터운 신뢰에 근거한 것인지에 대해, 나아가 그 신뢰가 그들의 사랑으로부터 비롯되는 것인지에 대해.

상군환은 일행이 지나온 길을 되짚어 정탐하는 중이었다. 적들의 추격 여부를 살피기 위해서였다. 밀영이 그와 완전한 교감을 이룬다면 최대 십 리 떨어진 곳에서도 능히 그와 소통을 이룰 수 있겠으나, 사실 지금의 능력으로 밀영을 다룰 수 있는 거리의 한계는 대략 오 리 정도였다. 그렇더라도 화경 급 고수에 필적하는 무력을 지닌 밀영을 오 리 바깥까지 척후로 보내는 격이었으니, 빠르고도 면밀하게 정탐을 해낼 수가 있는 것이다.

단계적으로 정탐을 해나가던 중에 이윽고 상군환은 일행이 있는 곳으로부터 오십 리 후방 즈음에서 적들의 움직임을 발견할 수 있었다. 그리고 적들의 규모가 대대적인 것을 확인하는 즉시 일행에게로 되돌아갔다.

일행은 산중 더욱 깊숙한 곳으로 들어가기로 했다.

아직까지 적의 영역을 벗어나지 못하고 있었으니, 달리 추격을 따돌릴 방도는 없었다. 가능한 깊고 험한 산중으로 잠적하여 적들의 추격 의지가 꺾일 때까지 몇 달이고 버텨보는 수밖에는.

3

일행은 벌써 며칠째 깊은 산중을 헤매 다니고 있는 중이었다.

마치 태고 때부터 그 어떤 인간의 발길도 허용한 적이 없는 듯한 원시림이 끝없이 펼쳐진 산속이었다. 해가 뜨고 지는 방향과 별자리가 아니었다면 그들은 자신들이 가고 있는 방향조차 알지 못했을 것이다. 그러나 그것이 오히려 안심이 되었다. 일행이 스스로의 위치와 가는 방향을 알지 못하는 만큼 적들 또한 추격에 난항을 겪을 테니까.

"잠깐!"

상군환의 나직한, 그러나 잔뜩 날 선 경고가 발해진 순간 밀영은 어느 틈에 숲 속으로 사라졌다.

그때 앞쪽 십 장 거리 숲 속에서 두 사람이 불쑥 모습을 드러냈고, 동시에 예인후가 크게 놀라며 날카롭게 소리쳤다.

"멈춰!"

그때쯤 그 두 사람의 배후로 소리없이 나타나는 밀영에게 외치는 소리였고, 낯선 행색에도 불구하고 보는 순간의 느낌만으로도 그들 두 사람이 누구인지 알아보았음을 모두에게 알리는 외침이었다.

상군환 또한 이내 낯선 행색의 두 사람이 누구인지를 알아보고는 칼날처럼 날카롭게 돋우었던 예기를 거두어들였다. 그러나 긴장을 늦추지는 않았고, 밀영은 다시 어디론가 사라졌다.

일행에게로 다가온 두 사람은 놀랍게도 예인화와 율도린이었다. 두 사람의 초라하고 흐트러진 행색에서 이곳까지 오는 동안의 고초가 어떠했으리라는 것을 짐작해 볼 만했다.

그러나 상군환은 두 사람에 대해 강한 의심을 가질 수밖에 없었다. 두 사람이 어떻게 일행이 있는 곳을 알고 찾아올 수 있었을까? 더욱이 일행은 계속 움직이고 있는 중이었는데, 이 깊고 험한 산중에서 두 사람은 어떻게 그들을 따라잡을 수 있었을까? 또한 두 사람은 어떻게 적들의 천라지망을 뚫고 올 수 있었을까? 그러한 의심 중에서 어느 한 가지도 두 사람의 힘만으로 가능한 것은 없었다. 특히 예인화는 몰라도 율도린이 이미 그들을 배신했을 가능성에 대해서는 충분한 혐의를 둘 만했다.

상군환의 의심에 대해서는 위려도 동감하지 않을 수 없었다.

그리고 예인후 또한 선뜻 나서기 어려운 입장인 것은 마찬가지였다. 그가 아무리 두 사람을 믿는다고 해도, 이해하지 못한다는 점에서는 그 또한 같은 의문을 가질 수밖에 없었으니 말이다. 하여 그는 눈빛으로만 그들 두 사람과 짧은 해후를 나누었을 뿐이다.

밀영을 통해 적어도 사방 오 리 내에는 의심할 정황이 없다는 걸 확인하고 나서야 상군환은 비로소 긴장을 풀었다. 이처럼 험준한 산중 지형에서 사방 오 리는 꽤 넓은 영역이다. 예측하지 못한 긴급 상황이 발생하는 경우라도 당장에 몸을 피할 수 있는 최소한의 시간 여유는 가질 수 있는 것이다.

직접 심문하겠다는 상군환을 만류한 것은 위려려였다. 그녀는 조금 떨어진 곳으로 예인화를 데리고 가서 간단한 필담을 나누었다.

그런 중에 위려려는 황당한 얘기를 들었다. 예인화는 이곳까지 오는 동안에 줄곧 철민의 인도를 받았다고 한다. 그래서 마침내 일행을 만날 수 있었다는 것이다. 있을 수 없는 일이었고, 당연히 믿을 수 없는 말이었다.

그러나 위려려는 믿지 않을 수도 없었다. 예인화가 설명하는 정황에 대해서는 도저히 이해할 수 없을지라도 적어도 예인화에게 그녀를 속일 뜻이 없다는 점에 대해서는. 다른 건 몰라도 예인화만큼은 믿을 수 있었다. 적어도 그녀가 자신의 안위를 위해 오라버니인 예인후를 배신하는 일은 결코 하지 못할 것이라는 점에 대해서는. 설령 적들의 핍박을 받아 여기까지 왔다고 할지라도, 지금 이 상황에서까지 적들의 편에 서서 사뭇 적극적으로 예인후를 포함한 일행 모두를 속이려 하지는 않을 것임을. 예인화의 심성이 유약하고 부드러울지라도, 결코 타인의 의지나 억압에 의해서는 꺾이지 않는 가장 강하고 순수한 영혼을 지녔음을.

위려려와 짧은 필담을 나눈 끝에 예인화는 예인후를 제쳐놓고 곧장 철민에게로 달려갔다. 그리고 격동에 찬 몸짓으로 혼절해 있는 철민의 두 손을 부여잡았다.

[저 여기 왔어요!]

4

예인화가 멀리 백리세가에서도 철민의 위급 상태를 감응하여 율도린과 함께 그곳을 떠났고, 이후로 계속 철민과 교감을 유지하며 결국 일행을 찾아올 수 있었다는 말에 대해, 그 가능성에 대해 가장 적극적으로 믿는 사람은, 아니, 존재는 바로 일령이었다.

예인화가 철민과 심동이라는 수단을 통해 의지의 소통이 가능하다는 건 일령도 익히 알고 있는 사실이었다. 그리고 일령 또한 예인화와 잠깐의 소통을 시도한 적이 있기도 했다. 비록 그것이 예인화에게는 결코 유쾌한 경험이 아니었을 터이지만.

꼭 부여잡은 철민의 두 손을 통해 문득 소통을 시도해 온 일령에 대해 예인화는 우선 두려움부터 느끼지 않을 수 없었다. 일령이 한때 그녀의 심령을 지배하려 했을 때의 공포가 새삼 생생하게 떠올랐다.

그러나 예인화는 일령이 다급해하고 있다는 것에 대해 확연히 느낄 수 있었다. 그 느낌만으로 일령의 의도를 알 수는 없었고, 더욱이 믿을 수는 없는 노릇이었지만, 그렇더라도 그 다급함이 철민의 안위에 대한 것이란 느낌은 분명했다. 그 이유가 무엇이든 간에 일령이 지금 철민을 살리려는 다급한 의지를 가지고 있음을 확신할 수 있었다.

일단 철민을 살려야 한다는 공통의 의지가 바탕이 되자, 예인화와 일령 사이의 공감의 폭은 빠르게 두터워졌다. 그처럼 빠르게 예인화가 공감을 넓힐 수 있으리라고는 일령으로서도 미처 기대하지 못한 사실이지만, 그런 것이 어떻게 가능했는지는 명확하였다. 곧, 철민이라는 공통의 매개를 통해서만 가능한 일인 것이다.

비록 일령이 전하는 상세한 내용에 대해서는 예인화가 잘 이해할 수 없었지만, 그렇더라도 일령이 철민을 살릴 어떤 방법을 가지고 있는데 그 방법에 대해 철민이 강한 거부감을 가지고 있어서 일령의 의지로서는 그 방법을 취할 수 없었다는 점과 일령이 새로운 조정 내지는 타협안을 새로이 강구했음에도 철민이 혼절해 있는 중에도 무조건적으로 거부하고 있는 상황이어서 어떻게 해볼 수가 없는 지경이라는 점과, 그래서 예인화가 일령을 대신하여 그 '조정 내지는 타협안'에 대해 철민을 설득하고 공감을 얻도록 해달라는 요청 등에 대해서는 확연하였다. 예인화가 일령에 대해 동의하는 데는 그것으로 충분했다. 비록 그것이 이해할 수 없고 더욱이 확신할 수 없는 방법이었지만, 그녀에게는 그나마도 더 합당하고 더 확신을 가질 수 있는 다른 방법은 없었으므로.

어쨌든 그와 같이 예인화와 일령이 철민이 처한 상황에 대한 이해를 공유하고 다시 공감과 동의를 이루는 데는 다른 사람들이 느끼기에 찰나간이라고 할 정도의 시간밖에 걸리지 않았다.

예인화는 일령의 방법에 대해 철민에게 이해시키는 대신, 역시 감정적인 공감을 얻으려고 시도했다. 논리적인 설득을 배제하고 조심스럽게 달래는 쪽을 택했다. 마치 어린아이를 다루는 듯이.

다행히도 철민은 그녀에게만큼은 어린아이가 되어줄 용의가 있었다. 모호한 의식 중에도 기꺼이.

5

예인화와 율도린의 합류로 인해 일행에게는 당장에 문제가 생겼다. 아무래도 지금까지보다는 움직이는 속도가 떨어질 수밖에 없었으므로.

그렇더라도 상군환은 독려하거나 다그치지는 않았다. 그는 밀영과 함께 후방 영역을 지속적으로 살피고 있었는데, 여전히 이십 리 안쪽으로는 적의 추격 기미가 보이지 않았다. 그리고 그동안 도망치기에만 급급하다 보니 현재의 위치가 어디쯤인지에 대한 감각마저 잃어버리고 있었으니, 무작정 빨리 이동하는 것만이 능사가 아닌 형편이기도 했다.

정작으로 서로를 독려하는 이들은 따로 있었다.

[이쪽으로.]

[좀 더 넓게.]

[좀 더 앞쪽으로.]

일령은 예인화를 통해 철민의 벽을 움직여 가며 계속 주변을 탐색하는 중이었다.

그들이 찾고 있는 것은 강한 기운이나 영기(靈氣)였다. 물론 그것은 그들 간에 '조정 내지는 타협'을 이룬 대로 사람을 상대로 하는 것은 아니었고, 영물(靈物), 이를테면 영초(靈草)나 영수(靈獸) 따위를 찾는 일이었다.

그러나 그들 둘, 아니, 철민까지 셋의 일은 소득없이 바쁘기만 했다.

다만 그들의 바쁨이 실제로 움직이는 것이 아닌지라, 나머지 사람들은 전혀 눈치채지 못하는 일이었다.

6

금방 눈이라도 내릴 듯이 하늘은 잔뜩 흐렸다. 햇빛마저 사라진 숲 속은 해거름 무렵처럼 칙칙했다.

숲을 벗어났을 때 일행은 생각지 못했던 낭패와 맞닥뜨렸다. 갑자기 막다른 절벽이 앞을 가로막은 것이다. 칼날처럼 아찔하게 꺾인 낭떠러지의 아스라한 아래쪽에서는 자욱한 운해가 굼실거리며 펼쳐져 있었다.

일행이 잠시 숨을 고른 끝에 허탈해하며 막 뒤 돌아서려는 때였다.

"잠깐만요!"

갑자기 모두를 붙잡아 세운 위려려가 다시 말했다.

"인화 동생의 말로는, 이 절벽 바로 아래쪽에 제법 넓은 공터가 형성되어 있대요."

느닷없는 그 말에 상군환의 표정이 일순 일그러졌다. 그러나 예인화의 수화를 대신 전한 것일지라도 일단 위려려의 입을 통해 나온 말이니 '그게 대체 무슨 황당무계한 소리냐?'고 대놓고 면박을 줄 수는 없는 일이었다.

또한 사실 상군환으로서도 아주 관심이 안 생기지는 않는 소리였다. 그렇지 않아도 이제쯤에는 한동안 몸을 숨기고 있을 적당한 은둔처가 있었으면 좋겠다는 생각을 해보고 있는 참이기도 했던 것이다.

가느다란 줄 한 가닥에 의지한 밀영이 가볍게 절벽 아래로 몸을 날렸다.

잠시 후 상군환은 밀영의 눈을 통해 위려려가 말한 절벽 아래의 공터를 확인할 수 있었다. 절벽 아래쪽으로 십여 장 되는 지점이었다. 직벽을 이루던 절벽이 갑자기 안쪽으로 크게 움푹 파여 들어갔고, 그럼으로써 위에서는 볼 수 없는 천연의 은폐 공간이 제법 넓게 형성되어 있었다.

상군환은 고개를 들어 하늘을 보았다. 하늘 가득히 거뭇거뭇한 조각들이 나풀거리고 있었다. 그중 몇 조각이 얼굴에 닿으며 차가운 감촉을 전했다. 결정을 미룰 여지는 없었다. 그들은 이제 이 깊은 산중에서 완벽히 사라질 수 있을 것이었다.
함박눈이 곧 그들의 모든 흔적을 지워줄 테니까.

7

그곳은 기대했던 것보다 훨씬 더 훌륭한 조건을 갖추고 있
었다. 절벽이 위로 거대한 지붕처럼 하늘을 가리고 있는데다
다시 안으로는 둥글게 병풍처럼 삼면을 둘러싸면서 눈과 바람
을 막아 한결 안온한 느낌이었다. 게다가 어디선가 훈훈한 기
운까지 불어오니 그야말로 금상첨화요, 가히 천혜의 복지(福
地)라고 할 만했다.

절벽의 안쪽에서는 뿌연 수증기 같은 것이 제법 뭉클거리며
숫아 나오고 있었는데, 주변으로는 겨울인데도 푸른 이끼와
이름 모를 풀이 제법 무성하게 자라있어서 마치 작은 별천지
와도 같았다.

샘이었다. 사람 하나가 들어가 앉으면 좋을 크기의 따뜻한
물이 찰랑거리는 온천이었다.

예인화는 알 수 있었다. 그 샘이야말로 일령이 찾아낸 영기
의 발원지라는 것을.

생각지 못한 행운에 상군환이 먼저 샘으로 다가가 가볍게
손과 얼굴을 씻은 데 이어, 위려려도 신기한 듯이 손을 담그곤
이리저리 물살을 가르며 그 따뜻함을 즐겼다.

그런데 그때,

"악!"

위려려가 갑자기 비명을 내지르며 화들짝 샘에서 물러섰기에 상군환과 예인후가 급히 다가가 샘 속을 살폈다.

물속에 무엇인가 움직이는 것이 있었다. 자세히 보기 전에는 잘 분간하기 어려울 정도로 투명한데다 실처럼 가는, 마치 투명한 실뱀처럼 생긴 놈이 하늘거리며 헤엄을 치고 있었다.

그런데 한 마리가 아니었다. 보고 있는 중에 놈들은 점차로 수가 늘어나고 있었다. 그러고 보니 샘의 밑바닥에는 미세한 구멍이 무수히 뚫려 있었고, 놈들은 그 구멍들을 통해 계속해서 빠져나오고 있는 중이었다.

만년빙백사(萬年氷魄蛇)

예인화가 작은 돌조각을 주워 바닥에다 썼다. 이어 그녀는 일령이 전해오는 대로의 간단한 설명을 덧붙였다.

만년빙백사는 본래 극음지(極陰地)에서 지극음기(地極陰氣)를 흡수하며 사는 희귀한 놈이다. 보통 백 년을 사는 놈들 중에서는 천 년 이상을 살아남는 특별한 놈들이 있고, 이윽고는 빙백지령(氷魄之靈)을 이루게 된다. 빙백지령을 이룬 놈들은 얼음처럼 투명하고 실처럼 가는 외관으로 변하는데, 실상은 금강처럼 단단하여 도검으로도 상처를 입힐 수 없을뿐더러 단단한 바위 속을 마음대로 뚫고 다닐 정도로 강력한 힘을 지닌다. 기이한 것은, 빙백지령을 이룬 다음부터 놈들은 그때까지와는 정반대로 천하의 극양지(極陽地)를 찾아다닌다. 지극양기(地極陽氣)를 흡수하기 위해서인데, 그리하여 마침내 음양의 조화를 이룬 놈들은 가히 만 년의 장구한 수명을 누린다.

위려려는 새삼 움찔 놀라고 마는 모습이었다. 실뱀처럼 하늘거리는 놈들이 사실은 바위 속을 마음대로 뚫고 다닌다니, 좀 전에 그녀의 몸쯤 뚫고 들어오는 것은 일도 아니지 않았겠는가 하는 상상을 하며 새삼 섬뜩해졌을 법하였다.

그런데 그때 율도린이 갑자기 철민을 덥석 안아 올리더니 성큼성큼 걸어가서는 곧장 샘 속으로 내려놓는 것이었다.

그런 율도린은 제지하는 대신 예인후가 급히 예인화를 향해 물었다.

"무슨 짓이냐?"

그러나 예인화는 율도린이 철민을 물속에서 바로 앉은 자세를 취하게끔 만드는 것을 마저 다 지켜보고 나서야 예인후를 돌아보았다.

예인후는 여동생의 표정이 담담하다는 것만으로도 일단은 안도할 수 있었다. 누구보다도 철민의 안위에 지극한 사람이 바로 예인화라는 걸 아는 까닭이다.

예인후가 그렇게 그저 지켜볼 작정으로 보이자, 위려려와 상군환이 또한 하릴없이 지켜보고만 있는 중이었다.

만년빙백사들이 하늘거리며 철민의 몸 주위로 몰려들었다.

"아! 저, 저것 좀 보세요!"

위려려가 비명처럼 외쳤다.

빽빽이 몰려든 만년빙백사들이 속속 철민의 몸속으로 파고들고 있었다. 그리고 그것들이 철민의 몸속으로 자취를 감출 때마다 그 자리에는 점점이 좁쌀만 한 짙은 자주색의 점이 생겼다. 그 자주색의 점들은 이내 풀어지며 희석되었는데, 그 광경은 마치 무수히 많은 자주색의 작은 꽃들이 무리 지어 만발하는 듯이 환상적이기까지 하였다.

무수히 많은 만년빙백사들이 사라지고 다시 끝없이 생겨나는 중에, 어느 틈엔지 샘물 전부가 사뭇 검붉은 색으로 변해 있었다.

그런데 어느 순간 율도린이 갑자기 예인화의 소맷자락을 잡아채더니 급하게 뒤로 끌었다.

"소저! 뒤로 피하셔야 합니다!"

이어 율도린은 모두를 향해 외쳤다.

"독입니다! 모두 호흡을 멈추고 샘에서 멀리 물러나십시오!"

그런데 율도린의 경고가 아니더라도 모두의 얼굴에는 이미 극도의 당황이 떠오르고 있는 중이었다.

피시시식!

샘의 바닥이 녹아들고 있었다. 아니, 숫제 타들어가고 있었다. 이미 잿빛으로 변한 수증기에서는 매캐한 냄새가 나고 있었다.

율도린에게 끌리다시피 절벽의 가장자리까지 물러난 예인화는 다시 샘을 향해 가려고 버둥거렸다. 철민이 여전히 샘에 몸을 담그고 있었는데, 붙잡아주는 사람이 없으니 그의 몸이 기울어 얼굴이 반 너머 물속에 잠긴 상태로 되어 있었다. 독을 걱정하기 전에 당장에 익사하고 말 위태로운 지경이었다.

그때였다. 예인후에게 예인화를 맡긴 율도린이 돌연 온천 쪽으로 뛰어갔다. 예인후가 깜짝 놀랐으나 차마 말리지는 못했다. 당장에 철민이 위급하였다. 그리고 어쨌든 그들 중에서 독에 대해서 가장 잘 아는 사람이 율도린이었다.

8

철민은 뜨거운 불길 속에 들어앉은 느낌이었다. 온몸이 활활 타오르고 있었다. 불은 그의 내부에 있었다. 수없이 많은 불덩이가 그의 몸을 뚫고 들어와서는 거센 폭발을 일으켰다. 그 각각의 폭발마다에서는 지독히도 뜨거운 기운이 터져 나와 그를 태우고 있었다. 이윽고 철민의 내부에는 활화산 하나가 생겼다. 용암이 펄펄 끓어 용솟음치는 활화산.

그런 모든 일은 철민의 의지와는 전혀 무관하게 이루어지고 있었지만, 그렇더라도 그의 몸은 천천히 반응하고 있었다. 벽이었다. 폭발의 넘치는 기운을 온전히 흡수하면서 벽이 만들어지고 있었다. 기존의 벽과는 사뭇 다른 새로운 벽이었다. 훨

씬 두텁고 강력하였으나, 한편으로 훨씬 가볍고 부드러웠다.
벽은 이윽고 그의 몸 밖으로 확장되어 나갔다. 부드럽게, 부드
럽게.

'아아! 팔벽이다!'
철민은 외쳤다. 조금의 망설임도 없이 그렇게 정의했다.

"팔벽은 칠벽에 더해 새로이 만들어지는 벽일 것이다. 마지막
구벽은 다시 그 바깥에 새로운 벽이 하나 생기는 형태일 것이다."

아니었다. 까마귀늙은이의 말은 이번에도 맞지 않았다. 팔
벽은, 봄날의 아지랑이처럼 일렁이며 퍼져 나가는 그것은, 칠
벽을 아예 허물어 버리고 새롭게 생겨났다.
그렇더라도 구벽은 아니었다. 아직 어쨌든 그가 살아 있으
므로. 아직은 '인간으로서는 도저히 견디지 못할 엄청난 고통
에 시달리다가 결국은 내력의 폭주로 인해 온몸이 산산조각
나고 마는 처참한 죽음' 이 찾아오지 않았으므로. 그러나 이것
이 진정 팔벽이라면, 그 마지막 파멸의 순간도 이제 얼마 남지
않은 것이리라.

9

[율 공자를 도와주세요! 제발!]
누군가 다급하고도 애절한 심정을 호소하고 있었다.

독왕(毒王) 239

그 애원에 자극받고, 더욱이 그것이 누구의 호소라는 걸 깨닫는 순간 철민의 의식은 급하게 깨어났다. 예인화였다.

철민이 의식은 깨어났으되, 막상은 눈을 뜨는 것조차 마음대로 되지가 않았다. 온몸 구석구석에 넘치도록 활기가 넘실거렸지만, 마치 남의 것인 듯이 영 익숙하지를 않으니 눈 하나 움직이는 일마저 아둔하기만 했다.

철민이 겨우 눈을 떴을 때, 가장 먼저 그의 시야에 들어온 것은 푸르죽죽한 색의 괴상한 얼굴이었다. 그 푸른 얼굴의 사람은 그의 옆에 무릎을 꿇고 앉아 있었다. 그러고 보니 그는 따뜻한 물속에 앉아 있었고, 그 사람은 물 밖에서 두 팔로 그의 몸을 붙잡고 있었다. 그의 두 팔 역시도 온통 푸르죽죽했는데, 그것은 검붉은 물색과 묘하게도 비장한 대비를 이루고 있었다.

[무슨 일이야? 뭘 도와달라는 거지?]

철민이 그렇게 말을 뱉으려 하였지만, 막상 목소리를 내기에 그의 몸은 아직도 아둔하기만 했다.

그런데 그때였다.

예인화가 무엇에 움찔 놀라는 느낌이더니 이내 빠르게 심동을 쏟아냈다.

[율 공자는 지금 자신의 몸으로 독을 흡수하고 있는 중이에요. 이대로 둔다면 얼마 안 가 온몸이 녹아버리고 말 거예요.]

순간 철민은 우선 예인화의 놀람에 대해 짐작할 수 있을 듯했다. 그것은 그 스스로에게도 놀라운 일이었다. 방금 말이 아

닌 그의 생각이 그녀에게로 전해졌다는 사실이 말이다. 언젠
가 예인화가 처음 심동을 선보일 때 그에게 그랬다.

[우리 두 사람 사이의 이런 소통이 앞으로 더욱 확대되리라는
기대를 저는 가지고 있어요. 지금은 저만 당신에게 심동을 보낼
수 있는 일방 소통일 뿐이지만, 앞으로는 쌍방 소통, 더 나아가서
는 거리상의 제약까지 초월하는 공간 소통까지로 획기적인 확대
를 기대하는 것이죠.]

그러나 역시 당장에 급한 것은 예인화가 다급해하는 사정에
대해서였다.
[내가 뭘 어떻게 하면 되지?]
[저도 모르겠어요! 하지만 어떻게 해서라도 율 공자를 구해
주세요!]
답답한 노릇이었지만 철민이 쓴웃음이나 짓고 있을 여유는
없었다. 율도린의 피부는 더욱 짙은 푸른색으로 변해가고 있
는 중이었는데, 지금 그의 얼굴은 마치 악귀나 야차와 같이 흉
측스럽게 일그러져 있었다.
철민은 우선 침착하게 율도린을 살핀 다음 벽을 움직였다.
몸을 움직이기에는 여전히 부자연스러웠지만, 다행히도 벽은
부드럽고도 원활하게 움직여 주었다. 그의 벽은 율도린의 두
손을 감쌌고, 그럼으로써 검붉은 독수(毒水)와의 접촉을 차단
할 수 있었다. 당장에 율도린의 얼굴이 푸른색으로의 진전을

멈추었다.

그런데 그때였다.

"끄으으! 안 돼! 나를… 이대로… 내버려… 둬!"

율도린이 악다물고 있던 입을 벌리며 힘겹게 소리를 뱉어냈다. 얼마나 힘을 주고 있었던지 그의 입속은 터진 피로 온통 벌겋게 변해 있었다. 눈빛은 더했다. 철민이 처음 투귀였던 그를 만났을 때의 그 소름 끼치던 눈빛보다 열 배는 더 강렬했다.

"끄으… 으윽! 간섭… 하지… 마라! 죽여… 버린다!"

율도린의 강렬한 눈빛과 독한 협박에서 철민은 차라리 죽음보다도 더 절박하고도 간절한 호소를 느꼈다. 그것은 열망 같은 것이었다. 지독한, 처절하도록 지독한 열망. 철민은 저도 모르게 고개를 끄덕이고 말았다.

율도린이 고통스럽게 입술을 짓씹으며 입매를 비틀었다. 그러나 그 비틀린 입매에서 철민은 문득 깊은 만족감을 보았다.

두 사내 간에 오가는 극한의 교감을 눈치챘는지 예인화의 심동이 외쳤다.

[안 돼요!]

그때 예인화의 다급함을 거들 듯이 또 다른 의지 하나가 철민에게 전해졌다.

[만년빙백사의 정화가 네게로 흡수된 이상, 남은 찌꺼기는 천하에서 가장 지독한 독성일 뿐이다. 그런데 지금 저 미련스러운 놈이 그 지독한 독을 무작정 흡수해 들이고 있으니, 제 놈

의 몸이 설령 무쇠로 만들어졌다고 하더라도 한 줌 독수로 녹아내리는 꼴을 면하지 못할 것이다!』

일령이었다.

그러나 철민은 천천히 벽을 거두어들였다.

부그르르!

율도린의 두 팔이 다시 독수와 접촉하면서 물이 끓어올랐다.

10

철민은 왠지 알 듯했다. 어느 순간 율도린의 심정이 그에게로 투영되는 듯했다. 심동이 통하는 것도 아니건만.

이미 한계를 넘어 돌이킬 수 없게 되었다는 것은 율도린 자신이 가장 확실하게 알고 있었다. 그의 내부는 이미 독기로 포화상태가 되어 있었다. 차라리 독기의 흡수를 멈추지 않는 것이 나았다. 멈추는 순간 그의 몸은 지독한 독성을 감당하지 못하고 대번에 녹아버릴 것이다. 그나마 계속 독을 흡수하는 것이 독성의 폭발을 잠시라도 더 미루는 유일한 방법이었다.

후회는 없었다. 죽음은 처음부터 각오한 바였다. 오히려 만족스러웠다. 삼십 년도 채 살지 못한 그의 일생은 매 순간 자유를 향한 회구로 점철되어 왔다. 한순간을 살더라도 핍박받지 않는 자유를 누리고 싶었다. 그러나 그가 온몸으로 느껴온 진리는, 자유는 결코 저절로 주어지는 것이 아니라 쟁취해야만 한다는 것이다. 반드시 힘이 필요하다는 것이다. 감히 누구도 함부로 간섭하고 핍박할 엄두를 내지 못하게 만드는 힘!

그는 지금 그 힘을 얻기 위한 마지막 도박을 걸고 있었다. 물론 그가 이길 확률은 없는 도박이었다. 도저히 불가능한 일이었다. 그러나 이 마지막 도박의 기회 자체만으로도 그의 일생에 유일하게 찾아온 최대의 행운이었다. 이길 확률이 없다고 해도, 그래서 지금 당장 죽는다고 해도 어떤 핍박도 간섭도 없이 온전히 그의 행운과 의지로 이 도박에, 이 불가능에 도전할 기회를 얻었다는 자체만으로도. 율도린은 차라리 환희에 몸을 떨었다. 지독한 고통과 공포, 그리고 뜨거운 환희가 치열하게 교차하는 중에 그는 차라리 처절한 쾌락을 경험하고 있었다.

철민은 문득 생각했다. 어쩌면, 아니, 결국은 그 또한 율도린과 유사한 삶을 살아온 것이 아닌가 하고. 그러나 만약 그에게도 지금 율도린이 직면하고 있는 것과 같은 상황이 온다면, 그는 과연 율도린과 같은 처절한 선택을 할 수 있을 것인가 하고.

철민은 문득 한 가지 방법을 생각해 냈다. 율도린을 위한.

'기에 정화가 있는 것처럼 독에도 정화가 있지 않을까? 무작정 독을 흡수할 것이 아니라 그 정화만을 흡수한다면? 그러면 괜찮지 않을까? 아무리 지독한 독성을 지닌 독일지라도 그 정화만을 뽑아낸다면 독은 독이되 가장 순수한 독이 되지 않을까?

물론 철민이 그런 자신의 생각에 대해 약간의 일리라도 있으리라고 확신할 수는 없었다. 그가 독에 관해 아는 것은 없었으므로. 다만 왠지 그럴 수도 있을 것만 같았다. 아니, 그 외에는 달리 그가 해볼 수 있는 방법이 없었다. 어쨌든 비록 그 자신은 율도린과 같은 선택을 할 수 없을지라도, 적어도 율도린의 처절함에 대해 최선의 공감은 해주어야 한다는 생각이었다.

철민의 벽은 율도린의 내부로 확장되었다. 그렇더라도 막상 그가 뭘 어떻게 해볼 수 있는 것은 아니었다. 다만 율도린의 내부에 가득 차 있는 독기를 그의 벽으로 조심스레 감쌀 뿐이었다. 철민이 기대하는 건 오로지 구벽외공의 작용뿐이었다.

느낌이 있었다. 우선 벽을 통해 율도린의 몸으로 흡수되는 독기가 걸러지는 흐름이 있었고, 이어 율도린의 내부에 가득 찬 독기에서도 벽 바깥으로 배출되는 흐름이 있었다. 물론 그런 느낌은 다만 철민의 간절한 바람일 뿐이거나, 혹은 그 바람 속에서 이루어지는 상상일 뿐인지도 몰랐다.

11

율도린의 피부색이 빠르게 변하고 있었다. 푸른색에서 검푸른 색으로, 이어 검은색으로, 다시 창백한 백색으로.

샘에서는 갑자기 엄청난 수증기가 폭발적으로 솟아오르더니 이내 급속하게 물이 말라갔다. 그리고 놀랍게도 샘은 빠르게 넓어지고 있었다. 주변의 암반이 아예 녹아내리면서 샘은 잠깐 만에 거의 두 배가량이나 넓어지고 또 깊어진 것이었다.

상군환 등은 수증기를 피해 황급히 절벽의 가장자리 맨 끝까지 물러났다. 다행스러운 것은 수증기의 양이 금방 줄어들다가는 이윽고 완전히 사라졌다는 것이다.

샘은 커다란 구덩이로 화해 있었는데, 바닥은 바짝 말라 버린 채였다. 그 구덩이 속에 율도린과 철민이 앉아 있었다.

지그시 두 눈을 감고 있는 율도린은 알몸으로 화해 있었다. 그러나 그의 나신이 그다지 망측해 보이지는 않았는데, 아마도 그의 피부 때문일 것이다. 그의 피부색은 본래대로 회복되어 있었다. 아니, 사실은 본래대로가 아니었다. 마치 아기와 같이 고운 우윳빛에 은은한 광택까지 어리는 그 피부가 어떻게 투귀 율도린의 원래 피부일 수 있겠는가? 율도린은 마치 전설에서 말하는 탈태환골을 한 것 같았다.

기이하기만 한 율도린의 변화에서 눈을 떼지 못하는 바람에 상군환 등은 이상하다면 사뭇 이상할 또 한 가지의 사실에 대해서는 미처 인지하지 못하였다. 율도린과는 달리 철민의 옷은 아주 멀쩡하기만 하다는 사실에 대해.

철민이 급히 겉옷을 벗어 율도린의 알몸을 가려주었지만, 율도린은 부끄러운 기색 하나 없이 오히려 빙그레 미소를 머금은 채로 몰아지경에만 빠져 있었다. 율도린의 그 미소에 지극한 환희가 녹아 있었다.

第六十八章
이제 우리는 바다로 간다!

몽상가

1

순위	팀	승률	승차
1	드래건스	0.674	—
2	로얄스	0.591	6.5
3	돌핀스	0.589	7.0
4	로키스	0.462	17.5
5	챔피언스	0.446	20.0
6	오리온즈	0.418	23.0
7	내셔널스	0.394	24.5
8	불스	0.390	25.5

8월까지 각 팀은 120여 경기씩을 숨 가쁘게 소화해 냈다.

절대 강자 드래건스의 시즌 1위는 이미 확실해 보였고, 2위와 3위 또한 거의 결정되었다고 해야만 했다.

이제 금년 시즌의 잔여 경기가 9월의 열세 경기만을 남겨놓은 상황에서 야구팬들의 관심은 오히려 4위 자리에 대해서였다. 곧 포스트시즌에 진출할 마지막 한 장의 카드를 놓고 벌어질 치열한 각축전에 대해서였다. 4위부터 8위까지의 승차가 근소하여 그야말로 종이 한 장의 차이밖에 안 되는 것이다.

그런 점에서 불스는 가장 관심을 받고 있는 팀이었다. 8월 한 달간 불스는 스물여섯 경기에서 17승 9패의 전적으로 0.654의 압도적인 승률을 기록하며 누구도 예상하지 못했던 돌풍을 일으키는 중이었다. 비록 여전히 꼴찌이긴 했지만 참으로 놀라운 역주를 거듭하며 7위인 내셔널스에 겨우 한 게임 차로 바짝 따라붙었으며, 나아가 4위인 로키스와의 승차도 여덟 게임에 불과했다.

만약 불스가 9월에도 지금과 같은 파죽지세의 질주를 계속해 나간다면, 만년 꼴찌 불스가 대망의 포스트시즌에 진출하는, 그야말로 기적적인 대역전극도 아주 불가능한 일이라고는 할 수 없을 것이다.

사실상 그런 대반전의 가능성은 희박하다고 해야 했지만, 요즘 불스가 보여주는 놀라운 경기력은 야구팬들로 하여금 그런 회박함에 대한 회구를 오히려 간절하게 만드는 데가 있어서, 불스가 한 경기씩 승리를 쌓아갈 때마다 뜨겁게 환호하지 않을 수 없도록 만들었다.

"왜 이런 일을 만든 거지? 대체 왜?"

이준혁의 목소리에는 잔뜩 억눌린 화가 응축되어 있었다.

그러나 조승태는 묵묵히 이준혁과 눈을 맞추고만 있었다.

그런 조승태에게서 이준혁은 문득 낯설다는 느낌을 받았다. 그리고 그런 느낌은 곧바로 격한 분노로 터져 나오고 말았다.

"너, 뭐야? 네가 뭔데 감히 맘대로 날 가지고 놀아?"

그때 조승태가 문득 반문했다. 나직하고도 차가운 목소리였다.

"나? 내가 누군지 모르나?"

"뭐?"

이준혁이 차라리 당황하고 마는데, 조승태가 입가에다 희미한 미소를 새기며 말했다.

"나, 조승태야!"

그때 이준혁은 그가 가졌던 낯선 느낌의 실체를 비로소 확연하게 깨달을 수 있었다. 조승태였다. 그러나 그가 알던 조승태와는 완전히 다른, 그가 처음으로 보는 조승태였다.

"너?"

"왜?"

미소를 띤 채 불쑥 고개를 들이밀듯이 하며 조승태가 반문했다.

"이 자식이 정말?"

이준혁이 주먹을 움켜쥐었지만 조승태는 오히려 싱글거렸다.

"왜? 치려고? 그 잘난 솜씨로? 기껏 김철민 따위에게 박살난 그 잘난 솜씨로?"

더는 참지 못하고 이준혁이 이윽고 주먹을 날리려는 순간, 조승태는 문득 웃음기를 거두고 차가운 표정이 되며 물었다.

"내가 왜 네게 충성을 바치기로 마음을 먹었었는지 알고 있니?"

그 차가움에, 그리고 지금껏 한 번도 생각해 보지 못했던 질문에 대해 이준혁은 멈칫하고 말았다.

"이준혁! 난 너와는 많이 다른 사람이야. 아주 반듯하고 고급스럽고, 가만히 있어도 빛이 나는 너와는 완전히 다르지. 난 태어날 때부터 지금까지 온갖 더럽고 험하고 독한 것들만 보고 겪으며 생존해 왔어. 그러다 보니 저절로 못나고 삐딱하게 모가 생기게 되더라고. 세상의 반듯하고 정상적인 것들만 보면 괜히 부숴 버리고 싶어지더라고. 그런데 말이야, 나와는 그렇게 다른 네게, 나와는 도저히 어울리지 않는 네게 내가 왜 충성을 바치기로 마음을 먹었고, 지난 몇 년간 정말 진심으로 충성을 바쳐 왔을까?"

조승태는 진지했다.

"그래, 물론 네 외할아버지의 부탁, 아니, 명령을 거역할 수도 없었지. 그러나 말이야, 진짜의 이유는… 네가 완벽해 보였기 때문이야. 온통 결함과 상처와 문제투성이인 나와는 달리 넌 모든 점에서 완벽해 보였어. 너의 그런 완벽성에 한순간 반해 버리고 만 거지. 네 곁에서 너의 그 완벽이 손상되지 않도록, 더욱 완벽해지도록 지켜주고 싶은 욕심이 선뜻 들더라고. 후훗!"

나직이 소리 내어 웃은 다음 조승태는 마치 즐거운 회상이라도 하는 듯이 다시 말을 이었다.

"내가 너의 완벽함 중에서도 가장 좋아했던 게 무언지 알아? 바로 힘이야. 네 배경에서 나오는 힘 말고 네 스스로의 육체가 지닌 강함 말이야. 적어도 양지(陽地)에서 붙는 일대일의 정식 대결에서라면 누구에게도 패하지 않을 강한 주먹을 넌 가지고 있었어. 그건 내가 가지지 못한 종류의 강함이었고, 그렇기에 정말 멋지게 보였지. 마치 이 시대의 마지막 낭만처럼 말이야. 그런데⋯ 그런데 말이야!"

조승태의 목소리가 갑자기 격앙되었다.

"어이없게도 넌⋯ 겨우 그따위 형편없는 놈에게 깨지고 말았어! 그 순간 너의 완벽도 깨지고 만 거야! 형편없이 추락하고 만 거야! 어떻게, 어떻게 그럴 수가 있니?"

이준혁은 그때까지도 꽉 움켜쥐고 있던 주먹을 스르르 풀어 버렸다. 당황스러웠다. 그러다 한순간 차라리 허탈해지고 말았다.

조승태가 차갑게 웃으며 다시 말을 이었다.

"내가 너와는 완전히 다른 사람이라고 했지? 우선 난 절대로 지지 않아! 물론 내가 싸우는 방식은 역시 너와는 완전히 다른 것이지만, 어쨌든 일단 싸움을 시작했다면 그 누구에게도 절대로 지지 않아! 반드시 이기고 말지! 그리고 말이야, 난 내가 한번 하고자 한 것에 대해서는 기필코, 철저하게 결과를 내야만 직성이 풀리는 성격이야!"

그러더니 조승태는 갑자기 문 쪽을 돌아보며 나직이 외쳤다.

"들어와!"

문이 열리며 우르르 들어온 것은 우람한 덩치의 사내 네 명이었다.

이준혁이 잠깐 당황하였으나, 이내 어이없어하며 말했다.

"조승태! 지금 뭘 하겠다는 거야?"

"이게 바로 내가 싸우는 방식이야! 그리고 나를 실망시키고 화나게 한 너에 대해 내가 결정한 벌이지!"

빙글거리며 말한 조승태가 사내들에게 턱짓으로 명령했다.

"부숴 버려!"

이준혁이 침착하게 방어 태세를 취할 때, 등 뒤에 감추고 있던 일 미터 길이의 쇠파이프를 꺼내 들며 사내들이 일제히 덤벼들었다. 사내들은 무지막지했다. 정말로 죽이고 말 듯이 사정없이 쇠파이프를 휘둘렀다.

붕!

머리를 내려쳐 오는 쇠파이프를 이준혁이 허리를 젖혀 간신히 피해냈다. 그러나 동시에 온몸을 노리고 날아드는 다른 세 개의 쇠파이프를 다 피해낼 수는 없었다.

딱!

정강이에 가해지는 격한 충격과 뒤따르는 참혹한 고통에,

"악!"

외마디 비명을 내지른 이준혁은 그대로 바닥으로 뒹굴고 말았다. 그런 이준혁의 위로 쇠파이프들이 사정없이 떨어졌다.

퍽! 퍽! 퍽! 퍽!

네 명의 사내는 정말로 이준혁을 부숴 버리려는 듯이 사정없이 내려쳤다. 이준혁은 입만 딱딱 벌릴 뿐 비명도 제대로 지르지 못하였다. 그는 이미 피투성이가 되었고, 이내 정신을 잃고 축 늘어지고 말았다.

"그만!"

조승태가 사내들을 멈추게 하더니 쇠파이프 하나를 건네받아서는 이준혁의 머리를 툭툭 건드렸다.

"크으으~!"

이준혁이 언뜻 정신을 차렸다.

"아프냐?"

나직이 가라앉은 소리에 이준혁은 간신히 목을 가누고 위를 올려다보았다. 조승태가 희미하게 웃는 얼굴로 그를 내려다보고 있었다.

이준혁이 이를 악물고 물었다.

"대체… 왜 이렇게까지 하는 거지?"

조승태는 잠시 묵묵하게 내려다보고 있다가 이마를 찡그리며 말했다.

"이미 말했잖아? 이건 결코 내가 바란 게 아니라고! 난 너를 진정으로 인정했었고, 널 위해, 너의 완벽을 위해 언제까지라도 계속 충성을 바칠 생각이었다고! 이건 나의 잘못이 아니라, 어디까지나 너 스스로의 완벽성을, 나의 충성의 이유가 되었던 그것을 지키지 못한 너의 잘못 때문이라고!"

말을 멈추고 다시 잠시간 이준혁을 내려다보던 조승태가 문득 안쓰럽다는 표정으로 말을 이었다.

"부러지고 터진 상처야 병원에 가서 치료를 받으면 될 거다. 그러나 네가 오늘 맛본 고통과 공포는 아마 죽을 때까지 잊히지 않을 거다. 만약 나라면, 못나고 삐딱하게 모가 난 나라면, 그 고통과 공포의 기억을 처절하게 곱씹으며 복수를 노리겠지만, 넌… 반듯하고 고급스럽고 폼 나는 인생만 살아온 넌 아마 그렇게는 못하겠지? 오늘 이 기억으로 인해 감히 다시는 주먹을 쓸 용기조차 내지 못하겠지? 안 그래?"

이준혁이 저도 모르게 부르르 치를 떨고 마는데, 조승태가 빙긋 웃으며 다시 물었다.

"그거 아니? 네 외할아버지가 나 같은 놈을 굳이 네 곁에다 박아두려고 했던 이유가 바로 그런 데 있었다는 거?"

이준혁이 노려보고만 있자, 조승태는 다시금 빙긋 웃음을 짓고 나서 말을 계속했다.

"그 양반이 신처럼 군림하고 있는 세계가 있다는 건 너도 물론 알고 있겠지? 그 양반은 나를 통해 네가 그쪽 세계를 천천히 알아가기를 바랐던 거야. 내가 그 세계에 대해 너무도 잘 알고, 무엇보다도 가장 잘 어울리는 사람이란 걸 아는 때문이지. 그러나 그 양반도 손자인 너에 대해서는 정작 제대로 알지를 못했던 거야. 내가 이 몇 년간 그랬던 것처럼 말이지. 넌 그냥 멋지고 잘난 귀공자로서 가끔씩 폼이나 잡아가며 살아야 하는 운명이지, 그 양반이나 내가 사는 세계와는 근본적으로 어울리지 않는다는 사실을 몰랐던 거야. 아니, 아니지! 어쩌면 그 양반은 그런 사실을 이미 알고 있었기에 날 네 곁에 박아둔 건지도 모르겠군. 네가 나에게 어느 정도라도 물이 들기를 기대하면서 말이야. 그러나 그런 기대는 역시 욕심이었을 뿐이야. 처음부터 안 부렸으면 좋았을 욕심! 지금의 이런 결과가 말해주잖아. 안 그래?”

조승태의 입가에 머물러 있던 웃음이 문득 차갑게 변했다.

“사실은 말이다. 만약 나의 실망감과 분노를 풀 대상이 따로 있지 않았다면, 결코 이 정도로 널 용서하지는 않았을 거야. 그러나 어쨌든 그동안 함께했던 정으로 네게 마지막으로 베푸는 성의라 치고, 다 좋게, 그냥 좋은 공부했다고 생각해라. 최소한 네가 사는 세계와 내가 사는 세계가 얼마나 다른지는 제대로 알게 되었잖아? 그러니까 그냥 지금처럼 살아라. 뭐 하나 부족한 것 없이 평생 즐기며 살 수 있는 팔자도 드물지 않겠어? 뭔 말인지 알아듣겠지?”

조승태의 그 말에서 이준혁은 퍼뜩 떠오르는 것이 있었다.

"또다시 김철민을 괴롭히려는 건가?"

조승태가 피식 웃으며,

."괴롭혀?"

반문하더니 다시 나직이 소리 내어 웃으며 말했다.

"하하하! 괴롭히는 정도론 안 되지! 난 그놈에게 정말로 화가 나거든? 도저히 통제할 수 없을 만큼 말이야."

"그가 대체 네게 무슨 짓을 했다고?"

"그러게? 놈이 감히 내 예상과 통제에서 벗어나 버렸기 때문이랄까? 뭐, 그런 건 이제 중요하지 않아. 중요한 건 내가 정말로 화가 났다는 거야. 난 화가 풀릴 때까지 놈을 쥐어짜 줄 작정이야. 그래도 화가 풀리지 않으면 놈을 아예 죽여 버릴지도 몰라."

순간 이준혁은 조승태에게서 집착을 보았다. 잔인과 잔혹의 느낌마저 풍기는, 마치 광기와도 같은 지독한 집착.

그리고 문득 지금의 이런 모습이야말로 숨겨져 있던 조승태의 본색일지도 모른다는 생각을 떠올리고 이준혁은 섬뜩하게 엄습해 드는 두려움에 새삼 부르르 치를 떨고 말았다.

그런 이준혁을 한동안 무표정하게 지켜보고 있다가 조승태는 문득 몸을 돌려서 방을 나가 버렸다. 그의 뒤를 사내들이 급하게 따라 나갔다.

3

이준혁은 그대로 바닥에 누워 있었다. 온몸에서 지독한 고통이 계속되고 있었으나, 굳이 소리쳐 도움을 요청할 의욕은 생기지 않았다. 그러고 보면 그에 대한 조승태의 판단은 아주 정확한 것 같았다. 그가 만들어준 이 지독한 통증이 가시기도 전에 그는 벌써 복수를 포기하고 있었으니 말이다.

그랬다. 그는 자신이 주기적으로 비공개 격투 경기를 하는 것에 대해, 그의 외조부로부터 전해졌을 유전자가 지닌 파괴에 대한 열망의 본능 같은 것 때문이라고 생각했다. 그러나 그 것을 외조부처럼 비정과 잔인과 지저분한 피 흘림의 폭력으로 풀 수는 없기에 대신 스포츠로써 그 강력한 욕구를 건전하게 발산하는 것이라고 생각했다. 그러나 이제는 확연해졌다, 그 것이 잘못된 생각임이.

그의 외조부의 유전자는 그에게 전해지지 않았다. 전혀. 그 유전자는 차라리 조승태에게 전해진 것 같았다. 생물학적인 인자를 따지기 이전에 그들 두 사람이 완벽히 같은 종류의 속성을 지닌 것으로 보인다는 점에서. 적어도 그 두 사람은 같은 세계의 사람들이었다. 그리고 그들의 세계는 그가 사는 세계와는 완전히 다른 곳이었다.

누구에게도 알릴 필요는 없었다. 그 혼자서 모든 걸 감당하고 또 감수하면 될 일이었다. 다른 세계에 사는 그들과 마주치지지만 않으면 될 일이었다. 앞으로 그의 세계에만 충실하면 될 일이었다.

4

9월 들어 각 팀의 막바지 순위 다툼은 그야말로 치열의 극을 달리고 있었다. 4위 자리를 놓고 다투는 4~8위의 다섯 팀이 매 경기마다 사력을 다한 총력전을 펼치는 것은 당연했지만, 사실상 1~3위 자리를 이미 굳힌 팀들 또한 각자의 치밀한 포스트시즌 전략 구상에 따라 특정 하위 팀을 철저히 견제하고 있었다.

그런 중에 불스는 파죽지세의 연승 가도를 달리고 있었다. 그야말로 마지막 불꽃을 거세게 피워 올리는 중이었다. 불스가 내셔널스를 제치고 7위로 올라서자 야구팬들의 반응은 '이거 정말로 사고 치려나 본데?' 하는 것으로 되었고, 다시 오리온즈를 누르고 6위로 뛰어오르자 마침내 야구계 전체가 흥분하기 시작했다.

[불스는 지금 크레이지 모드(Mode)다!]

언론 매체들이 하나같이 그런 분위기에 편승했고, 인터뷰마저도 귀찮아하는 '배짱이 감독' 대신 인터뷰에 나선 불스의 박태성 코치는,

"불스의 전력으로 요즘 같은 연승을 이어간다는 것이 나도 이해가 안 간다! 믿어지지 않는다! 아마도 우리는 미친 모양이다!"

라는 말로 요즘 자신들이 만들어내고 있는 놀라운 승리에 대해 정의했다.

그러나 야구전문가들의 냉정한 평가에서는, 불스가 정말로 4위까지 치고 나가 대망의 포스트시즌에 진출할 것이라고 보는 전망은 아직까지는 극히 드물었다. 즉, 불스가 자력으로 4강에 들려면 앞으로 얼마 남지 않은 잔여 경기에서 전승 무패의 성적을 거두어야만 한다는 계산이고 보면, 그야말로 불가능이라고 할 수밖에 없기 때문이었다.

그렇더라도 불가능을 향해, 치르는 매 경기가 그대로 마지막이 될 수도 있는 치열하고도 간절한 상황을 한 걸음 한 걸음 헤쳐 나가고 있는 불스에 대해 야구팬들의 응원은 그야말로 열광적으로 되어갔다. 불스의 경기는 홈과 원정을 가리지 않고 매진 사례를 이루었고, 경기 전후에 몰려드는 팬들로 인해 불스 선수들은 버스에 타고 내리기조차 힘들 지경이었다. 불스의 인기는 그야말로 절정으로 치닫고 있는 중이었다.

5

불스는 불가능을 향한 그들의 간절한 불씨를 끝내 마지막 순간까지 살려냈다. 그들에게 주어진 시즌 종료까지의 잔여 경기 13경기 중 12경기를 그야말로 미친 듯한 전승으로 치달린 것이다.

마지막 한 경기를 남겨둔 불스의 현재 순위는 5위였다. 그러나 하루 먼저 시즌을 종료한 4위 로키스와의 승차는 고작 0.5게임이었다. 결국 마지막 남은 한 경기의 승패에 따라 대망의 포스트시즌 진출 여부가 결정되는 것이다.

더욱 극적인 것은 그 마지막 경기의 상대가 하필이면 드래건스라는 점이었다. 이미 시즌 1위로 코리안시리즈(KS)의 진출이 확정된 드래건스로서는 숙적 내지는 천적의 이미지를 굳히고 있는 불스의 포스트시즌 진출을 어떻게 하든 막으려 할 것이기에, 그들의 마지막 한 판이 얼마만큼 치열하리라는 것은 확연히 예상되고 있었다.

또한 그 치열한 한판에서 결국 불스가 이겨 포스트시즌에 진출하고, 내쳐 준PO와 PO를 거쳐 마침내 KS에서 다시 드래건스를 만난다면? 그때의 승부는 또 얼마나 극적일 것인가? 벌써부터 그런 시나리오를 그리며 팬들의 가슴은 걷잡을 수 없이 요동치고 마는 것이었다.

6

불스의 홈구장에서 벌어지는 드래건스와의 시즌 마지막 경기는 마치 코리안시리즈의 마지막 7차전을 보는 듯했다.

1회.

드래건스는 부동의 에이스 페드로를 선발로 냈으나, 불스는 당연히 예상되었던 김승완 대신 채병두를 선발로 냈다.

투수들의 호투 속에 양 팀은 점수 없이 스코어 0—0을 기록했다.

2회 초, 드래건스 공격.

드래건스는 포볼 하나와 안타 두 개를 묶어 가볍게 선취 득점을 올렸다. 스코어 1—0.

2회 말, 불스 공격.

4번 타자 강대웅을 맞아 페드로의 투구 패턴은 확연한 변화를 보였다. 1회에 정면승부로 1~3번 타자를 간단히 처리하던 것과는 다르게 철저히 코너를 찌르는 공과 유인구로 일관함으로써, 타자의 배트가 따라 나오면 삼진이나 땅볼로 잡고, 안 나오면 포볼로 내보내도 좋다는 의도를 숨기지 않았다.

사실 불스에 비해 확실한 비교 우위의 최강 전력을 자부하는 드래건스이지만, 4번 강대웅에서부터 5번 최준덕, 6번 철민으로 이어지는 불스 타선의 가공할 파괴력에 대해서만큼은 두려움을 가지지 않을 수 없었다.

드래건스의 성백호 감독은 오늘 배터리에게 불스의 4, 5, 6번 타선에 대해서는 되도록 피해가라는 지침과 함께, 대신 그 외의 타자들과는 철저히 정면승부로 아웃카운터를 잡을 것을 미리 요구해 놓고 있었다.

결국 강대웅은 차분히 공만 지켜보다가 1루로 걸어나갔다. 무사 1루.

5번 타자 최준덕은 좀 욕심을 부렸다. 볼 카운트 1—3에서 인코스 높은 쪽으로 들어오는 직구를 잡아당겨 우익수 쪽으로

높이 띄웠으나 파울 지역에서 잡혀 플라이아웃으로 물러나고
말았다. 1사 주자 1루.

“공~ 신~!”

“공~ 신~!”

6번 타자 철민이 타석에 들어서자 1루 측의 관중들이 일제
히 외치기 시작했다. 그새 바뀐 철민의 별명이었다. 사실 요즘
들어 철민의 타격은 가히 절정에 올랐다고 할 수 있어서, 팬들
이 그의 별명을 공파에서 다시 공신(恐神)으로 격상시킨 것이
었다.

철민에게는 1구부터 확연히 빠지는 볼이 들어왔다.

“우~ 우~ 우~!”

공신의 호쾌한 타격을 기대하는 관중들의 야유가 지진파처
럼 퍼져 나갔으나, 철민은 결국 스트레이트 포볼로 1루를 향해
걸어나갔다. 1사 주자 1, 2루.

7번 타자 손강호를 맞아 페드로의 공은 다시 원래의 압도적
구위를 발휘했다. 볼 카운트 0－2로 몰린 손강호는 3구째 바깥
쪽으로 휘어져 나가는 슬라이더에 배트가 따라 나갔다.

텅!

설 건드린 공이 3루수 머리 위로 높이 뜨고 말았다.

그런데 그때였다. 2루 주자 강대웅이 타구도 보지 않고 스
타트를 끊어버렸다.

당장에 주루 코치들이 난리가 났다. 3루의 박태성 코치는
양팔을 크게 가로저으며 강대웅에게 돌아가라는 다급한 신호

를 보냈다. 그러나 강대웅이 땅만 보고서 죽자고 내달리는데다, 그 거구에 이미 가속이 붙은 이상 되돌아가기에는 늦었다고 판단했던지 박 코치의 오른팔이 이내 풍차처럼 돌았다.

철민이 1루를 조금 벗어난 지점에서 안절부절못하고 있는데 등 뒤에서 유승곤 코치의 고함이 터졌다.

"뛰어!"

철민은 곧바로 내달리기 시작했다. 어차피 더블 아웃이면 이닝이 끝나 버리는 상황이었다.

그런데 그때 막 플라이 볼을 캐치하던 드래건스 3루수의 시선이 찰나 공에서 벗어났다.

쿵! 쿵! 쿵! 쿵!

조금의 과장을 보태면 지축을 흔들 듯이 거칠게 달려드는 강대웅의 저돌적인 기세 때문이었을까? 글러브에 들어갔던 공이 되튕겨 나오며 그라운드로 떨어지고 말았다.

3루수가 허둥지둥 공을 집어 들었을 때 강대웅은 이미 두어 걸음이나 그를 지나치고 있었다. 그러나 쉽게 처리하리라고 철석같이 믿었던 탓인지 누구도 3루 백업을 들어가 있지 않았으므로 3루수는 곧바로 1루 주자를 보았다. 1루 주자의 출발은 한 타이밍 느렸고, 게다가 타자 주자의 발은 느렸다. 아직도 더블플레이의 기회는 살아 있다고 판단한 그는 1루 대신 2루를 향해 급하게 공을 뿌렸다.

베이스까지 근 오 미터나 남겨놓은 지점에서 철민은 그대로 몸을 날렸다. 처음 해보는 헤드퍼스트 슬라이딩이었다. 바로

곁에서 지켜보던 2루심(審)의 어깨가 일순 위로 움찔했지만,
이내 양팔을 옆으로 뻗었다.

"세잎!"

그때 3루에서는 새로운 상황이 진행 중이었다. 3루 베이스
를 돈 강대웅이 멈추지 못하고 그대로 홈을 향해 질주하고 있
었다. 최고점에 올라 버린 거구의 관성력이 문제였다.

"멈춰!"

박태성 코치가 돌진하는 강대웅을 따라 뛰면서 고래고래 소
리를 질러댔으나, 두어 번 주춤거리던 강대웅은 이내 멈추기
를 포기한 듯이 그대로 홈을 향해 냅다 달려가 버렸다.

드래건스 포수가 홈 베이스를 완벽히 블로킹한 채로 2루수
가 던진 공을 막 포구하려는 순간, 강대웅의 거구가 전속력으
로 홈을 향해 돌진했다.

퍽!

둔탁한 소리와 함께 포수와 강대웅이 한데 뒤엉켰다. 주심
의 눈이 날카롭게 빛났다. 그리고는 크게 모션을 취하며 소리
쳤다.

"세잎!"

1-1 동점. 1사 주자 2, 3루 상황에서 불스는 이종찬을 대타
로 내세웠다.

이종찬은 철저히 인코스를 노렸다. 외야플라이로 1점만 추
가하면 분위기를 완전히 불스 쪽으로 끌고 올 수 있는 절호의
기회였다.

잘 던지고도 연이어 위기를 맞았지만, 페드로는 침착함을 잃지 않고 전력투구로 150키로 중반대의 강속구 두 개를 연이어 스트라이크 존에다 꽂아 넣었다. 볼 카운트 0-2.

제3구째 인코스 높은 쪽으로 파고드는 속구. 이종찬의 방망이가 힘차게 돌았다.

딱!

경쾌한 소리와 함께 타구가 쭉 뻗어나갔다. 그러나 역시 이종찬의 배팅 스피드는 페드로의 구위에 밀리는 감이 있었고, 타구는 외야 깊은 곳까지 뻗어가지 못하고 2루수와 우익수의 중간쯤에 높이 뜨고 말았다.

철민은 3루 베이스를 가볍게 밟은 채 초조하게 기다리고 있었다.

"안 돼! 안 된다! 얄다! 뛰면 안 된다! 생각도 하지 마!"

바로 옆으로 붙어선 박태성 코치가 주문처럼 중얼거렸다.

그러나 철민은 자신이 있었다, 이상하게도.

앞으로 달려나온 드래건스 우익수가 플라이 볼을 포구하는 순간, 철민은 베이스를 박차며 전력으로 홈을 향해 달려갔다.

그러나 공은 다소간 여유있게 홈으로 중계되었고, 철민이 홈 가까이에 이르렀을 때는 벌써 공을 받은 포수가 그를 터치하려고 기다리는 상황이었다.

그렇더라도 철민은 속도를 멈추지 않았다. 그리고 슬라이딩을 할 것도 없이 그대로 홈으로 달려들었다.

쾅!

철민과 포수의 정면충돌에서는 벼락 치는 소리가 났다. 그러나 허공에 붕 떠서 뒤로 튕겨 나가 버린 것은 철민이 아니었다. 오히려 거구에다 중장비까지 갖춰 입은 포수였다.

넓은 야구장에는 짧은 정적이 지나고 있었다. 그러나 이내 관중석에서는 폭발적인 함성이 일었다.

"와~!"

"와아~!"

곧바로 드래건스의 성백호 감독이 달려나와 주심을 향해 거칠게 항의했고, 주심은 루심들을 불러 모았다.

심판들이 협의를 거치는 동안 관중들의 함성은 점점 거세지고 있었다.

"세잎~!"

"세잎~!"

"세잎~!"

그것은 마치 기이한 주문과도 같이 온 구장에 물결쳤고, 다시 하늘 높이까지 메아리쳤다.

이윽고 주심의 최종 판결이 내려졌다.

"세이프!"

순간 관중들의 환호가 마치 경기장을 무너뜨려 버릴 듯이 드높아졌다.

"와아~!"

"와아아~!"

이종찬은 곧장 철민에게로 달려갔다. 그의 인상은 험악하게 일그러져서 마치 한 대 치기라도 할 듯한 기세였다. 그가 와락 철민을 끌어안으며 외쳤다.

"야! 김 팀장! 나 심장마비 오는 줄 알았다!"

1-2로 역전당한 드래건스는 결국 투수를 교체했다. 부동의 에이스를 2회도 끝내지 못한 시점에서 가차없이 내려 버린 것이다. 다른 때 같았으면, '두 성질'의 별명대로 마운드에 글러브라도 패대기쳤을 페드로였지만, 지금은 그저 묵묵히 마운드를 내려갔다.

덕 아웃에서 동료들의 하이파이브를 받는 중에 강판당하는 페드로를 보고 철민은 문득 미안한 느낌이었다. 그러나 그는 이내 고개를 흔들고 말았다. 그 미안함이 불쑥 떠오른 '벽'이라는 상상으로부터 비롯된 것이기 때문이었다. 좀 전 그가 포수와 충돌하는 순간 '벽'이 만들어졌다는, 그야말로 황당하기그지없는 상상!

경기는 어느덧 6회를 넘기고 있었다. 러닝 스코어는 8-4. 재역전을 거쳐 드래건스가 4점 차로 앞서고 있는 중이었다.

이닝이 더해갈수록 양 팀 투수력의 차이는 현저해졌다. 불스가 시즌 중 운용했던 3인 1조의 투수 시스템을 그대로 지켜 채병두에 이어 김진호, 장근익으로 6회까지를 버텨온 데 비해, 드래건스는 2회 초 페드로를 강판시킨 뒤 시즌 중의 선발자원들만으로 마운드를 운용하고 있었다.

타 팀에 보내면 능히 완투펀치 역할을 해낼 정도로 강력한 드래건스의 선발투수들이 기껏 1회, 길어도 2회를 맡는다는 각오로 전력투구를 하는데다, 더욱이 불스의 4, 5, 6번 타순에 대해서는 웬만하면 피해가는 작전을 계속해서 구사했으니, 불스는 줄곧 끌려가고만 있었다.

다만 그런 중에도 손강호만큼은 오늘 제대로 빛을 발하고 있었으니, 6회까지 불스가 올린 4점이 거의 다 그에 의해 만들어진 점수였다. 거의 모든 찬스가 7번 타순인 그에게로 몰리는 상황에서 2회에는 상대의 수비 실책으로 출루해서 2득점의 계기를 만들었고, 4회에 텍사스성 안타로 1타점, 다시 6회에는 빗맞은 행운의 안타로 1타점을 올린 것이다. 이종찬의 말대로 오늘은 손강호가 미치는 날이었다.

7회 초, 드래건스 공격.
불스는 더블마무리 중 임희건을 마운드에 올렸고, 그는 다소간 위태로웠지만 어쨌든 실점없이 한 이닝을 잘 막아냈다.

8회 초, 드래건스 공격.
불스의 더블마무리 중 이대헌이 마운드에 오르는 걸 보고는, 시종 여유있는 모습이던 드래건스의 덕 아웃에서도 잠깐 의아해하는 기운이 돌았다.
'지금 이대헌을 쓴다는 것은 기껏 아껴놓았던 에이스 김승완을 9회에나 마운드에 올리겠다는 것인데, 지금의 스코어가 동점이나 1점 차라면 또 몰라도 4점이나 차이가 나는 상황에서 연장전을 노릴 것도 아니지 않은가?

잠시 고개를 갸웃거린 성백호 감독은 마무리 송근우에게 몸을 풀 것을 지시했다. 드래건스의 강력한 계투진이 고스란히 남아 있었지만 조금이라도 여지를 남길 필요는 없었다.

이대헌은 빼어난 제구력을 발휘하며 삼자범퇴로 깔끔하게 이닝을 마무리했다.

9회 초, 드래건스 공격.

불스의 마운드에는 드디어 김승완이 올라왔다.

김승완이 드래건스의 중심 타선을 연속 삼진과 땅볼로 간단히 틀어막는 것을 보고 관중석에서는 환호와 함께 일각에서는 '왜 진작 올리지 않았느냐?'는 아쉬움의 탄식을 쏟아내기도 했다.

9회 말, 불스의 정규 이닝 마지막 공격.

드래건스의 마운드엔 명실공히 리그 최고의 마무리인 송근우가 올라왔고, 불스의 타순은 다시 1번부터 시작되었다.

1번 타자 이용두는 눈빛을 빛내며 그 자그마한 체구를 최대한 타석 안쪽으로 붙여 세웠다.

송근우의 초구는 위협성으로 인코스에 바짝 붙이는 공이었으나, 이용두는 그대로 배트를 가져다 대었다. 기습 번트였다. 절묘하게 1루 선상을 따라 흐르는 공을 투수도, 1루수도 어떻게 해볼 수가 없었다. 무사 1루.

2번 타자 이형철 역시 짧게 배트를 잡은 채 타석 안쪽으로 바짝 붙어 섰다.

부지런히 1루를 들락거리는 이용두에게 몇 개의 견제구를 던진 뒤 송근우는 의표를 찌르는 슬로 커브에 이어 한가운데에 꽂히는 불같은 강속구로 간단히 투 스트라이크를 잡아냈다.

그러나 이어진 세 개의 절묘한 유인구를 이형철은 아슬아슬하게 골라내고, 혹은 커트를 해냄으로써 결국 2―3 풀 카운트까지 끌고 갔고, 그 중간에 1루의 이용두는 2루를 훔치는 데 성공했다.

제10구째. 한가운데로 들어오는 직구에 대해 이형철의 배트가 짧은 원을 그리며 나갔다. 그러나 스트라이크 존 직전에서 공은 원 바운드 성으로 급격히 떨어졌고, 이형철의 배트는 힘없이 체크스윙을 하고 말았다.

"스트~ 라이크!"

주심의 힘찬 선언에 이형철은 고개를 푹 숙였다. 그러나 바로 다음 순간 그는 냅다 1루를 향해 달리기 시작했다. 원 바운드 된 공을 포수가 뒤로 빠뜨리면서 '스트라이크 아웃 낫 아웃(Strike out―Not out)' 상황이 된 것이다.

포수가 재빨리 공을 낚아챘으나, 먼저 2루 주자부터 견제하고 나서 1루로 공을 뿌리는 사이에 이형철은 헤드슬라이딩으로 1루를 쓸고 지나갔다.

세이브! 그야말로 몸을 사리지 않은 플레이였다. 무사 1, 2루.

　3번 이종찬 또한 타석의 안쪽으로 바짝 붙어 섰으나, 송근우는 그에 대해 철저히 바깥쪽으로만 승부를 했다. 그리고 바깥쪽 직구와 휘어져 나가는 슬라이드. 그 두 구질만으로도 이종찬의 스윙 스피드를 압도하는 데는 충분했다.

　볼 카운트 2-1으로 몰린 상태에서 다시 바깥쪽으로 꽂히는 빠른 직구에 이종찬의 배트가 나갔으나, 제대로 힘을 싣지는 못했다. 타구는 내야를 벗어나지 못한 채 유격수 플라이로 잡히고 말았다.

　고개를 푹 숙이고 덕 아웃을 향해 돌아오던 이종찬은 툭 자신의 엉덩이를 치고 타석으로 나가는 강대웅에 대해 확 인상을 썼다. 그러나 강대웅의 얼굴에 그려진 미소에서 순수한 위로를 보았기에 이내 환하게 웃고 말았다. 웃는 얼굴로 돌아오는 그에게 덕 아웃의 선수들이 저마다 손을 내밀어주었다.

　성백호 감독은 가볍게 안도의 한숨을 내쉬었다. 1사 주자 1, 2루. 급한 불은 껐으니 이제 4, 5, 6번으로 연결되는 불스의 강타선에 대해 한결 여유를 가질 수 있게 된 것이다. 이미 지시를 내려놓은 바이지만, 그는 다시 한 번 배터리에게 사인을 보냈다.

　4번 타자 강대웅은 예상대로 포볼로 1루 베이스를 밟았다. 1사 주자 만루. 그리고 그는 대주자로 교체되었다.

　5번 타자 최준덕은 비교적 장단점이 뚜렷한 타자다. 당겨 치는 데는 타고난 소질이 있었으나, 반면에 바깥쪽 꽉 차는 공에는 아무래도 약점이 있었다. 그럼으로써 평상시에도 그는 타석의 안쪽으로 치우쳐 자리를 잡곤 하였는데, 오늘은 아예 극단적으로 타석 안쪽으로 붙어서 있었다. 그러다 보니 그의 거구는 마치 스트라이크 존을 반이나 침범하고 있는 듯이 보였다.

송근우는 칠 테면 치라는 듯이 인코스로만 공을 뿌렸다. 최준덕이 아무리 인코스에 강하다고 해도 그런 극단적인 타격 위치에서는 인코스로 꽉 차게 들어가는 공을 쳐낼 수 없다는 배터리의 판단이었다.

과연 꽉 찬 인코스 높은 존에서 공 한 개를 넣었다 뺐다 하는 볼 배합에 대해 최준덕은 제대로 대응하지를 못했다. 그렇더라도 인코스에 대한 그의 적응력은 대단해서, 투 스트라이크 이후의 비슷한 공에 대해서는 벌써 몇 개째 감각적인 커트를 해냄으로써 볼 카운트를 2—3까지 끌고 갔다.

제8구째. 포수의 사인에서 새끼손가락이 펴지는 것을 보고 송근우는 가볍게 호흡을 가다듬었다.

팡!

아웃코스 낮은 쪽 존을 아슬아슬하게 걸치고 들어오는 직구에 대해 주심의 어깨가 순간 움찔하였다.

그러나 최준덕은 천천히 배트를 내려놓았다. 그리고 잡아먹을 듯이 주심을 노려보고는 성큼성큼 1루를 향해 걸어갔다. 최준덕의 그런 모습에서 어떤 위압을 느꼈던 것일까? 허리춤까지 들어 올린 채 멈칫거리던 주심의 오른손이 슬그머니 허리 아래 원래의 위치로 돌아갔다.

조금은 어정쩡해 보인 주심의 볼 판정에 대해 배터리가 아예 팔짝팔짝 뛰었고, 곧바로 드래건스 덕 아웃에서 성백호 감독이 달려나와 주심과 어깨를 부딪쳐 가며 거칠게 항의했다. 그러나 주심은 전혀 판정을 번복할 기세가 아니었고, 더욱이 불스 홈 관중들의 거센 야유가 불길처럼 거세게 일어났기에 성백호 감독으로서도 길게 끌지는 못하고 적당한 선에서 덕 아웃으로 돌아갈 수밖에 없었다.

불스의 밀어내기 한 점 추가로 스코어는 8—5로 되었고, 1사 만루의 상황은 그대로 이어졌다.

그리고 타석에 들어선 6번 타자 철민에 대해 드래건스 코치진에서는 1점을 더 주고 철민을 거르자는 의견이 지배적이었다. 8—6에서 그다음의 하위 타선과 승부를 보자는 것이었고, 극단적으로 8—8 동점 상황으로까지 간다고 하더라도 양 팀의 투수 여력으로 볼 때 드래건스가 절대 유리하다는 판단이었다.

그러나 잠시의 고민 끝에 성백호 감독은 고개를 흔들었다.

'되는 놈은 못 말린다!'

타석에 들어서는 손강호에 대한 찜찜함 때문이었다. 오늘 그에게 연이어지고 있는 행운에 대해.

그리고 무엇보다도 잇달아 두 번이나 밀어내기로 점수를 헌납한다는 것에 대해 성백호 감독은 도저히 용납되지가 않았다. 그렇게 해서 이긴다고 하더라도 그와 드래건스의 자존심은 무너지고 말 것이었다. 결국 그는 배터리에게 철민과의 승부를 지시했다.

2—2의 팽팽한 볼 카운터에서 제11구째.

한가운데로 들어오는 직구에 대해 철민의 배트가 힘차게 출발을 하였다. 그러나 바로 눈앞에서 공은 종으로 뚝 떨어지고 말았다. 포크성 볼이었다. 그런데 헛 스윙으로 끝나고 말 바로 그 순간, 철민의 배트가 미미하게 멈칫거리는 듯하더니 곧바로 유연하게 공의 궤적을 따라가더니 낮은 포인트에서 걸어 올리듯이 공을 때려냈다.

딱!

경쾌한 소리와 함께 하얀 공이 허공에 장쾌한 포물선을 그리며 쭉쭉 뻗어나갔다.

"우와아아~!"

터질 듯한 관중들의 함성이 경기장을 뚫고 끝없이 퍼져 나가 하늘에까지 닿았다.

홈런! 만루 홈런이었다. 만년 꼴찌 불스를 대망의 포스트시즌에 올려놓는 기적의 만루 홈런이었다. 불가능의 기적은 정말로 일어나고야 말았다.

불스 선수들이 일제히 그라운드로 뛰쳐나갔다. 주자들이 속속 들어오고 이윽고 철민이 홈을 밟는 순간 선수들은 일제히 달려들었고, 그대로 한 덩어리가 되어 얼싸안고 펄쩍펄쩍 그라운드를 뛰어다녔다. 만석의 관중들도 선수들과 하나가 되어 격한 감동의 물결을 이루었다.

경기장이 온통 감동과 환희의 도가니인 속에서 장동국 감독만은 예외인 듯이 홀로 덕 아웃에 앉아 있었다. 모자를 푹 눌러쓴 채 고개를 숙이고 의자에 몸을 파묻듯이 움츠리고 앉아 있는 그는 주위의 뜨거운 분위기와는 전혀 관계없다는 듯하였고, 어찌 보자니 졸고 있는 듯이 보이기도 하였다. 이 뜨거운 순간마저도 '배짱이 감독'의 진면모를 여실히 보여주기라도 하겠다는 듯이.

박태성 코치와 유승곤 코치, 그리고 선수 몇몇이 덕 아웃으로 뛰어들어 갔다.

"감독님! 일어나십시오! 게임 끝났습니다! 우리가 이겼다고요! 우리가 4강이라고요! 우리가 포스트시즌에 진출했다고요!"

관중들의 함성을 이기려 장 감독의 귀 가까이에 대고 고함을 지르는 박태성 코치의 얼굴에는 주체할 수 없는 격한 감격이 뛰놀았다.

장동국 감독은 그제야 잠에서 깬 듯이 나른한 모습으로 환하게 웃었다. 선수들이 일제히 달려들어 장동국 감독을 덕 아웃 바깥으로 끌어냈다.

"으샤으샤!"

"으샤으샤!"

"으샤으샤!"

헹가래가 끝나고 나자 장 감독은 어지러운 듯이 약간 휘청거리는 걸음으로, 그러나 환하게 웃으며 선수 한 사람 한 사람의 손을 일일이 잡았다.

“감독님! 이 역사적 순간에 멋지게 한 말씀 하셔야죠!”

유승곤 코치의 외침에 장 감독은 잠시 말을 고르는 듯이 고개를 숙였다. 그리고 다시 고개를 드는 그의 두 눈에는 엷게 습기가 어려 있었다. 그가 벅찬 목소리로 외쳤다.

“자~! 이제… 우리는 바다로 간다!”

第六十九章
소멸(消滅)

몽상가

몽상가

1

"음?"

노인은 문득 놀라며 쏘아가던 신형을 우뚝 멈추었다. 단정히 묶어 자연스레 등 뒤로 넘긴 노인의 백발은 쏟아지는 함박눈 속에서도 은은하니 빛이 나는 듯했다.

그는 오랜 시간 관심을 두고 있던 잠마련의 한곳 비밀기지가 폭파되었다는 급보를 받고 직접 그 정황을 살펴보기 위해 달려오는 길이었다. 잠마련의 대규모 추격대를 우회하여 그들에 앞서 용의자들의 흔적을 찾는 일과 도중 갑작스런 폭설로 산중의 모든 흔적이 깨끗이 지워져 버린 사태 따위는 노인에게 조금도 문제가 되지 않았다. 다만 그가 방금 가볍게나마 놀란 것은, 상당한 거리를 두고 감지된 하나의 기운 때문이었다.

그 기운은 그에게 상당히 익숙한 것이었고, 그 기운에 대해 그런 종류의 익숙함을 느낄 수 있는 사람은 그를 포함하여 천하에 단 세 사람뿐이었다.

"굳세고 장중하다. 하면… 설마… 천무령이란 말인가? 음! 이 일에 당연히 수호천이 연관되었을 것이라 짐작은 하였지만, 설마 그들이 이미 천무령을 완성하였고, 감히 세상에 내놓기까지 했단 말인가?"

그때 혼잣말로 중얼거리던 노인에게 퍼뜩 경악이라 할 만한 표정이 떠올랐다.

"아아! 하나가 아니로구나! 은밀히 숨어든 기운 하나가 더 있었구나! 어두운 가운데 폭발적인 패기! 아아! 그렇다면 천마령마저도 완성되었단 말인가?"

그러나 곧바로 노인의 표정에는 강한 의혹이 서렸다.

"하지만… 어떻게 그 둘이 함께 있단 말인가?"

휘이이이!

숲 속으로 한줄기의 세찬 바람이 불어왔다. 그리고 노인의 신형은 몰아치는 눈보라 속으로 표표히 사라졌다.

2

율도린은 사뭇 달라진 모습이었다. 확 달라진 피부가 우선 그렇지만, 그보다는 뭐랄까? 무언지 모르게 여유가 느껴지는 모습으로 변했다고 할까? 다만 그의 여유는 굳이 남들에게 보여주고자 하는 것이 아닌, 다른 이들이 저절로 느끼게 되는 여유 같았다. 어쨌든 그의 말과 행동은 이전과 크게 달라졌다고 할 것이 없었으나, 다만 그런 여유만으로도 그는 왠지 이전의 그가 아닌 것만 같았다.

철민은 그대로였다. 겉모습이든 '여유' 든 그냥 예전과 똑같았다. 다만 변화가 있다면 그의 벽에 있었다.

철민의 벽은 이전과는 사뭇 달라졌다. 이전까지 그의 내부에서 외부로 확장시키고 거두어들이던 벽은 이제는 그냥 자연스레 그의 주변에 존재하는 것으로 바뀌었다. 벽은 마치 그와는 별개인 것처럼 그냥 그렇게 존재하고 있었다. 다만 벽이 정말로 그와는 별개인지, 아니면 여전히 그의 의지대로 움직여 줄지, 또 움직여 준다면 어떤 방식으로 움직여 줄지에 대해 철민은 아직까지 확인해 보지 않았다. 별 흥미가 생기지도 않아서 그냥 그대로 놓아두고 있는 중이었다. 그냥 그게 편했다. 벽이 얼마나 먼 데까지 영역을 확장해 있는지는 잘 실감이 나지 않았고, 역시 굳이 실감해 볼 필요도 느끼지 못했지만, 그렇더라도 이전에는 확인되지 않던 것들까지 느껴지는 걸 보면 꽤나 멀리까지 확장되어 있긴 한 모양이다. 혹은 벽의 감도(感度)가 훨씬 더 높아진 것일지도 모르지만.

어쨌든 철민이 굳이 원하지 않아도 저절로 감지되는 두 개의 존재가 있었다. 그 존재들은 마치 공기와 동화되어 허공중에 스며들어 있는 듯했는데, 아마도 의도적으로 자신들을 감추고 있는 듯하였다. 그렇더라도 철민은 그것들의 미세한 이질감과 부조화를 느낄 수 있었다. 사실 그 두 존재의 느낌은 철민에게 낯설지가 않았으니, 그중의 하나가 위려려의 무황이 며, 다른 하나가 잠마련의 비밀기지 지하에서 그에게 영교인 지 뭔지를 맺겠느냐고 의지를 전해온 바 있는 바로 그 미지의 존재라는 걸 이내 알 수 있었다.

그 외에도 또 한 가지 철민이 부조화를 느끼는 대상이 있었 다. 바로 예인후였다. 그가 느끼는 예인후의 부조화는 좀 더 정확하게 말해 예인후의 내부 기운의 불평형 상태에 대한 것 이었다. 그의 벽이, 아니, 그것의 영역이 예인후의 몸 안을 온 전히 투사하는 느낌에 대해서는 철민 스스로도 놀랍다 못해 차라리 황당해지고 마는 것이었지만, 예인후 또한 문득문득 무슨 느낌을 받는지 가볍게 움찔거리는 기색이었다.

3

예인후는 그의 의지와는 전혀 무관하게 그의 몸 안에서 벌 어지는 한 가지 기이한 현상을 겪고 있었다. 잠깐 동안 아주 부드럽고도 온화한 한 무리의 기운이 그의 내부를 휘돌다 사 라졌고, 그 직후 그에게는 아주 놀라운 변화들이 일어났는데, 우선은 그간 임시방편의 조치만으로 버텨왔던 그의 내상이 일 시에 완전히 치유된 것이었다.

더욱 놀라운 것은, 그의 내공이 내상을 입기 전보다 한결 더 심후해졌다는 것인데, 좀 더 정확하게 말하자면 내공이 높아졌다기보다는 지극히 정순해졌다고 할 수 있었다. 그럼으로로써 그의 내공 기반은 한층 두텁게 다져졌으니, 단순히 내공이 높아진 것과는 비길 수 없는, 대단한 기연을 만났다고 해야 할 일이었다.

　도무지 이해할 수 없는 기연을 맞아 미처 희열을 느끼지도 못한 채 얼떨떨해 있는 중에 예인후는 문득 철민과 눈길이 마주쳤다. 그리고 철민이 괜히 쑥스러운 듯 빙긋이 웃음을 짓는 바람에 그 또한 생각없이 빙그레 미소를 떠올리고 말았다.

4

　철민은 갑자기 그의 벽의 범위 안으로 들어선 새로운 기운 하나를 느꼈고, 순간 저도 모르게 으슬으슬 두려움이 돌고 말았다. 그 기운은 낮설 뿐 아니라, 지금까지 접해본 그 어떤 기운과도 비교할 수 없으리만치 강력하기 이를 데 없는 느낌을 지니고 있었다. 아직까지는 제법 먼 곳인 듯했지만, 일행이 있는 곳을 향해 빠르게 일직선으로 다가서고 있다는 점에서 그 기운의 주인은 일행을 목표로 하고 있음에 분명했다.

　철민은 점점 뚜렷하게 자신이 느끼는 두려움의 실체를 실감하고 있었다. 다가올수록 기운은 더욱 거대해졌고, 더불어 위험한 느낌이 강해졌다. 그러나 철민은 그것에 대해 다른 사람에게 말할 수가 없었다. 다만 느낌일 뿐인 그의 두려움과 경계에 대해 다른 사람들에게 뚜렷이 설명할 방도는 없었다. 사실

은 그 스스로도 정말 확실하다고 단정하기는 어려운 일이었
다. 어쨌든 눈으로 직접 본 것이 아닌, 다만 느낌일 뿐이지 않
는가? 그러니 괜히 요란을 피웠다가 다만 그의 상상에 불과한
것으로 밝혀진다면 그 면구스러움을 어떻게 감당할 것인가?
그때 철민의 불안과 다급함에 동감하고 나선 것은 위려려였
다.

　"누군가 빠르게, 아주 빠르게 다가오고 있어요. 엄청나게 강
력한 자예요. 우리로서는 감히 상대하기 어려울 만큼."

　느닷없는 경고에 예인후가 우선 의아한 표정을 지었으나,
상군환은 대번에 긴장을 떠올렸다. 위려려의 경고가 천무령과
의 감응으로부터 나온 것이란 걸 알기 때문이었고, 천무령이
본능적으로 경계심을 느낄 정도라면 지극히 강력한 존재란 것
은 분명했다.

　"일단 이곳에서 벗어납시다."

　상군환은 곧장 서둘렀다. 일단은 그와 위려려, 나아가 밀영
과 천무령이 노출되는 사태는 피하고 봐야 한다는 긴박함이었
다.

　모두가 급히 떠날 채비를 하는 중에 철민만이 우두커니 서
있는 걸 보고 예인후가 빠르게 다가서며 말했다.

　"철 형은 소제와 함께 움직입시다."

　그리고 덥석 손부터 움켜잡는 예인후에 대해 철민은 문득
가슴이 뭉클해지고 말았다. 그때 위려려의 곁에 있던 예인화
가 이쪽을 보며 배시시 따뜻한 미소를 머금었다.

5

　노인은 온통 거뭇거뭇한 눈송이로 가득한 허공중에 갑자기 나타났다. 그리고 마치 유영하듯이 천천히 바닥으로 내려섰다.

　"밀영!"

　상군환의 외침에 밀영이 그대로 노인을 향해 덮쳐 갈 때, 노인의 뒤 공간을 불쑥 열어젖히듯이 하며 나타난 또 다른 인물 하나가 밀영을 맞았다.

　콰릉!

　난데없는 우렛소리에 이어,

　쾅!

　무거운 폭음이 일며 거센 경기가 일대에 쌓인 눈을 거칠게 허공으로 휘말아 올렸다. 그런 중에 둘 중 하나가 벼락같이 팅겨 나가더니 삼 장여 바깥의 눈 바닥에 그대로 처박혀 버렸다.

　"앗!"

　짧은 경악으로는 모자라 상군환은 이어 넋 나간 듯한 중얼거림을 흘려냈다.

　"아아! 밀영을 단 일 수에 팅겨 버리다니? 설마… 천급이란 말인가?"

　노인의 곁에는 어느 틈엔지 흑의청년 하나가 우뚝 서 있었다. 창백하리만치 깨끗한 얼굴의 미청년이었다.

"너처럼 어린 나이에 수호천에 넷뿐인 지급 무백을 가진 것으로 보아, 너는 아마도 천무가의 직계인 모양이로구나?"

노인의 목소리는 인자하였으나 동시에 감히 마주하기 어려운 기이한 위엄이 서려 있었기에 상군환은 저도 모르게 흠칫 한 걸음을 물러서고 말았다.

"당신은 누구요?"

상군환의 날카로운 반문을 노인은 담담하게 웃으며 받았다.

"허허허! 당신이라……. 무척이나 당돌한 아이로구나!"

"당신은… 혹시 천급의 소통자요?"

"네 짐작대로다."

여전히 웃는 얼굴로 수월하게 대답한 노인은 언뜻 주변을 일별하고 나서 다시 말했다.

"너희가 이미 노부의 천급을 보았으니, 노부 또한 너희의 천급을 보아야만 공평하지 않겠느냐?"

그러나 그때 상군환은 새삼 치솟는 경악과 의혹에 빠져 있었다.

'아아! 진정 천급이란 말인가? 하면 천마령인가? 아니다. 천마령은 결코 완성될 수가 없는데? 그렇다면……'

생각이 그런 데까지 미치는 순간, 상군환은 내심의 경악을 주체하지 못하고 그만 입 밖으로까지 뱉어내고야 말았다.

"아아! 밀황령! 설마 밀황령이란 말인가?"

노인이 문득 이채롭다는 표정을 떠올리며 말했다.

"너는 꽤 많은 것을 알고 있구나!"

그때 노인의 얼굴에는 여전히 약간의 인자한 웃음이 남아 있었다. 그러나 이어지는 그의 말에는 돌연 섬뜩한 위협이 담겼다.

"노부는 두 번 말하기를 좋아하지 않는 사람이니, 너희는 즉시 너희의 천급을 불러내는 게 좋을 것이다. 노부가 너부터 죽이기 전에 말이다."

순간 노인으로부터는 그대로 온몸을 얼려 버릴 듯한 지독한 살기가 폭사되었기에, 상군환은 본능적으로 뒤로 몸을 튕겨냈다. 그러나 그때 흑의청년이 꼿꼿이 선 채로 눈 위를 미끄러지며 유령처럼 따라붙었고, 기겁한 상군환이 직각 방향으로 급선회하며 황망히 외쳤다.

"밀영!"

순간 눈 속에 처박혀 있던 밀영이 둥실 몸을 솟구치더니 곧장 질풍처럼 흑의청년을 향해 쏘아갔다. 밀영을 맞아 우뚝 멈춰 선 흑의청년이 간결하게 한주먹을 내질렀다. 그러자,

콰릉!

쾅!

우렛소리에 이은 폭음과 함께 이번에도 밀영은 가랑잎처럼 날아가 눈 속으로 처박히고 말았다.

"허허허! 너는 천급에 대해 막상은 제대로 알지 못하는 모양이구나. 감히 지급 따위로 다시금 상대하려 하다니 말이다."

노인이 웃으며 말할 때, 흑의청년은 처박힌 채 아예 움직임이 없는 밀영을 향해 천천히 다가섰다.

상군환이 다급하게 외쳤다.

"려매!"

위려려가 크게 놀라고 당황하여 어찌할 줄을 몰라 할 때, 상군환이 절박하게 다그쳤다.

"무황! 무황을 부르시오!"

위려려가 생각할 여지도 없이 크게 외쳤다.

"무황!"

순간 그녀의 뒤 허공에서 무황이 날아왔고, 동시에 노인이 탄성을 흘려냈다.

"무황령이로구나!"

무황이 등장하긴 했으되, 다만 위려려의 곁에 우두커니 서 있기만 하는 것을 보고 상군환이 다시금 외쳤다.

"려매! 전심(全心)으로 무황과 소통하시오!"

그러나 당황이 극에 달한 때문인지 위려려는 차라리 두 눈을 감고 말았는데, 그녀의 안색은 이미 창백하게 변해 있었다.

"어허! 안타깝구나. 제대로 소통을 이루지 못하였으니, 아직 진정한 무황령이 아니로구나."

노인이 짐짓 탄식했다. 그러나 바로 그때였다. 무황이 돌연 앞으로 신형을 쏘아 나갔다.

우르릉!

흑의청년을 향해 뻗어내는 무황의 손짓에서 은은한 우렛소리가 일었다.

쾅!

일합의 격돌에서 무황이 사 장여나 뒤로 튕겨 나더니, 별다른 충격의 기미 없이 곧장 다시 부딪쳐 갔다. 그리고 둘은 본격적으로 격돌하기 시작했다.

콰르릉! 우르릉!

콰! 콰쾅! 콰콰쾅!

거친 우렛소리와 무거운 폭음 소리가 연신 일대를 울리는 가운데 무황과 흑의청년은 마치 여의주를 놓고 다투는 백룡과 흑룡인 듯이, 혹은 인간의 경지를 초월한 무신들의 싸움인 듯이 경천동지의 격돌을 벌였다. 그러나 둘의 우열은 이내 확연하게 갈렸다. 힘과 속도 모두에서 무황은 흑의청년의 상대가 되지 못했다. 그런 결과는 곧 노인과 위려려의 능력 차이에서 기인하는 것일 터였는데, 노인은 시종 느긋한 모습이었다. 여유있게 무황을 살피는 기색이었고, 때때로 기꺼움과 흥분을 감추지 못하는 모습인 것 같기도 했다.

격돌은 오래가지 못했다.

"푸학!"

두 눈을 감은 채 무황과 소통에 혼신의 힘을 쏟고 있던 위려려가 돌연 한줄기 피를 토하며 풀썩 바닥으로 무너지고 말았다. 그리고 그 순간에 무황은 돌연 허공중으로 사라지고 말았다.

"소저!"

놀란 예인후가 크게 외치며 위려려를 향해 달려갈 때였다.

"갈!"

　노인의 나직한 호통이 있었고, 순간 예인후의 몸은 화살 맞은 새처럼 펄쩍 허공으로 숫구쳤다가는 그대로 바닥으로 추락하고 말았다. 그런데 완전히 의식을 잃고 혼절한 듯한 예인후가 바닥에 떨어지기 직전에 돌연 무언가 보이지 않는 힘이 떠받치기라도 하는 듯이 예인후의 몸이 허공에 반듯하게 누운 채로 천천히 옆으로 움직이는 것이었다. 이어 율도린과 예인화가 있는 곳까지 이동한 후에 예인후의 몸은 비로소 바닥으로 내려앉았고, 예인화가 급히 예인후의 맥을 짚었다.

　노인은 다소간 놀란 기색이었다. 빠르게 상군환과 위려려, 그리고 예인화와 율도린까지 훑은 노인의 시선이 이윽고 철민에게서 멈추었다.

6

　"너로구나. 한데 너는 방금 어떻게 한 것이냐?"

　노인이 진정으로 궁금하다는 듯이 물었다. 이어 노인은 철민을 향해 천천히 다가왔는데, 순간 돌연 가해지기 시작하는 압박감에 철민은 크게 당황하고 말았다. 그러나 곧바로 그의 벽이 외부의 압박에 대해 저절로 대응을 해나갔다. 철민의 벽과 노인으로부터 비롯된 무형의 경기가 격돌하면서 두 사람 사이의 공간이 거친 진동을 일으켰다.

　웅!

　우웅!

노인이 잠시 멈칫하더니 이내 보폭을 키우며 걸어나왔다.

쿵!

쿵!

노인의 한 걸음마다에서 마치 지축을 울리는 듯한 굉장한 떨림이 생겨나며 점점 진폭을 키워 나갔다.

우웅!

우우웅!

노인의 걸음이 더해질 때마다 철민은 태산 같은 무거움에 짓눌리는 듯한 압박을 느꼈다. 그러나 그때마다 그의 벽 또한 보다 강하게 노인에게로 집중되며 압박을 해소했다.

쿵!

쿵!

노인의 걸음이 좀 더 빨라졌다.

위이잉!

위이이잉!

두 사람 사이의 공간이 아예 몸서리를 쳐댔다. 그런데 그때였다. 철민은 돌연히 또 다른 난관에 직면하고 말았다. 벽을 통해 기정의 흡수가 시작되고 있었다. 그것을 느끼는 찰나, 철민은 반사적이다시피 노인에게로 집중된 벽을 흩뜨리고 말았다. 그 순간 돌연히 힘의 균형을 잃어버린 일대의 공간이 기우뚱 한쪽으로 쏠렸고, 노인의 표정에 급한 의혹과 당황이 스쳤다. 그리고,

콰우우웅!

　굉음과 함께 철민의 우측으로 거대한 힘이 쏠려 나갔다. 그 엄청난 여파가 일으키는 거대한 소용돌이에 주변의 눈이 일제히 휘말려 들어갔고, 한 마리 장대한 백룡이 사납게 꿈틀거리며 승천하듯이 길게 꼬리를 달고 순식간에 먼 허공으로 사라져 갔다. 그 일대의 장관을 보며 철민은 저도 모르게 부르르 진저리를 치고 말았다. 그의 등줄기로 뒤늦게 한 방울의 식은 땀이 굴러 떨어지며 새삼 소름을 일으켰다.

　“너의 능력이 참으로 놀랍구나! 한데 너는 왜 갑자기 멈춘 것이냐? 그 바람에 하마터면 누구인지 물어보지도 못하고 너를 죽일 뻔하지 않았느냐?”

　새삼 놀랍다는 기색과 또한 섬뜩한 나무람을 차례로 담으며 노인이 물었다. 그러나 철민은 딱히 대답할 말이 없었다. 구차하게 구벽외공에 대해, 그리고 그 부작용에 대한 자신의 어쩔 수 없는 두려움에 대해 말할 수는 없었으므로. 노인이 한동안 느긋하게 철민을 응시하고 있더니 언뜻 낯빛을 가라앉히며 다시 물었다.

　“너는 누구냐?”

　담담한 물음이었다. 그러나 이번에도 역시 딱히 대답할 말이 떠오르지 않았기에 철민은 차라리 가벼운 웃음을 보여주었다. 노인이 또한 빙그레 웃었다. 그러나 이어지는 그의 말은 차가웠다.

　“노부가 수고를 마다하지 않고 이처럼 궁벽한 산중까지 온 것은 너희를 보기 위함이었다. 한데도 너희가 노부의 흥미를 충족시키지 못한다면, 너희의 값어치없는 목숨으로라도 노부의 수고에 대한 위로로 삼아야 하지 않겠느냐?”

노인이 자신이 말한 바에 대해 능히 웃으면서 실행할 만한 사람이라는 생각을 문득 가지게 되면서, 철민이 계속 웃음을 머금고 있을 수는 없었다. 무엇보다도 노인은 정말로 무서운 능력의 소유자였다.

“너는 잠마련과는 어떤 관계냐?”

노인이 담담하게 묻고는 다시 강한 의혹을 떠올리며 재차 물었다.

“수호천과 한패로 잠마련의 비밀 중지를 폭파하였으니 아무래도 잠마련과는 무관할 터인데, 한데도 너는 어떻게 천마령과 인연을 맺은 것이냐?”

그 질문에 대해서는 철민이 오히려 반문했다.

“천마령이 무엇이오?”

노인이 가만히 철민의 눈을 응시하며 물었다.

“진정 천마령이 무엇인지 모른다는 것이냐? 네게서 천마령의 기운이 감지되고 있는데도 말이냐?”

마치 나무라듯이 말하는 투에 철민이 언뜻 쓴웃음을 짓고 마는데, 노인이 또한 차갑게 웃으며 다시 말했다.

“허허! 네가 감히 노부를 무시하다니! 어디 죽음의 순간까지도 천마령을 소환하지 않는지 지켜보마!”

순간 철민은 갑자기 무언가 지독히도 시린 기세 하나가 벼락처럼 다가서는 느낌을 받고서 퍼뜩 고개를 돌렸다. 흑의청년이었다. 어느 틈에 그는 철민의 바로 앞에까지 쇄도해 와 있었다.

[밀황(密皇)이다! 완전한 천마령이 아니고는 결코 감당하지 못하리라!]

노인의 말이 귓전에 속살거리는 순간, 철민의 벽이 급하게 일어났다.

쾅!

벽과 부딪치며 흑의청년, 밀황의 쇄도가 멈추었다. 그러나 곧바로,

콰르릉!

우렛소리가 격렬하게 이는 순간 밀황은 간단히 벽을 밀어붙이며 다시 철민을 향해 다가오기 시작했다. 그 거대한 힘과 맹렬함은 좀 전 노인의 것과는 비길 바가 아니어서 철민이 전력으로 벽에 집중했지만 밀황이 다가드는 속도를 조금 늦추었을 뿐 아주 멈추게 할 수는 없었다.

그나마 다행스럽다고 할 것은, 와중에도 기정의 흡수가 일어나지는 않고 있다는 점이었다. 그런 점에서 밀황에게도 어쩌면 철민의 벽과 유사한 내력의 경계 막 같은 것이 있는지도 몰랐다.

콰르르르르릉!

위이이이이잉!

우렛소리와 공간의 떨림이 격해지며 사방 일대에 쌓인 눈이

일제히 솟구쳐 올라 거대한 눈보라를 만들어냈다.

"대단하다!"

노인이 탄성을 뱉었다. 좀 전 그와 격돌할 때와는 확연히 다른 철민의 모습 때문이리라. 그러나 노인은 여전히 느긋하기만 했다.

밀황은 어느새 지척까지 다가와 있었다. 그때 도저히 감당 못할 거력에 속수무책이던 중 철민은 언뜻 생각 하나를 떠올렸다. 벽에 관한 것이었다.

'벽이 굳이 벽의 형태로만 존재해야 할 이유가 있을까?'

철민과 손 하나 뻗으면 닿을 거리에서 밀황은 돌연 멈춰 섰다. 그리고 노인은 그때까지의 느긋함 대신 돌연 크게 놀라고 마는 기색이 되었다. 밀황의 앞을 가로막던 거대한 기의 벽이 일순 벽의 형태를 탈피하여 무수히 겹치는 수천, 수만의 공간으로 분화하더니 아예 형태가 없는, 그야말로 무형의 자유로운 공간이 되어 밀황의 전신을 칭칭 옭아매듯이 완전히 가두고 만 것이었다. 그러나 노인은 이내 태연을 되찾았고, 나아가 노인은 오히려 오연한 모습으로 되었다.

"갈!"

노인에게서 한소리 묵직한 호통이 터져 나왔다. 동시에 밀황의 전신에서는 쇠털같이 가늘면서도 날카롭기 그지없는 형태의 수많은 미세 경력의 침들이 뿜어져 나왔고, 거침없이 철민의 공간 속으로 파고들었다.

순간 철민은 기겁하고 말았다. 밀황이 뿜어낸 미세 경력의 침들이 그의 공간을 파고들어 헤집는 것과 동시에, 그것들이 포함하고 있는 강력한 기정들이 빠르게 그에게로 흡수되기 시작한 때문이었다. 그러나 그는 이번에 벽 공간을 흩뜨리거나 뒤로 물리기조차 할 수가 없었다. 밀황의 미세 경력의 침들은 기이하게도 그의 벽 공간을 역으로 얽어맨 채 놓아주지를 않았기 때문이다.

노인의 표정에 다시금 경악이 떠올랐다. 그러나 그는 돌연 대소를 터뜨려 내며 대갈했다.

"으하하하하! 너의 숨은 재주가 기껏 이까짓 흡공류 따위였더냐? 좋다! 노부는 회피하지 않을 것이니 너는 어디 한번 맘껏 흡수해 가보아라! 그러나 네 감히 작은 저수지로 거대한 강의 범람을 받아들일 수 있겠느냐?"

노인의 외침에는 절대의 자부가 녹아 있었다. 그리고 그의 호언대로 철민의 공간으로는 거대한 기운의 격류가 거침없이 밀려들기 시작했다.

팡!

파팡!

철민의 내부에서 무엇인가 터지기 시작했다. 몇 개의 작은 폭발이었다. 동시에 치 떨리는 고통이 엄습해 들었다. 폭발이 일어난 곳의 혈관이 터져 나가고 근육이 갈가리 찢기는 듯한 지독한 고통이었다. 철민이 사력을 다해 밀황을 떨쳐 내려고 했지만, 밀황의 미세 경력의 침들은 오히려 더욱 깊숙하게 그의 공간 속으로 파고들었고, 폭발은 점점 더 급박하게 일어났다.

파파팡!

파파파팡!

"아아!"

철민은 비명보다는 차라리 절망의 탄식을 불어내고야 말았다. 걷잡을 수 없이 밀려드는 기정으로 인해 그의 내부는 이윽고 포화상태로 치달아가고 있었다.

"인간으로서는 도저히 견디지 못할 엄청난 고통에 시달리다가, 결국은 내력의 폭주로 온몸이 폭발하여 산산조각이 나는 처참한 죽음을 당하게 될 것이다!"

까마귀늙은이의 저주가 마침내 실현되고 있었다.

─위험하다!

일령이 소스라치며 경고했다. 이어 그가 외쳤다.

─천마현신(天魔現身)!

그것이 무엇을 의미하는지 의문을 가져볼 틈도 없이 철민이 비명처럼 토해냈다.

"천마현신!"

동시에,

콰!

벼락 치는 소리가 일었고, 밀황의 몸이 기우뚱 옆으로 기울었다.

"매봉!"

철민은 제풀에 놀라 외치고 말았다. 그랬다. 돌연 허공중에서 번뜩 나타나 그대로 밀황령의 정수리를 후려갈긴 것은 바로 매봉이었다.

매봉을 들고 나타난 그 냉막한 인상의 갈의 청년은 철민이 처음으로 보는 얼굴이었다. 그러나 갈의청년의 느낌만큼은 그에게 몹시도 익숙했다. 얼마 전부터 잠깐의 예외도 없이 늘 그의 곁에 있어온 느낌이었으므로. 잠마련의 비밀기지 지하 동혈에서 그에게 영교를 맺겠느냐고 물어왔던 바로 그 존재다. 그리고 바로 천마령일 것이다.

"천마령! 아아! 삼천 년 만의 천마의 부활이라니!"

노인은 격동을 감추지 못했다. 그러나 그는 곧 탄식조로 변했다.

"천무령과 마찬가지로 역시 소통이 완전치 못하니 노부의 밀황에는 한참이나 미치지 못하는구나! 수천 년의 장구한 세월을 건너뛰어 진정한 고금제일을 가릴 승부를 그처럼 갈구했거늘 참으로 안타깝구나!"

그때였다. 기우뚱한 채로 서 있던 밀황이 벼락같이 몸을 돌리며 그대로 매봉을 움켜잡아 왔기에 철민이 크게 놀라며 곧바로 매봉파를 펼쳤다. 아니, 그는 다만 의지로만 그렇게 한 것이고, 실제로 매봉파를 펼친 것은 천마령이었다. 그러나 미처 제대로 된 매봉파를 펼치지도 못하고 매봉을 밀황에게 움켜잡히고 말았다. 철민이 매봉을 빼앗기기 않으려 버텼고, 그럼으로써 천마령과 밀황은 매봉을 맞잡은 채 힘을 겨루는 양상이 되었다.

천마령이 지닌 잠재력이 밀황에 비해 못하지 않다는 것을 철민은 느낄 수 있었다. 그러나 천마령은 지금 자신의 잠재력을 채 반도 발휘하지 못하고 있었다. 자신과 천마령 간에 이어진 모호한 연결고리가 천마령의 숨겨진 잠재력을 밖으로 끌어내는 열쇠이리라는 찰나간의 각성이 철민에게 있긴 했다. 그러나 폭발하는 화산처럼 거력을 분출하며 밀황이 천마령을 압도해 버리는 상황에서, 더욱이 이미 포화상태를 넘었음에도 여전한 기세로 밀려들고 있는 기정의 흐름에 대해 안간힘으로 버티고 있는 상황에서 철민이 더 이상의 진전을 이어내지는 못했다.

노인은 못내 아쉬워하는 것 같았다. 그럼으로써 밀황은 순간순간 천마령의 최후를 유예하고 있는 것 같았다. 그런데 위태롭기 짝이 없는 한순간,

"어림없는 수작!"

노인이 돌연 노한 호통을 터뜨렸고, 순간 그의 신형은 꺼지듯이 허공중으로 사라졌다.

번뜩!

노인의 신형이 돌연 다시 나타난 곳은 좌측으로 십여 장이나 떨어진 지점이었다.

"이런!"

노인은 곧바로 짧은 탄식을 뱉었다. 그리고 보니 거기에 있던 위려려가 감쪽같이 사라지고 없었다. 그때 노인이 문득 하

늘을 향해 크게 소리 내어 웃더니 자못 통쾌한 듯이 외쳤다.

"으하하하하! 천무황이 도망을 치는구나! 장장 이천 년 만에 부활한 천무황이 노부 앞에서 꼬리를 말고 도망을 치는구나!"

노인이 잠시간 격정에 사로잡힌 모습일 때였다. 틈을 보고 있던 상군환이 전력으로 신형을 날려 도주했다. 동시에 바닥에 쓰러져 있던 밀영이 몸을 솟구치더니 상군환과는 반대방향으로 쏘아갔다.

순간 노인의 두 눈이 번갯불 같은 광망을 토했다. 그러나 노인은 이내 눈빛을 거두며 느긋한 기색이 되었다. 상군환과 밀영의 도주 따위에는 신경 쓸 가치조차 없다는 듯이.

철민은 다급한 심정이 되어 예인화가 있는 쪽을 보았다. 그러나 그녀와 율도린은 쓰러진 예인후를 돌보느라 도망칠 생각조차 하지 못하는 모습들이었다. 마침 율도린이 시선을 맞추어왔기에 철민이 눈짓으로 외쳤다.

'예 형과 인화를 데리고 즉시 도망쳐!'

그 안타까운 무언의 외침을 알아들었던지 율도린이 재빨리 예인후를 안아 들었다. 그러나 그뿐, 율도린은 그대로 얼어붙은 듯이 움직임을 멈춰 버렸다. 노인이 그들을 향해 천천히 걸음을 옮겨오고 있었다. 철민은 밀황의 구속을 떨쳐 버리고자 다시 한 번 안간힘을 다해 몸부림을 쳤다. 그러나 여전히 조금도 꼼짝할 수가 없었다. 그때였다. 율도린의 대여섯 걸음 앞에서 노인이 문득 멈추며 놀란 목소리를 뱉었다.

"독?"

동시에 노인의 주위 사방으로 암청색의 불꽃이 넘실거리며 타오르는 것이었다.

화르르!

노인은 그대로 맹렬한 불길에 휩싸이고 말았다. 뿐만이 아니었다. 노인이 밟고 선 대지와 그 주변의 흙과 돌, 심지어는 두텁게 쌓인 눈밭에까지도 검푸른 불길이 옮겨 붙으며 온통 시커멓게 타들어가고 있었다. 지독한 독화(毒火)였다.

그때 노인의 몸에서 돌연 눈부신 광채가 사방으로 뿜어져 나왔다. 투명한 백색의 강기였다. 노인의 백색 강기는 곧바로 암청색의 독화와 치열한 다툼을 벌이기 시작했다. 율도린의 독화가 더욱 맹렬하게 타오르며 노인의 강기조차도 그대로 녹여 버리는 듯했다. 그러나 노인의 강기는 상상 이상으로 강인하고도 두터워서 능히 독화를 밀어내더니, 한순간 크게 확장되어서는 그대로 율도린을 덮어씌워 버리고 말았다.

"크윽!"

율도린의 온몸이 확연히 쪼그라들며 고통스러운 비명을 토해낼 때, 노인이 찬찬히 이르는 듯한 투로 말했다.

"당금 강호에 독왕지경(毒王之境)을 이룬 인물이 존재하는 줄은 노부가 미처 알지 못했구나. 그러나 다른 곳에서라면 능히 독왕의 위엄을 보일 수 있겠으나 하필 노부를 만난 것은 너의 불행이다."

이어 노인은 문득 철민에게로 시선을 돌렸다.

"아이야, 노부가 잠시 생각해 보니 네가 능력을 십분 발휘하지 않았을지도 모르겠다는 생각이 들더구나. 하여 노부는 문득 네가 가진 능력의 극한을 보고 싶어졌다."

노인의 입가로 문득 희미한 미소가 맺혔다.

"이번에 너는 반드시 최선을 다해야만 할 것이다. 만약 너의 성의가 조금이라도 부족할 것 같으면 우선 네 일행이 차례로 죽어나가는 광경을 보게 될 것이니 말이다."

노인의 미소가 좀 더 짙어졌다. 그리고 한순간 그의 머리 위로 한 자루 거대한 칼의 모양을 한 투명한 푸른색의 강기가 형성되는 걸 보고 철민이 다급하게 외쳤다.

"멈춰!"

그러나 노인의 머리 위 거대한 강기의 칼은 천천히 율도린을 향해 다가가고 있었다. 철민은 마지막의 선택을 할 수밖에 없었다. 그의 선택이란 곧 안간힘으로 버티고 있는 모든 노력을 일시에 포기해 버리는 것이었다. 순간,

콰아아아아!

그의 온몸을 통해, 그리고 벽 공간 전체를 통해 마치 해일과도 같은 흐름이 몰려들었다. 바로 밀황의 기정이었다. 그런데 그때였다. 철민이 미처 상상하지 못했던 또 한 가지의 상황이 벌어지고 있었다. 엎친 데 덮친 격이랄까? 밀황의 그것과는 확연히 구분되는 또 하나의 기정의 흐름이 성난 홍수처럼 밀려든 것이다. 그 홍수의 원천은 바로 천마령이었다. 그러나 그 같은 사실은 철민에게 더 이상 놀라움이 될 수 없었다. 그는 이미 극단을 선택해 버린 뒤였으니 극단보다 더한 극단이 무

슨 의미가 있을 것인가?

파파파팡!

파파파파팡!

철민의 전신 곳곳에서 거대한 폭발이 일어나고 있었다. 전신의 피가 방울방울로 산화되고 있었고, 근육은 천만 조각으로 산산이 분쇄되고 있었다.

'아아! 타고 있다! 부서지고 있다!'

철민이 마지막 절망을 토해내는 중에,

─안 돼!

안타까운 외마디를 남기고 일령의 존재가 흐려지고 있었다. 철민이 안타깝게 외쳤다.

[가시오! 내게서 벗어나시오! 당신이라도 살아남으시오!]

그 순간,

─아아!

안타까움과 환희가 동시에 섞여든 듯한 희미한 탄식과 함께 일령은 아스라하게 철민의 의식으로부터 사라졌다. 그와 연결된 또 다른 존재의 느낌마저 이끌고서. 철민은 곧바로 완전한 허탈지경으로 빠져들었다. 그의 몸은 간신히 거죽만 남아 있을 뿐인 듯했다. 그의 속은 완전히 타버리고, 다시 산산이 부서져 재로도 남아 있지 않은 듯했다. 의식조차도 마지막 한 가닥만이 근근이 남아 이제 곧 꺼져 버릴 듯 가녀리게 흔들리고 있었다. 그는 완전한 소멸을 향해 가고 있었다. 그러나 위태롭지는 않았다. 그저 그렇게 되어가는 것을, 그 자신의 일이 아닌 듯이 담담하게 지켜보고 있는 느낌이었다.

"어떻게 된 일이냐?"

노인이 문득 물었기에 철민이 힘겹게 반문했다.

"무엇이 말이오?"

"천마령은 어디로 갔느냐?"

철민은 그제야 실감할 수 있었다. 일령과 천마령이 함께 사라졌다는 것을. 그리고 문득 기꺼운 마음이 들었다. 왠지 모르게.

"하하! 하하하하!"

철민이 힘겹게 웃자 노인의 하얀 눈썹이 가볍게 찡긋거렸다.

"상관없는 일이다. 소통자인 네가 죽으면 천마령도 소멸되고 말 것이니 말이다."

철민으로서는 알지 못하는 일이었다. 그러나 왠지 노인의 말과는 다를 것 같았다. 왠지 그냥 그럴 것만 같았다.

7

철민은 문득 안타까워졌다. 바닥에 나뒹굴고 있는 매봉을 보고서였다. 철민의 힘겨운 시선을 따라가던 노인이 문득 뭔가를 떠올렸다는 듯이 사뭇 이채로운 눈빛이 되며 물었다.

"혹시 저것은……? 좀 전에 저 방망이를 보고 매봉이라고 하였더냐?"

"그렇소!"

노인이 더욱 이채로운 빛으로 다시 물었다.

"하면 너는 철위강이란 사람을 아느냐?"

철민은 놀라지 않았다. 이제 그에게는 그 어떤 것도 이상하거나 놀랍지 않았다. 그는 그저 담담하게 대답했다.

"내 형이오."

순간 노인의 눈빛이 가볍게 흔들리더니 이내 무겁게 탄식했다.

"아!"

그러나 잠깐의 침묵 후 노인은 문득 단호한 기색이 되며 말했다.

"참으로 안타까운 인연이기는 하나, 노부로서는 너의 목숨을 거둘 수밖에 없다."

철민은 조금의 흔들림도 없이 완전한 평정을 유지하였다. 노인이 새삼 무거운 빛으로 말을 이었다.

"물론 너는 노부의 말을 이해하지 못할 것이다만, 그렇더라도 너를 죽이기 전에 몇 마디라도 해주지 않을 수는 없겠구나. 노부는 일생 동안 절대력을 추구해 온 바, 결코 노부의 일신이나 사문의 영달과 양명을 위해서가 아니라, 강호에 영구적인 힘의 균형을 세우기 위함이었다. 그리고 노부는 얼마 전에야 마침내 절대력을 완성시킬 수 있었다. 따라서 이제부터 노부는 힘을 추구하는 입장이 아닌, 세상의 균형에 위배가 될 만한 강한 힘들을 제거해 나가는 입장에 설 수밖에 없는 것이다. 또

한 그것이야말로 오늘 네가 노부의 손에 죽어야만 하는 이유
이다."

그때 노인의 얼굴은 본래의 담담함을 되찾고 있었다. 그리
고 철민은 문득 짐작할 수 있었다. 노인이 누구인지.

"부탁이 있습니다!"

철민의 말에 노인은 무심히 반문했다.

"내가 왜 너의 부탁을 들어주어야 하느냐?"

"이유가 있다면… 인연 때문이겠지요."

"허허! 인연이라……."

"형이 제게 말했습니다. 사람이 평생을 살다 보면 아무 이유
없이 첫 만남에서 호감이 가고 까닭없이 끌리는 상대를 한 사
람은 만나게 마련이라고. 만약 그런 사람을 만나지 못하고 일
생을 마감한다면 그 사람은 참으로 각박하고도 불행한 삶을
산 게 된다고. 형의 사부께서 하신 말씀이라고 했지요."

노인의 눈빛이 일시 아련해졌다.

"형의 사부께는 형이 바로 그런 사람이었고, 형에게는 제가
바로 그런 사람이라고 했습니다. 그러기에… 제 마지막 부탁
을 들어주시리라고 믿는 것입니다."

노인이 잠시 먼 곳을 바라보다가 문득 물었다.

"너의 부탁이란 게 무엇이냐?"

철민이 희미하게 웃으며 말했다.

"제 일행을 보내주십시오."

노인이 묵묵히 철민을 응시하다가 가볍게 탄식하며 고개를

끄덕였다. 그리고는 율도린 쪽을 보며 짧게 말했다.

"가거라."

순간 율도린은 그를 짓누르고 있던 거대한 압박으로부터 풀려나며 몸을 일으킬 수 있었다. 그러나 그는 막상 움직일 생각은 하지 않고 철민을 바라보기만 하였다. 철민이 고갯짓조차 하지 못하고 힘없는 목소리로만 말했다.

"가시오."

그 목소리는 너무도 희미했지만, 율도린은 철민의 입 모양만으로도 능히 알아챌 수 있었다. 철민의 입술이 다시 달싹이고 있었다.

"예 형과 인화를 부탁하오. 당신을 믿소."

노려보듯이 철민을 응시하고 있던 율도린이 또한 힘겹게 한마디를 꺼냈다.

"미안하오."

그리고 율도린은 주저없이 몸을 돌려 예인후에게로 갔다. 그리고 혼절한 예인후를 안아 들고 힘겹게, 그러나 꿋꿋하게 걸음을 옮겨갔다.

율도린의 뒤를 따르면서도 예인화는 내내 애처로운 눈빛을 철민에게서 돌리지 못하였다.

잔잔한 눈길로 철민을 보고 있던 노인이 엷은 웃음을 떠올리며 말했다.

"너는 걱정하지 않아도 좋다. 노부가 결코 선인(善人)은 되지 못하나 한번 입 밖에 낸 말을 지키지 않을 만큼 비겁한 사람은 아니니 말이다.”

8

허공에 거대한 강기의 칼 하나가 홀연히 걸리더니 그대로 철민의 정수리를 찍어 내렸다.
콰르릉!
천지를 양단하는 듯한 기세는 차라리 허무하였다. 파멸은 이미 철민의 내부로부터 오고 있었다. 모든 게 사라지고 있었다. 이윽고 칼이 떨어졌다. 벼락같이 떨어지는 칼날이 문득 느려 보였다. 거대한 충격에 몸이 부서져 나가는 순간조차도 느릿하기만 하였다. 아아! 찰나가 늘어지고 있었다. 찰나가 찰나로 쪼개지고, 그 찰나가 다시 찰나로 쪼개지며 무수한 중첩을 이루어갔다. 그러던 중 어느 찰나인가에 철민은 들었다.
“안 돼!”
그러나 그것이야말로 진실로 그의 마지막 찰나였다. 혹은 마지막 환상이었을지도.
마침내 모든 것은 끝이 났다. 소멸되고 말았다.

「몽상가」 7권에서 계속…

저작권 보호!!
장르문학의 성장에 힘이 되어주십시오.

저작물의 무단 전재와 복제, 불법 다운로드!
이것은 관심이 아니라 무관심입니다!

작가님들은 창의적 열정과 시간을 투자해 자신의 꿈과 생계를 유지합니다.
한 권의 책을 만들어 많은 사람들은 자신의 인생과 미래를 설계합니다.

저작물 속에는 여러 사람의 노력과 희망이
담겨 있습니다!

저작물의 무단 전재와 복제, 불법 다운로드는 여러 사람들의 꿈과 생계를
위협함으로써 장르문학을 심각한 상황에 빠뜨리고 있습니다.

이제는 무관심이 아니라 관심으로 장르문학의
성장에 힘이 되어주세요.

[도서출판 **청어람**은 항시적인 저작권 보호를 통해 장르문학과
여러분의 희망을 지키겠습니다.]

도서출판 청어람

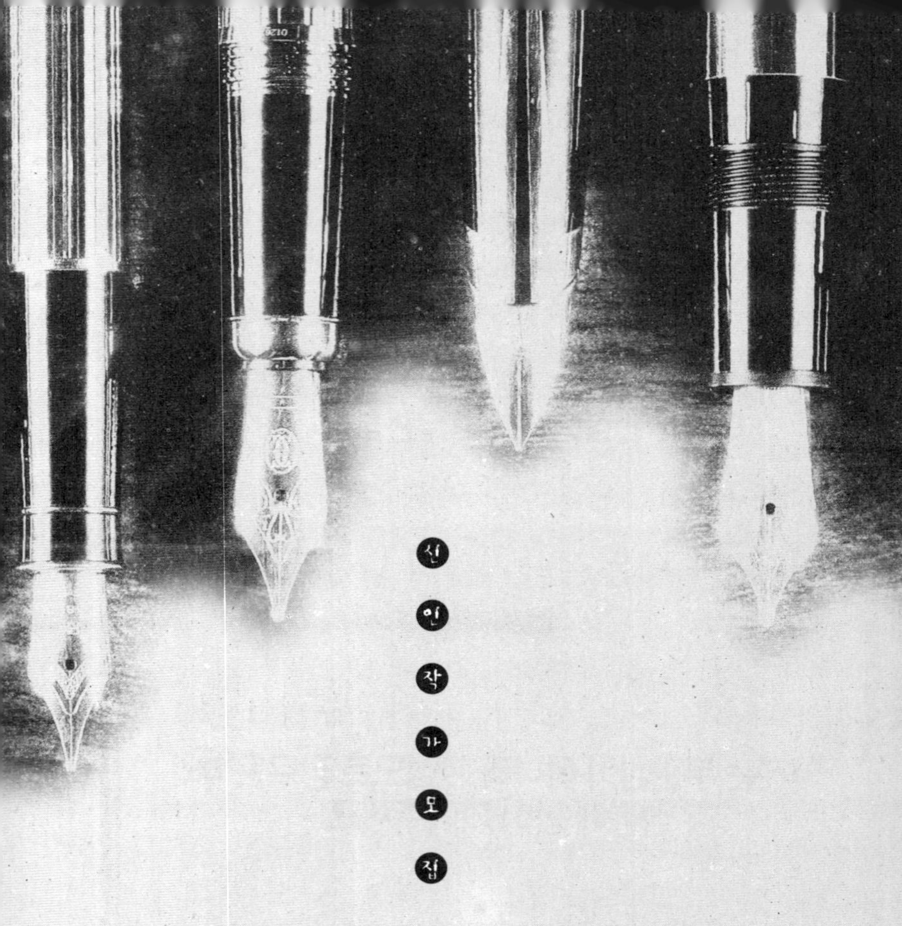
신
인
작
가
모
집

시작이 반이라고 했습니다.
작가의 길에 대한 보이지 않는 벽을 과감히 깨뜨리십시오!
청어람은 작가 지망생 여러분들의
멋진 방향타가 되어드리겠습니다.

저희 도서출판 청어람에서는
소설 신인 작가분들을 모집합니다.
판타지와 무협을 사랑하시는 분들의 많은 참여를 바랍니다.
소정의 원고(A4용지 150매)를 메일이나 우편으로 보내주시면
검토 후 출판 여부를 알려드리겠습니다.

주소: 경기도 부천시 원미구 심곡2동 163-2 서경 B/D 2F 우편번호 420-822
TEL: 032-656-4452 · FAX: 032-656-4453
http://www.chungeoram.com
e-mail: chungeoram@chungeoram.com

無籍門主
무적문주

눈매 新무협 판타지 소설

강호가 혼란할 때마다 나타났던 전설의 문파
강호인들은 그들을 무적문이라 부른다.

마도천하의 시대. 명문정파 비검문은 유일한 계승자인 설화를 보호하기 위해
표운성이라는 청년을 찾는데……

"헤헤. 돈 좀 주셔야겠는데요?"

걸핏하면 돈! 돈! 돈!
세상에서 가장 좋은 것도 돈이요, 가장 귀한 것도 돈이다.

그를 은밀히 따르는 어둠 속의 사군자(死軍者)들
서서히 드러나는 무적문의 실체

"은자의 은혜만 받는다면 나 표운성, 이루지 못할 것은 없다!"
돈에 환장한 문주가 나타났다!

Book Publishing CHUNGEORAM

유행이 아닌 자유추구 —
WWW.chungeoram.com

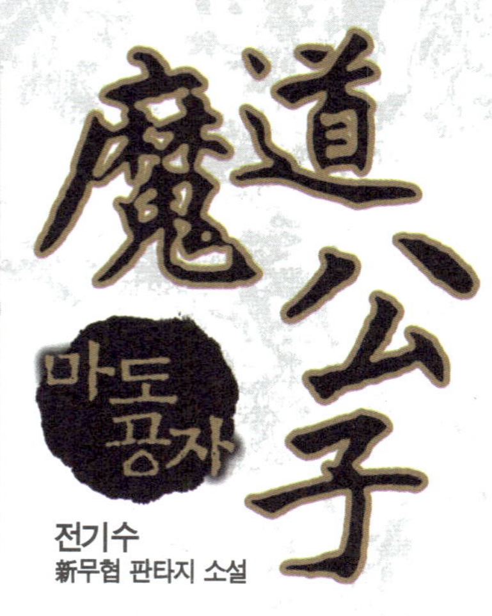

Book Publishing CHUNGEORAM

2011년 새해
청어람이 자신있게 추천하는 신무협!

봉마곡에 갇힌 세 마두. 검마, 마의, 독마군.
몇십 년 동안 으르렁대며 살던 그들에게 눈 오는 아침, 하늘은 한 아이를 내려준다.

육아에는 무식한 세 마두에 의해
백호의 젖을 빨고 온갖 기를 주입당하면서 무럭무럭 성장한 마설천!

세 마두의 손에서 자라난 한 아이로 인해 이변이 일어나고,
파란이 생기고, 이윽고 강호에 새로운 바람이 불어온다!

마도를 뛰어넘어 천하를 호령할
마설천의 유쾌한 무림 소요기!